वाहन

वाहन

पानू खोलिया

वाणी प्रकाशन

वाणी प्रकाशन
4695, 21-ए, दरियागंज, नयी दिल्ली 110 002
शाखा
अशोक राजपथ, पटना 800 004
फ़ोनः +91 11 23273167 फ़ैक्सः +91 11 23275710
www.vaniprakashan.in
vaniprakashan@gmail.com

VAHAN
by Panoo Kholiya

ISBN : 978-93-5072-630-3
Novel

प्रथम संस्करण

मूल्य : ₹250

हर्ष प्रिंटर्स, दिल्ली-110 093 में मुद्रित

वाणी प्रकाशन का लोगो मक़बूल फ़िदा हुसेन की कूची से

बोर्ड का रिजल्ट आउट हो चुका था।

पूरे मुहल्ले में हल्ला था कि सब्बल सिंह का लड़का, इतना छोटा सा! बाप की दुकान भी चलाता है और देखो हाईस्कूल में सेकण्ड पास हुआ है। बाकी मुहल्ले की हालत क्या देखनी–यहाँ से वहाँ तक एक से एक जंड निरगंड। सब फेल ही फेल, थर्ड ही थर्ड! सेकण्ड का नाम नहीं।...कितना होनहार है सब्बल सिंह का बच्चा! सब्बल सिंह भागवान आदमी है, भाई!

मगर बाबूजी को इतनी फुर्सत कहाँ कि बेटे की इन बड़ाइयों को दिमाग में लायें और उसकी खुशी को महसूस करें? उनके पास फालतू के लिए टाइम नहीं था। इस रिजल्ट की ही देर थी–बस अब उन्हें सरपट दौड़ लगा देनी थी। बहुत जरूरी काम खड़ा था उनके सामनः अव्वल तो रज्जू पटवारी बन जाए, नहीं तो अर्जीनवीस तो उसे होना ही है। जल्दी-जल्दी कलेवा कर रिजल्ट जेब में डाल वे बिना समय गँवाए अपने इस जरूरी काम को अंजाम देने घर से निकल पड़े!..

खुद की जिन्दगी में बाबूजी को कभी स्कूल या इम्तहान नसीब नहीं हुए। जैसा कि घर की हालत थीः उनके बौज्यू ने उन्हें एक मारवाड़ी सेठ के साथ दो रुपए महीने

पर नौकर लगाकर परदेश भेज दिया था। तब वे साढ़े सात-आठ साल के रहे होंगे। जब पहली बार वे ऊँट की पीठ पर चढ़े थे। अब यह पक्का ध्यान नहीं रहा कि पहले ऊँट ने साढ़े सात-आठ साल के उस लड़के को पाताल पटका था या आसमान उछाला था। वह मेंढक की तरह काठी से चिपक गया था और पाताल पटका जाने, आसमान उछाला जाने के हर हचकोले में उसके मुँह से निकल्ता, "ओ इज्जो!" "ओ बबो!"

"डर लागता है, भाया?" आगे से बैठे हुए पग्गड़धारी सेठ ने हाथ से उसे छूते हुए पूछा तो वह उसी खस्ताहाली में बोला था, "साला बहुत डर लगता है!" चेहरा उसका पसीने से तर हो चुका था। काठी पकड़े-पकड़े उसने तनिक गरदन घुमाकर दाहिने और फिर बाँए देखा, फिर सिर उठकार सामने दूर तक टोहा—तो आँखें मिंच गईं: वहाँ अनन्त तक रेत के टीले फैले हुए थे, हरे-भरे पहाड़ी दृश्यों की अभ्यस्त आँखें उस रेतीले विस्तार में टिक नहीं पाती थीं।

दिन रात रेत के बवंडर उड़ा करते थे। कहीं हरियाली का निशान नहीं। जहाँ-तहाँ झाड़ियाँ या खेजड़ी के छोटे-छोटे कँटीले पेड़ जिनको ऊँट चुगते होते। वे चटक लाल पीले ओढ़नी-लहँगें, पैरों और बाँहों में चाँदी के मोटे-मोटे कड़े कंगन...लम्बे-लम्बे घूँघट। उससे भी बढ़कर वे भारी-भारी पग्गड़, बड़ी-बड़ी मूँछे। सेठ की हवेली ही कितनी बड़ी थी। जाने कितने मंजिल, कितने कोठे कमरे कितने चौक चबूतरे थे। उसमें..... बाप रे! मगर खाने के नाम पर? बाजरे की रोटी, छास का भरा गिलास और थाली भर राभड़ी! न भात-दाल, न डुबके चुड़क्याणी। उस बालबुद्धि के समझ में नहीं आता कि सेठ उसे यहाँ लाया तो लाया क्यों? काम तो उसका कुछ भी नहीं है। एक ही काम है कि वह सेठ की पूँछ बना रहे। बीच-बीच में सेठ आवाज मारता, "भाया?" "हाँ जी!" लड़का बोल देता। "ठीक है, ठीक है।" सेठ को तसल्ली हो जाती।

वह दिन भर अकेला, निठल्ला, अपने पहाड़ के ख्यालों में खोया रहता: उनका तिमल का पेड़ था। जिसमें शहद भरे तिमल होते थे। इसी तरह बेडू का पेड़ था। पके-पके छिले हुए बेडू तेल और मिर्च वाले नमक में सानकर खाने में कितना मजा आता था! ख्यालों के बीच कोई भूली भटकी ठण्डी हवा की लहर जाने कहाँ से आकर उसे छू जाती तो वह टटका हो उठता और बता डालने से नहीं चूकता, "ये हमारे पहाड़ की हवा है, हाय कितनी ठण्डी है!" मन पहाड़ के लिए तरसता था। तब वह एक बुजुर्ग की तरह अपने उस बाल-मन को समझाता: खूब ज्यादा-ज्यादा रुपया कमाकर ले जाऊँगा यहाँ से। इतना ज्यादा कि बौज्यू थैला भर-भर मडुवा-झुंगर लायेंगे। और इजा छापरी भर रोटियाँ पकाएगी, तौली भर भात पकाएगी। सबको इतना रोटी-भात मिलेगा कि पेट डक्क हो जाएगा, फिर वे भाई बहिन इजा की टुकड़ा-टुकड़ा तोड़कर बाँटी हुई रोटी पर कभी आपस में झगडेंगे नहीं, इजा से लड़ेंगे

नहीं कि तूने मुझे छोटा टुकड़ा दिया, उसे बड़ा टुकड़ा दिया। वह रात के उन तन्हा क्षणों में माँचे पर पड़ा, उड़ती हुई रेत और गलगलाते ऊँटों की आवाजों के बीच अपने को समझाता।

उसका एक थैला था। जिसमें उसके कपड़े थे—पजामा, कुर्त्ता, बौज्यू की दोतन्नी फतूही जो उसे काफी बड़ी होती थी। पर बौज्यू बोले थे, रात में पहनकर सोया करना, ठण्ड नहीं लगेगी। इसी तरह आमा ने अपना कनटोप दे दिया था, 'सुबह शाम सिर में डाल लेना, पोते! कान ढके रहेंगे। कानों से ही तो ठण्ड लगती है।' और भी सामान थैले में था। एक छोटी पोटली में इजा ने चिउड़े बाँध दिए थे। चार दाने अखरोट और दो दाड़िम भी। गाँव से आ रहा था तो जाने क्या सूझा, रास्ते से चकमक पत्थर का एक टुकड़ा भी उठा लाया! कभी-कभी अकेलेपन में वह ऊपर टाँड़ में रखा हुआ अपना थैला उतार लेता। इस बीच उसने थोड़ा-थोड़ा कर चिउड़े तो सब खत्म कर लिये, दो दाने अखरोट और एक दाना दाड़िम भी खा लिया। बस, अब बाकी चीजों को नहीं खाएगा, ये उसके पहाड़ के साथी है।

"तू अपने इस थैले को बार-बार उतारकर क्या देखता है, सब्बल सिंह?" वह हणोमान था, बड़ी-बड़ी मूँछोंवाला। सेठ की ऊँट गाड़ी हाँकता था। वह उसके माँचें के पास ही अपनी खाट ले आता था। देर तक लेटा-लेटा अपनी मूँछों से खेलता रहता, तब करवट लेकर पूछता, "इसमें कोई खास माल-पानी रखा है क्या?" तो सब्बलसिंह शरमा जाता और 'नहीं' में सिर हिला देता, हणोमान से सब्बल सिंह को डर लगता था। वो इसलिए कि उसे देखते ही वह बोल पड़ता, "चल सब्बल सिंह, आज तेरे को ऊँट की सैर करा लाऊँ।" ऊँट की सैर की बात पर सब्बल के प्राण सूख जाते। वह इधर-उधर छिप जाता। पहले एक बार वह चढ़ तो चुका था ऊँट पर, सेठ के साथ। क्या हाल हो गए थे उसके मारे डर के। उसने तभी तौबा कर ली थी कि चाहे कुछ हो जाए, अब कभी ऊँट पर नहीं बैठूँगा।

साल भर बाद वह नौकरी से लौटा तो बौज्यू ने उसे बाँहों में भर लिया और जिस तरह भैंस अपने पाड़े को चूमती चाटती है, चूमते-चाटते चले गए; "अब मैं अपने बच्चे को कहीं नहीं भेजूँगा, चाहे भूखा ही मर जाऊँ! मुझे खा जाए मेरा सबलुवा!" सबलुवा नन्हें घिनौड़े की तरह उनकी छाती से चिपका हुआ था।,

बाद में वह सबलुवा बाजार में एक हलवाई के यहाँ लग गया। जहाँ उसने रफ्त-रफ्ता थाल-बर्तन माँजने, खुरचन वाले दूध के कड़ाहे साफ करने, भट्टियों की लिपाई-पुताई से लेकर दुकानदारी तक का सारा काम सीखा—उबलते हुए दूध में कैसे मोटी मलाई तैयार की जाती है, कैसे दही जमाया जाता है, कैसे दुकान सजाई जाती है, जलेबी तोली जाती है, दही काटा जाता है, मावा भूना जाता है, जलेबी की चाशनी तैयार की जाती है...सब कुछ सीखता चला गया वह। यहाँ तक कि हलवाई उसे गद्दी

पर भी बैठाने लगा था। वह कहता था, "सबलुवे में काम करने का बड़ा 'टक' है।" अब तक वह सोलह-सत्रह का हो चुका था और हुलिये से लगभग-लगभग हलवाई लगने लगा था। तब उसका टक और सलीका देखकर उसके चचेरे दद्दा ने जो खुद भी दूकानदार थे और 'मर्चेंट' नाम से जाने जाते थे, उसके लिए हलवाई की दुकान खुलवा दी। भाँड़े-बर्तन फिलहाल किराए पर दिलवा दिए।

सब्बल के माथे पर मस्से के आकार का तिल था। उसे देखकर जानकर लोग बताते थे--इस आदमी के हाथ में हमेशा लक्ष्मी रहेगी। सब्बल अकेला ही दुकान का सारा काम कर लेता था। 'मुर्गा बोलता है तो सुबह होती है, लोगों में कहावत थी। अब उसमें एक सुधार हो गया था–'हाँ! मगर मुर्गा तब बोलता है जब सबलुवे की दुकान खुल जाती है!' सुबह चार बजे खुल जाती दुकान और रात ग्यारह बजे तक खुली रहती। दिन में वहीं मुट्ठी भर खिचड़ी डाल लेता और रात में दो रोटी सेंक दही या चाय के साथ चबा लेता। हाथ में उसके सफाई थी, हुनर था। उसकी दुकान का जैसा ठोस दही कहीं नहीं मिलता था। उसकी जलेबियाँ गोल-गोल अँगूठियाँदार झालरवाली होती थी। खास बात उनकी चमक थी, चार दिन बाद भी वह चमक बनी रहती।

सब्बल ने कभी स्कूल नहीं देखा। पर पढ़ना-लिखना सीखने की उसे ललक थी। बारह खड़ी की एक डबल की किताब खरीदी और सामने के बंशी पनवाड़ी से रात दुकान का काम निबटाकर वह एक गिलास दूध के बदले कुछ देर पढ़ने जा बैठता। डेढ़ ही दो महीने में उसे ठीक-ठाक अक्षर ज्ञान हो गया..."सब्बल सिंह, तुम्हारा दिमाग तेज है, फटाफट पकड़ लेते हो।" बंशी पनवाड़ी अपनी जनाना आवाज में कहते थे, "कहीं दूध के गिलास की चिन्ता तो नहीं रहती?" वे मजाक करते। "नहीं-नहीं, वो लफज पकड़ने में आ ही जाते हैं...दूध तो आप वैसे ही पी जाया करो, साजी!" बस, पनवाड़ी से उन्होंने इतना ही पढ़ा, बाकी धीरे-धीरे खुद सीखते चले गए, दूधवालों और उधारवालों का हिसाब लिखना पड़ता था, इसमें ही वे काफी लिखना पढ़ना सीख गएः नाम, बाप का नाम, गाँव, महीना-तारीख, सामान का नाम, तोल, रुपया-आना-पैसा, जोड़-घटाना, अद्धा-पौवा के पहाड़े वगैरह। बाद में तो वे चिट्ठियाँ भी लिख लेने लगे...अपने मुकद्दमों के मजमून तैयार कर वकीलों को दिखाते। वे लिखते बहुत तेज थे। उनकी लिखावट में शिरोरेखा नहीं होती। मात्राओं की गलतियाँ तो वहाँ होनी ही थी। बाद तक वे अपने नाम के सिंह को 'सींह' ही लिखते रहे। उनका लिखना-पढ़ना शुद्ध काम काजी कोटि का था। ज्ञान अथवा साहित्य से उसका कोई लेना-देना नहीं था। तो भी, चूँकि दिमाग तेज था, ज्ञान ध्यान की सुनी-सुनाई बातें, कथाएँ जो एक बार सुन लेते, याद हो जाती थी।

सब्बल सिंह जब अठारह के हुए, उनकी शादी हो गई। कहते हैं उनकी दुल्हन तब माँ के गर्भ के महीनों को जोड़कर नौ साल की थी। ससुराल में कम टिकती, मायके भाग जाती। बाद में समय पर उसका कोई लड़का-बच्चा भी नहीं हुआ तो तुरन्त घरवालों ने अपने बेटे की दूसरी शादी कर डाली। यह 'डोला ब्याह' था। दूर सोर के इलाके से अक्सर ऐसी शादियाँ होती थी। कोई बरात नहीं जाती। कभी-कभी तो दूल्हा भी नहीं जाता। थैली लेकर घर के चार लोग चले जाते, लड़की पसन्द आ गई तो उसके मायकेवालों को थैली देकर बहू को ले आते और घर में फेरे पड़ जाते। इस तरह घर में दूसरी बहू आ गई। सोर्याली बहू! लेकिन हुआ उलट! वह यह कि सोर्याली बहू के तो कोई लड़का-बच्चा हुआ नहीं, पहली बहू के लड़का हो गया। बेटेवाली होते ही बहू 'राजू की इजा' हो गई और घर में उसकी इज्जत बढ़ गई। सब्बल सिंह यानी राजू के बाबू ने उसके लिए दो तोले का गुलूबन्द गड़वा दिया। घर की और किसी बहू के पास गुलूबन्द नहीं था। सोर्याली के बाद तक भी कोई बाल-बच्चा नहीं हुआ तो वह नजरों में गिरती चली गई। घरवालों का उसके साथ व्यवहार रूखा हो चला। दो तीन साल उसी उपेक्षित हालत में वह रही, फिर एक रोज खुद ही घर छोड़कर चली गई। उसके चले जाने का किसी को कोई मलाल नहीं हुआ... "न दूध की न पूत की! फिर यहाँ रहकर क्या करती?" उसकी सास ने कहा और जल्द ही लोग उसे भूल गए। बात कायदे की थी—घर को बेटा मिल चुका था, सोर्याली को याद करके क्या करना था?

बेटे के जन्म को लेकर सब्बल सिंह यानी राजू के बाबू खास सजग थे, अभी वह पेट में ही था तब से उन्होंने सोचना विचारना शुरु कर दिया था कि कब क्या करना होगा। जन्म के रोज—वह सुबह का समय था—प्रसवशूल चलते ही, वे कोयले का एक टुकड़ा हाथ में लेकर छज्जे के पास तैयार मुद्रा में बैठ गए थे। कान बरोबर अन्दर प्रसव कक्ष की ओर लगे हुए। और जैसे ही वहाँ से 'चिहाँ!' की आवाज हुई, उन्होंने फर्श पर पड़ रही धूप के किनारे कोयले से लम्बी लकीर खींच दी और ताकीद कर दी कि उस लकीर को मिटाएँ नहीं। शाम दुकान से लौटे तो एक टाइमपीस घड़ी, जिसे कोई उधारवाला दे गया होगा, वे साथ ले आए और अगली सुबह धूप के अन्दाजे से घण्टा-मिनट नोट कर लिया। बाकी काम ज्योतिषी को करना था। आदेशानुसार ज्योतिषी ने कुँडली बनायी बहुत मेहनत और सजावट के साथ। जिसकी लम्बाई—दो भाइयों के हिस्से का जो बाइस हाथ लम्बा चाख का कमरा था, यहाँ से वहाँ तक—उसमें वह कुंडली खुली और खुलती चली गई। चाख पूरा नप गया, यहाँ से वहाँ तक। देखा न सुना! इतना लम्बा 'पातड़ा' भी होता है? सब चकित थे। राजू के बाबू थोड़ा गरुर खाकर बोले, "होता क्यों नहीं? बड़े भागवाले का पातड़ा लम्बा ही होता है।" पातड़े में सबसे ऊपर बेटे की दिव्य मुखाकृति अंकित थी। हाथ में

कमल का फूल! पातड़े में बच्चे का पूरा भविष्य वर्णन था। शास्त्री जी बाँच रहे थे: बड़ा पितृ-भक्त होगा।...पूरब दिशा में धन प्राप्ति होगी। बड़ा भारी विद्वान होगा, विदेश जाएगा...वगैरह वगैरह। जिसमें दो बातें दिनों तक चर्चित रहीं—एक, बड़ा पितृ भक्त होगा...दो, पूरब दिशा में धन मिलेगा। 'बड़ा विद्वान होगा' पर किसी का ध्यान नहीं गया। 'विदेश जाएगा' पर दादाजी का ध्यान गया। बोले वे, "अरे! मेरा सबलुवा भी बचपन में एक साल विदेश गया था। आग लगे! नहीं चाहिए। हमें विदेश-फिदेश! मेरा पोता अपने घर में ही सुखी रहे।"

रज्जू ढाई-एक साल का रहा होगा, तुतला-तुतला कर बोलता और हाथ उठाकर नाचता था। उन जाड़ों में बाबू जी अपने बच्चों को दो महीने के लिए अपने पास ले आए थे। घरवालों ने भी कह दिया, "ले जाओ। कुछ दिन खाने पीने का आराम हो जाएगा।" खैर, तो एक रोज रज्जू गायब हो गया। तहलका मच गया। सब छान मारा—पूरा घर, दुकान, छत-आँगन, गली-बाजार आस-पड़ोस सब! दुकान बन्द कर दी। बाबू जी को लग उठा, उनकी दुनिया लुट गई है। अगर आज रज्जू को कुछ हो गया—और वह 'कुछ' जरूर ही हो गया है!—तो उनके लिए एक दिन जिन्दा रहना नहीं हो पाएगा। घरवाली को उन्होंने जंगलीपने से पीट डाला "अगर तेरे से एक बच्चे की सम्हाल नहीं हो सकती तो तू मर जा!...मेरा लड़का मिल जाना चाहिए, मैं कहता हूँ! वरना गजब हो जाएगा!" पागलों की तरह दाँत किटकिटाकर बोल वे और उसी तरह बाहर को दौड़ गए—मोटर स्टेशन, डोटियालों के अड्डे, भंगी चमारों की बस्ती, भिखमंगों के ठिकाने...सब टटोल डाला। पुलिस के डिप्टी साहब ने, जिनके यहाँ दूध-दही जाता था, खुद दिलचस्पी ले ली थी। सनीमा हौल के पर्दे पर भी सूचना आ गई। तो उस तहलके के बीच बंशी पनवाड़ी की सहुआइन अपने छज्जे की चिक उठाकर चिल्लाई, "अरे ये रँडकरा (नालायक) तो यहाँ सोया हुआ है, मेरे पूजाघर में! दिया जलाने को जैसे ही माचिस ढूँढ़ने लगी तो इस पर हाथ पड़ा। बबा हो!"

उस रोज बाबू को पहली बार पता हुआ कि वे अपने बेटे को कितना प्यार करते है। जितना उनके बौज्यू उन्हें करते थे, उससे भी ज्यादा। उस रोज—और फिर कई रोज तक वे रज्जू को अपनी गोद में सुलाए रहे।

चार साल का हो गया राजू तो बाबू उसे अपने साथ दुकान में ले जाने लगें। अँगुली पकड़कर ले चलते और जब वह थकने लगता, कँधे पर उठा लेते। दुकान में पहुँच, वे अपने सामने उसकी दरी बिछा देते और तख्ती उठा लेते, जिस पर उन्होंने पिछले

रोज ही कालिख पोत रखी होती। खाली बोतल लेकर वे तख्ती पर घोट्टा मारते, फिर उस पर खड़िया मिट्टी के घोल में डुबोए डोरे से लाइन डालते। फिर 'निंगल' की कलम बनाकर ये सारी चीजें उसके सामने सजा देते "लो, अब बैठो। सुन्दर-सुन्दर अक्षर बनाना, अच्छा? फिर लड्डू देंगे!" जब तक तख्ती पूरी नहीं हो जाती, राजू सिर नहीं उठाता..."बाबू! पाटी भर गई। अब दूसरी तरफ भी भरूँ?" "शाबाश, बेटे!" बाबू उसे प्रोत्साहित करते, "अब दूसरी तरफ भी भरो। तुम तो बहुत होशियार हो।" राजू बगैर तारीफ पर ध्यान दिए, तख्ती के दूसरी तरफ लिखने में डूब जाता। "बाबू! पाटी दोतरफा भर गई।" "शाबाश! ये लो इनाम का लड्डू। अब तुम्हारी छुट्टी।" छुट्टी भी क्या—दरी से उठकर बेंच पर जा बैठना। "वहीं बैठे रहो, वहीं से सब देखते रहो। उछल कूद करने के बदमाशी नहीं करनी, ठीक है?" "ठीक है", एक चाबी लगे गुड्डे की तरह राजू सिर हिला देता और बेंच पर बैठे-बैठे पाँव झुलाता रहता। पेशाब को जाता तो वहाँ 'बदमाशी' कर जाता—खेलने लग जाता। आवाज पड़ती, तब भागता आ पहुँचता... "अब तू कहीं नहीं जाएगा, पेशाब को भी नहीं। चुपचाप बैठे रह यहाँ पर। बहुत बदमाशी करने लगा है।" बाबू लाल आँखें तान देते।

तख्ती-कमेट छूटे, तो ट्यूशनें शुरु हो गईं, फिर चुपचाप बैठ रहना भी बन्द हो गया। पहले मास्साब से पढ़ता, फिर उनका दिया हुआ होम वर्क करता, फिर रटने का काम करता, फिर नींद लगने लगती...बाबू उसे दुकान के पीछे तख्त पर सुला देते।

राजू गाँव से दुकान तक पूरे रास्ते पैदल चलने लायक हो गया। बाबू की बातों को यथाशक्ति सुन-समझ सकने लायक भी। दुकान को जाते में, दुकान से लौटते में बाबू उसे धार्मिक किस्से सुनाते: राम का किस्सा कि राम अपने पिता का कितना आज्ञाकारी बेटा था, उनकी आज्ञा से, बगैर चूँचपड़ किए चुपचाप चौदह साल के लिए वन में चला गया। आज का लड़का होता तो बाप से लड़ पड़ता, साफ मनाकर देता। तभी तो राम को दुनिया में भगवान करके पूजा जाता है।.... श्रवण कुमार का किस्सा कि श्रवण कुमार अपने अँधे माँ बाप को कँधे पर ढोता हुआ चारों धाम की यात्रा कराता रहा। और उनकी सेवा में ही उसने प्राण दे दिए। तभी तो वह दुनिया में अमर हो गया। आज भी वह रात के समय आसमान में तारा बनकर चमकता है।.... सावित्री सत्यवान का किस्सा कि सावित्री कितनी महान पतिव्रता नारी हुई जो साक्षात यमराज के चंगुल से अपने पति के प्राणों को छुड़ा ले गई। यमराज देखता रह गया। तभी तो वह 'सती सावित्री' के नाम से तीनों लोकों में अमर है। पति के प्राणों को अपना प्राण मानने वाले ठहरी वह!...एक बार वे भक्त प्रहलाद का किस्सा सुना गए

जिसमें राजू ने कई सारे सवाल उठा दिए: प्रहलाद का बाप उससे नाराज क्यों था? क्या वह अपने बाप का कहना नहीं मानता था? भगवान ने उसके बाप को क्यों मार डाला? वह खराब आदमी क्यों था? उस रोज बाबू जी को लगा कि सभी धार्मिक कहानियाँ बच्चों को सुनाने लायक नहीं होती। बाप बेटे के बीच दुश्मनी, उसमें भी बेटा अच्छा-बाप बुरा! यह क्या बात हुई? ऐसी कहानी से क्या शिक्षा मिलनी? किसका भला होना? बल्कि बाप-बेटे के बीच ही सिरफुटौबल जरूर हो जानी!

बाबूजी ने चाणक्य नीति के दो-चार श्लोक सुन रखे थे। जिनमें एक श्लोक उन्हें खासकर पसन्द था—पाँच बरस तक लालन का अधिकारी, बारह बरस तक ताड़न का अधिकारी, सोलह बरस पर मित्र समान। जिसकी व्याख्या कुछ इस तरह वे करतेः पैदा होने के दिन से पाँच बरस का हो जाने तक बच्चा सबका लाड़ला होता है, गोद-गोद घूमता है। चाहे जिसकी मूँछ खींच ले, जिसकी गोद में छिच्छी कर दे! कोई कुछ नहीं कहता, बल्कि हँस देते है। कुछ कहोगे तो टिटा जाएगा। अक्कल तो हुई नहीं। पाँच के बाद बारह बरस तक की उमर काम बिगाड़ू उमर हुई। कोई ढंग का काम नहीं करेंगे। चलेंगे तो उछलते हुए। गुड़ मिठाई देखेंगे तो चट कर जाएंगे। पढ़ने में बदमाशी। तभी तो सारे घर की सुबह से शाम तक पटापट-पटापट ही मिलती है। पर हाँ सोलह बरस के हो गए तो समझो सब सही हो गया। जिसे कहते हैं सयानापन। अक्कलआनी शुरु हो जाती है। उधर मूँछें भी उगने लग जाती है। डाँट-फटकार की जरूरत फिर नहीं रह जाती।.... "मगर तुम अभी पाँच और बारह के बीच में ही, इसलिए कभी-कभी तुम्हारी डाँट-फटकार और मार पिटाई भी जरूरी हो जाती है। समझ गए तुम?"

"लेकिन बाबू, मोहनचन्द जी मास्साब तो बहुत जोर से मारते है। उनके हाथ तो हड्डियों जैसें होते हैं, बहुत ही जोर से लगती है।" राजू रुआँसा हो उठा।

"अच्छा खैर! अब हम उन्हें बोल देंगे—बहुत ही जोर से मत मारना, थोड़ी ही जोर से मारना, ठीक है?"

राजू ने सिर हिला दिया कि ठीक है।

बाबू ने सोच रखा था, राजू को अभी स्कूल में भर्ती नहीं करना है, पाँच किलास तक घर में ही रखकर पढ़ाना है। स्कूल में भेजने से तो पूरे पाँच साल खराब हो जाते है। कभी फेल-फाल हो गया तो एक-दो साल उसमें और जोड़ लो, आधा बुड्ढ़ा तो समझ लो लड़का तभी हो गया! उन्हें यकीन था टयूशन रख कर दो ही साल में पाँच साल का कोर्स हो सकता है। बस थोड़ी सी सख्ती पढ़ने वाले पर डाल दो, थोड़ी सी पढ़ानेवाले पर। न होनेवाली चीज क्या है? उनके पास पाँच किलास कराने के लिए

भला पाँच साल कहाँ से रखे हैं? फालतू में समय बर्बाद करने का शौक उन्हें नहीं है। दो साल इधर के, पाँच साल उधर के–पूरमपट सात साल लगाकर वे राजू को दस किलास पास करा देना चाहते हैं, ठीक दस किलास! न इससे एक कम, न एक ज्यादा। इतने से ही उनका मतलब सिद्ध हो जाता है–उनका मतलब, यानी या तो राजू पटवारी बन जाए। खुदा न खास्ता पटवारी न बन सके तो कचहरी का अर्जीनवीस तो वह जरूर ही हो जाए।

ये दो सपने थे जिन्होंने अपनी-अपनी ओर से उन्हें कस रखा था। दोनों सपनों के अपने अपने मूल स्रोत थे। पहले अर्जीनवीस वाले का स्रोतः शनिवार की शाम आठ-दस बच्चों के झुण्ड से घिरे-घिरे, लगभग जोगिंग करते हुए से, बाजार की तरफ से गाँव की तरफ को लपकते चले जा रहे शंकरदत्त अर्जीनवीस...लम्बा कोट, चूड़ीदार पजामा, सिर पर टोपी माथे पर चंदन, लम्बे गोरे–"सबलदा! और प्रसन्न?" की हाँक देते हुए आगे बढ़ जाते। उनकी दो-दो गृहस्थियाँ थी। एक गाँव के दुमँजले में रहती, दूसरी शहर के दुमँजले में। शनिवार की शाम वे अपने बाल-गोपालों के झुण्ड को लेकर गाँव को जाते दिखाई दे जाते और सोमवार की सुबह शहर को लौटते। लौटते में सबलदा की तिराहे की दुकान पर रुककर पानी-वानी पीते, सुस्ताते। प्रसिद्ध था, शंकरदत्त शाम को जब कोर्ट के अपने अर्जीनवीसी तख्ते से उठते हैं तो उनके लम्बे कोट की लम्बी-लम्बी जेबें नोटों से ठसाठस भरी होती है। बाबूजी उन लम्बे कद-गौरवर्ण शंकरदत्त की आते और लौटते समय की उस शोभा-यात्रा को देखते, तब एक दिल गदगद हो उठता तो दूसरा ठण्डी साँस भरने लगताः किस्मत हो तो ऐसी! एक गाँव में, दूसरी शहर में...दो-दो! और कहाँ यहाँ एक ही के लिए घाघरी आँगड़ी जुटाना मुश्किल पड़ रहा है! रज्जू को तो भइया, हर हालत में अर्जीनवीस बनना है। इससे कम में बात नहीं बन सकती! बड़े वेग के साथ उनके सोचने में आता।

लेकिन कुछ ही समय बाद इस अर्जीनवीस के सपने पर पटवारी के सपने ने छापा मार डाला। हुआ यह कि देहात से शहर बाजार की तरफ जाने और बाबूजी की दुकान पर सुस्तानेवालों में अब छोटी सी घोड़ी पर सवार, छोटे कद और साँवले रंग के, बड़े पग्गड़वाले एक बुजुर्ग भी होने लगे थे, जिन्हें देखते ही बाबूजी लपककर जाते और सहारा देकर घोड़ी सेँ उतार लाते, बेंच को झाड़ फटकारकर उन्हें बैठालतेः "बड़े दिनों में दर्शन हुए।" कहते, जबकि महीने के महीने 'दर्शन' होते रहते थे। फिर उन्हें इलायचीवाली चाय पिलाई जाती। फिर ताजे हुक्के में तमाखू भरा जाता। इस बीच वे दुकान की दूसरी ग्राहकी को कतई छोड़ देतेः "दही दे दो आध पाव।" "नहीं है।" "है तो सही।" "कह दिया, नहीं है। जाओ दूसरी दुकान से लो।" और इस तरह ग्राहक को भगाकर पूरी तरह बुढ़ऊ के हुजूर में बेफुर्सत हो रहे होतेः तबियत के हालचाल ले रहे होते, "शुद्ध शहद उस तरफ नहीं मिलता हो तो बता

देना। यहाँ से इन्तजाम हो जाएगा।'' ''साहब आजकल कौन से इलाके में हैं? बीच-बीच में घर आते रहते होंगे....'' पूछते, फिर खुद ही अपनी बात को सुधर लेते, ''हाँ, फुर्सत कहाँ मिलनेवाली हुई? भारी जिम्मेदारी की नौकरी हुई...'' वगैरह वगैरह। एक रोज दूध के गिलास में मक्खी की तरह, एकदम झप्प से बुढ़ऊ की बगल में चिपककर आ बैठा एक गँवार...उनका सगा बिरादर! यहाँ तक गोंत-गोबर की बदबू मार रहा है ससुरा! ''मैंने कहा चचा की फर्शी सुलगी हुई है, दो फूँक मारता जाऊँ।'' दूध की बाल्टी जमीन पर रखता हुआ वह बोला और लो—उसने तो बुढ़ऊ के हाथ से फर्शी की निगाली ही हथिया ली! अंधे हो गए बाबू। झपटकर आए, निगली छीनते हुए उसके कान में बोले, ''फूट ले! जल्दी!'' चुटकी बजाते हुए दोहराया, ''जल्दी!'' वह समझा नहीं, चचा की आँखों में जो ठण्डा लावा उबल रहा था उसे देखकर भी पूरा नहीं समझा, केवल घबराहट में उठ लियाः ''पियो-पियो, आप लोग आराम से पियो।'' बोला और खाँसता हुआ फूट लिया। उस गोपनीय नाटक का मर्म बुढ़ऊ की समझ से बाहर ही रहा, बोले, ''अच्छा तो ठाकुर साहब, जरा बाजार तक हो आऊँ।'' बाबूजी ने उन्हें घोड़ी पर चढ़ने में मदद की, फिर गोपनीय नाटक की बात को दिमाग से झटककर कुछ देर तक उन्हें जाते हुए, परम आनन्द के भाव से जैसे स्वप्न में तैर रहे हों, देखते रहे। फिर बुड़बुड़ाए, ''पटवारी साहब के बाबू हुए, भाग्यशाली आदमी हुए!''

इस तरह हुआ यह कि अर्जीनवीस के सपने पर पटवारी के सपने ने कब्जा कर लियाः एक रोज वे भी इसी तरह घोड़ी पर सवार होकर निकला करेंगे, इसी तरह लोग उनका आदर-सत्कार करेंगे और 'साहब' के बारे में पूछेंगे...उन्हें तीव्रता से लगने लगा था।

तब उन्हें लगता कि ट्यूशन मास्टर मोहनचन्द अगर ज्यादा जोर का थप्पड़ मारते हैं तो एक हिसाब से ठीक ही करते हैं। उन्हें कम जोर से मारने के लिए वे कैसे कह सकते हैं? पटवारी साहब बनना कोई हँसी खेल तो नहीं है। दुकान की दूसरी तरफ मोहनचन्द मास्साब का डाँट-पिटाई का कार्यक्रम जोर शोर से जारी होता, वे दाँत पीस-पीस कर सीत्कारे भरते हुए कह रहे होते, ''अरे रजेंदरुवा! तू कैसे सुधरेगा रे!'' और चटाक-चटाक की आवाजें सुन पड़ती। तब बाबूजी तत्परता के साथ चाय ढाल, एक पनामा सिगरेट भी साथ में ले तुरन्त वहाँ पहुँचा आते।

ट्यूशन के दो साल पूरे हो गए, लेकिन कोर्स पूरा नहीं हुआ...''ये तो धोखे बाजीवाली बात हो गई, मास्साब!'' गुस्सा खाकर बाबू बोले, ''मुझे तो लड़के को इस साल सिक्स किलास में भरती करना था।''

"दो साल में पाँच साल का कोर्स कैसे हो सकता है, ठाकुर साहब?"

"अजी, हो क्या नहीं सकता! हमने तो दुकानदारी में तीन-तीन आदमियों का काम अकेले दम निबटा रखा है, धुन होनी चाहिए काम की।"

"ये दुकानदारी नहीं है साहब, दिमाग का काम है। ज्यादा जोर डालोगे तो बच्चे का दिमाग है, बर्दाश्त नहीं कर पायेगा। उल्टा असर भी हो सकता है, सोच लो।"

झख मारकर बाबू को एक साल और चुप रह जाना पड़ा।

और बस! तीन साल पूरे हुए कि आधे-अधूरे कोर्स के बीच में ही उन्होंने लड़के का छटी क्लास का फार्म भरकर डाल दिया। एक जुमला था उनका—'शिकार सियार का, तैयारी शेर की!' ट्यूशन मास्टर और लड़के पर तीन साल तक भरपूर जोर डाले रखने के बावजूद उन्होंने अपनी तरफ से भी पूरी तैयारी कर रखी थीः स्कूल के चपरासियों से होते हुए वहाँ के मास्टरों तक पहुँच लगाकर पक्की लामबन्दीकर ली थी उन्होंने। इसमें उनकी हलवाई की दुकान एक सुविधावाली बात बन गई—एक एक चाय, दो-दो लड्डू चपरासियों को और सेर भर दही की हाँड़ी—आध सेर मिठाई का डिब्बा मास्टर साहब के घर..."कैसी बात करते हैं मास्साब? दही मिठाई भी कोई घूस हुई? अरे, यह तो एक रिवाज हुआ हम पहाड़ियों में! बाल बच्चों वाले घर कहीं खाली हाथ जाया जा सकता है क्या? आप ही बताओ।" जब बात यहाँ तक पहुँच गई, फिर वहाँ उम्र और योग्यता को पूछनेवाला कौन रह जाना था? आराम से राजू टैस्ट में निकल गया और, इस प्रकार, तीन साल की पढ़ाई के बाद ही सिक्स्थ में दाखिल हो गया।

एक बार दाखिल हो जाने की देर थी, पढ़ाई की रेलगाड़ी दसवें की दिशा को चल पड़ी। रास्ते में रुकावट को कोई अंदेशा कहाँ रह जाना था जब सियार के शिकार के लिए शेर की तैयारी साथ-साथ चल रही हो...स्कूल के मास्टरों से लेकर चपरासियों तक! चपरासी जात को मामूली मत समझना! मौके पर वे ऐसे काम के साबित होते हैं कि उनके सामने अफसर भी क्या हुआ। तो उन सबकी बँधी हुई चाय जलेबी, दही मिठाई सब अपने काम में जुटे हुए थे। फेल-फाल का तो नाम ही मत लो। वैसे उनका राजू भी पढाई का कम कीड़ा नहीं है, शेरवाली तैयारी की जरूरत वह खुद ही नहीं पड़ने देता।

इस तरह जहाँ एक ओर राजू की पढ़ाई की रेलगाड़ी दसवीं क्लास की दिशा को—यानी, पटवारी साहब बनने की दिशा को—यानी, साफा बाँधकर घोड़ी पर सवार हो समाज-बिरादरी से इज्जत-सत्कार बटोरने निकले बाबूजी की दिशा को धकाधक दौड़ रही है, तो वहीं उसके समानांतर बाबूजी का जिन्दगी का जोश भी ऊफान चढ़ा हुआ हैः दो ही साल में उन्होंने बाखली वाले पुस्तैनी मकान से हटकर खुले में एक महल जैसा मकान ठोंक डाला। लम्बे-चौड़े उसके छत-आँगन। घर के अन्दर ही

नहाने-धोने, पानी-पेशाब की सारी सुख-सुविधा। आँगन में बड़ी सी सीमेन्ट की टोंटीदार टंकी, जिसमें छत से बरसात का पानी इकट्ठा हो जाता और फिर महीनों तक गाय-भैसों को पिलाने, घरवालों के नहाने धोने का आराम हो रहता। बड़े-बड़े खिड़की छज्जों से मकान इतना खुला-हवादार बन गया, चूल्हे के ऊपर बकायदा चिमनी भी लग गई थी कि फिर रसोई करते समय घर के अन्दर धुएँ-काजल का सवाल ही कहाँ रह जाना था? बिरादरी की औरतें राजू की इजा के भाग्य सराहतीं—"तू तो महारानियों के जैसे भाग ले के आई है, बैणा! हमारी तो सुबह शाम के धुएँ से ही आँखें फूट जाती हैं। फिर रात विरात चाहे बरफ बारी हो या आँधी तूफान, पानी पेशाब को तो बाहर ही निकालना पड़ता है न? नहाने के लिए भी अली-गली ढूँढ़नी पड़ती है। तेरे जैसे भाग हमारे कहाँ?"

...आखिरकार राजन दसवीं पास हो गया। वह भी सेकण्ड डिवीजन से! उसके सेकण्ड डिवीजन निकलने का पूरे मुहल्ले में हल्ला था। मगर बाबूजी को इतनी फुर्सत कहाँ कि उस खुशी को दिमाग में लाए, दिल में महसूस करें? दिल में महसूस करने के लिए तो यही एक बात हुई थी कि राजू दस पास हो गया है—अब उसे पटवारी बन जाना! कब साफा बाँध, घोड़ी पर सवार होकर वे निकलेंगे और लोग उठ-उठकर उनकी अगवाई करेंगे, चाय-तमाखू से सेवा-सत्कार करेंगे...और 'साहब' के बारे में पूछेंगे! एक हलचल भरी पुलक, एक उतावली गजब ढहा रही थी उनके अन्दर। रात ही उन्होंने लोहे के ट्रंक में से अपने नीले सर्ज की पोशाक निकाल ली थी। यह पोशाक उन्होंने अपनी दूसरी शादी पर सिलवाई थी, जो अब खास न्योतों आयोजनों पर निकलती थी। आज का मौका कोई कम खास नहीं था। आखिर वे पटवारी साहब के पिताजी होने जा रहे थे! सुबह होते ही, फटाफट कलेवा कर, पोशाक डाँट, रिजल्ट जेब में सम्हाल, घर से निकल पड़े थे वे...कि "जी ये लड़का है मेरा, दस पास हो गया है। अब इसे पटवारी बनना है।"

"दस पास—यानी हाई स्कूल? कौन-सा डिवीजन? सैकण्ड! क्या परसेंट? फिफ्टी सेवन! गुड!" राजू के रिजल्ट की जाँच परख चल रही है: "पटवारी बनना है?"

"जी बिल्कुल!" बाबूजी के खुशी सम्हाले नहीं सम्हल रही।

"लेकिन ठाकुर साहब, ये लड़का आपका पटवारी कैसे बन सकता है? ये तो अभी अठारह साल का भी नहीं है। अंडरएज है। पाँच साल बाद आना।" और रिजल्ट बाबू जी को वापस कर दिया जाता है।

कहाँ कलक्टरी, फिर तहसील, फिर रोजगार दफ्तर...जहाँ भी जाते हैं वे, एक

ही टका-सा जवाब मिलता है, "पटवारी तो क्या, वह अभी चपरासी भी नहीं बन सकता। सरकारी नौकरी को कम से कम अठारह साल की उम्र चाहिए। पाँच साल बाद कोशिश करना।"

"तो क्या अर्जीनवीस भी नहीं बन सकता?"

"अरे बाबा, अठारह साल से पहले वह कुछ भी नहीं बन सकता। क्यों भटक रहे हो? उसे आगे पढ़ाओ। खेलने खाने दो उसे, क्यों उसके पीछे पड़े हो?"

—यह क्या हो गया? यह तो मुँह से कौर छिन जानेवाली बात हो गयी! अन्दर-अन्दर बौखला गये बाबूजी। अचानक के इस आघात ने उनके दिमागी सन्तुलन को डिगा दिया। उनका सहज बोध लड़खड़ा गया। वे आवेश की मानसिकता में अटक गये : आठ साल से पापड़ बेल रहे हैं वे। आज तक किसी ने यह बात नहीं बतायी। अब जब रिजल्ट हाथ में आ गया है तो बोला जा रहा है कि लड़का पाँच साल छोटा है! यह तो कोई सोची-समझी चाल लगती है। अव्वल तो वह ज्योतिषी ही मक्कारी कर गया—सवा पाँच की जगह एक सौ एक रुपया डकार कर ऐसी कम उमरवाली कुँडली बना गया! इरान तूरान की फालतू जाने क्या-क्या उसमें हाँकता रहा कि बड़ा विद्वान होगा...विदेश जाएगा...जाने क्या-क्या? मगर काम की इतनी-सी बात नहीं कर गया कि लड़के की उम्र कम होने से बच जाती। और फिर वह ट्यूशन मास्टर, जो फारम भरनेवाला निकला, ऐसा अण्डर एज का फारम भर गया! फिर वे फार्मों की जाँच करने वाले मास्टर उर्बादत्त और बाबू हरिमोहन...फोकट का दही-मिठाई उड़ाते रहे—ऐसी फारम की जाँच कर गये। हमेशा के लिए अण्डर एज छोड़ गये लड़के को। माना कि वह पहले से ही अण्डर एज था, पर इन सबके हाथ में भी तो कलम थी, कलम की ताकत थी। कर देते चुपचाप से सही! कौन देख रहा था? कान में डाल देते आकर कि ऐसी बात हो गयी है ठाकुर साहब! क्या करें बोलो? तो ठाकुर साहब को सौ पचास उनकी मुट्ठी में दबा देने में क्या जोर पड़ रहा था? लड़के की जिन्दगी बच जाती। मगर किसी भाई ने इतना-सा काम नहीं कर दिया। मन-ही-मन हँसते होंगे सब और कहते होंगे—पटवारी अर्जीनवीस बनाएगा रे खसिए, तू अपने लौण्डे को? नोटों से ठसाठस जेब भरकर लाएगा लौण्डा तेरा? खटखट घोड़ी पर सवार होगा तू, पटवारी का बाप बनकर? देख फिर!

जैसे वन्य जीव का ऐन मुँह से कौर छिन जाए और वह खूँखार हो उठे...बाबूजी जहरीले हो गये, उनके नसपूटे फुँकारने लगे।

मगर जहरीला बनने से अब कुछ फायदा नहीं! ये जो तीन मूर्तियाँ बैठी हैं सामने, बाबूजी को लगने लगा है कि इनसे टकराना किसी हालत में ठीक नहीं। अब तो इनसे दया की भीख माँगकर ही बात बन सकती है। ये तीनों जो भी हैं,

ब्रह्मा-विष्णु-महेश बन सकते हैं और राजू को इनसे जीवनदान मिल सकता है। सब कुछ इनकी मुट्ठी में है। राजू की पटवारीवाली नौकरी के साथ उनके प्राणतन्तु जुड़ गये थे : अभी सुबह जब वे रिजल्ट जेब में डालकर घर से निकले थे तो उस क्षण जाने कैसे उनके अन्दर मीरखाँ पठान के यहाँ के घोड़े-घोड़िया नजर आने लगे थे—बल्कि एक घोड़ी को वे पसन्द भी कर चुके थे...प्राणतन्तु फड़फड़ा रहे थे। बौखलाहट गायब हो गयी, बाबूजी 'हारे को हरिनाम' की दयनीयता में विगलित होने लगे। अभी नहीं तो कभी नहीं की अधीरता सवार हो गयी : माँग ले सब्बल सिंह, चूक मत! झपट ले...''उम्र को क्या देखना है साहब? आदमी के काम को देखिए। लड़का मेरा छोटा जरूर है, पर काम में बहुत माहिर है। काम पसन्द न आए तो बेशक दो लप्पड़ देकर निकाल देना।...कहते हैं कोई बाश्शा था जो जब तेरह साल का था तभी बाश्शा बन गया। वह तो पूरे देश का बाश्शा बन गया, मगर मेरे बेटे को तो मामूली पटवारी ही बनना है...थोड़ा सोचो साहब! इतनी बेइन्साफी मेरे बेटे के साथ मत करो। अभी पटवारी बना दो, एक न एक दिन तो उसे भी अट्ठारह का हो जाना है। चाहे तब तक तनखा कुछ कम दे देना।...अच्छा तो फिर एक काम कर लो, तब तक उसे कच्चा ही रख लो। नाम से पटवारी हो जाए, बहुत है।'' मगर वे पूरे अकड़ू खाँ बने हुए हैं, किसी शर्त पर मानने को तैयार नहीं। कैसा अँधेरा है! बोलते हैं पूरे अट्ठारह साल चाहिए, एक दिन कम नहीं। बाबूजी को लगने लगा है—उनका यह मुद्दत से सँजोया सपना—पटवारी का पिता कहलाने का सपना टूट रहा है। उनके प्राण बेतरह फड़फड़ाने लगे...तो वे अन्धे हो गये और उन्होंने आखिरी दाँव दे पटका : ''हम तो देने-दिलाने को भी तैयार हैं साहब! बस यह छोटा-सा काम बन जाए।''

इतना बोलना था कि त्रिमूर्ति वह एक साथ टूट पड़ी, ''ऐसी ओछी बात मत करो ठाकुर! चले जाओ यहाँ से! घूस देकर नौकरी चाहते हो? फौरन निकल जाओ। वरना अभी अन्दर हो जाओगे!''

''अरे जाओ, साहब!'' अचानक की इस धमकी सो बाबूजी भी तिड़ककर तार-तार हो गए : ''छोड़ो इन बातों को। सब कहने की बातें हैं। वरना यह सब कहने-सुनने का मौका ही कहाँ आना था? पर हमारे साथ इस वक्त कुछ मजबूरीवाली बात हो गई है : 'दत्त' नहीं हुए, 'सिंह' हो गए।'' बोले और निकल लिये।

न राजू का पढ़ाई का कीड़ा होना काम आया न बाबूजी की शेरवाली तैयारी। कुछ भी काम नहीं आया। तड़ाक से मुँह पर एक ही तमाचा-सा पड़ा : लड़का अण्डर एज है, पाँच साल रुकना पड़ेगा! किसने देखे हैं पाँच साल? पाँच साल तक कौन जीता है कौन मरता है! गजब बौखला गये बाबूजी। लेकिन बौखलाने से अब कुछ नहीं

बनना। अब तो चटपट फैसला ले लेना है कि आगे उसका कौन-सा अचार डालना है? इन्टर की (दाखिले की) तारीख जा रही थी। वे तो एक दर्जा भी आगे पढ़ने को तैयार नहीं थे। पर लोग थे, सब एक सिरे से इस राय में आ गये थे कि लड़का होशियार है, इन्टर यानी एफ ए जरूर कराया जाए उसे...''होनहार बच्चा है ठाकुर जी! इसे आगे पढ़ाओ।'' कन्टूनमेन्ट मुहल्ले की सुबेदारनी जी, जाने कैसी दर्दीली उनकी आवाज होती थी, दही लेने आई थीं, बोलीं, ''हमारे निगरगण्डों को देखो, दो-दो साल से फेल हो रहे हैं। इस बच्चे को तो पढ़ाने को किसी का भी मन हो जाएगा। आप नहीं पढ़ा सकते तो हमें दे दो, हम पढ़ा देंगे।''

मुहल्ले के धर्म के सामने बाबूजी चित हो गए। अपने को समझाने का एक बहाना भी उन्हें हाथ लग गया कि वैसे भी, न पढ़ाएँ तो रोटी तो खिलानी ही पड़ेगी, कपड़े भी फाड़ेगा। छाती पर मूँग और दलेगा रो-रोकर। डाल दो दो साल के लिए। 'ऐफे' बोलना अच्छा भी लगता है, डाल दो।

इस तरह बाबूजी के दो साल खर्च करके एक रोज राजू इन्टर यानी एफ ए भी हो गया। यहाँ भी वह सेकण्ड निकलनेवाला मुहल्ले में अकेला लड़का था। मगर फायदा क्या रहा? अठारह साल का तो वह अब भी नहीं हुआ...''अरे, तेरा लौण्डा कभी अठारह का होगा भी?'' मार हताशा के बाबूजी माँ से बोल गए। जो भी हो, अब आगे एक दर्जा नहीं! नहीं नौकरी मिलती तो मारो गोली। दुकान में बैठो चुपचाप।... लेकिन कैसे दुकान में बैठो जी? अब तो वह मुहल्ले का पहला बी ए होने जा रहा है—बी.ए. यानी ग्रेजुएट! ग्रजुएट को तम क्या समझते हो? ग्रजुएट हो जाने का मतलब भी समझते हो? उसका मतलब है तुम्हारे लड़के ने डिप्टी कमिश्नर बनने की योग्यता हासिल कर ली है। हाँ डिप्टी कमिश्नर! बी ए करके वह सीधे डिप्टी कमिशनरी की के इम्तिहान में बैठ सकता है—और होशियार है, इसलिए निकल भी सकता है! उस योग्यता को हासिल करने से रोक सकते हो उसे तुम? यह सौ सुनारों की थी। और इन सौ सुनारों को मजबूती देने के पीछे से एक लुहार की तरह आ खड़े हुए आई टी आई के अलेक्जेण्डर साहब—जो बाबूजी के 'एक क्विंटल दूध—एक मन जलेबी' (एक पाव दूध—एक छटाँक जलेबी) के ग्राहक ही नहीं, उनके एक राजदान-कद्रदान भी थे। साढ़े छः फिट ऊँचे। आजाद हिन्द फौज में रहे हुए। सुबह नौकरी को पहुँचते तो बोलते जाते, ''अच्छा तो ठाकुर साहब, जरा जंग जीत आएँ।'' और शाम घर को लौटते तो कहते चलते, ''जा रहे हैं अब जंग हारने, ठाकुर साहब!'' ऐसे वे अलेक्जेण्डर अपनी उस भरपूर ऊँचाई के साथ एक शाम आकर तन गए: ''ठाकुर साहब, बधाई! बहुत-बहुत बधाई!'' आवाज की तुर्शी और दूसरी बधाई बोलते तख्त पर दे जमाया मुक्का!

''काहे की बधाई साहब?'' बाबूजी उन चढ़े हुए तेवर और इस बधाई को समझे नहीं।

''सुना है रज्जू साहब के सेकेण्ड डिवीजन पास होने के इनाम में आपने उनका आगे पढ़ना ही रोक दिया है। यह तो काबिले तारीफ काम हुआ!''

''अब साहब...'' बाबूजी कसमसा गयेः ''बहुत पढ़ लिया।''

''क्यों नहीं, क्यों नहीं!'' उसने तो सारी विद्या चाट डाली। शंकराचार्या बन गया है पढ़ते-पढ़ते! क्यों नहीं!... अगर यह बच्चा इस अलेक्जेण्डर का होता तो जानते हैं क्या होता?'' बुशशर्ट को हिलाते हुए : ''अपने बदन के कपड़े भी गिरवी रख देता यह गरीब अलेक्जेण्डर और उसे ग्रेजुएट बनाता, ग्रेजुएट!'' और उसी गुस्से में फुंकारते हुए अलेक्जेण्डर साहब घर की जंग हारने चल पड़ेः' ''बधाई!''

क्या करें बाबूजी? इस रजुवे ने तो पास हो-होकर आफत मचा रखी है! झख मारकर बी ए दाखिले की हाँ कर देनी पड़ी। साथ ही बहुत साफ शब्दों में बता दिया गया कि पढ़ाई अब नाममात्र की ही समझो। थोड़ी देर को कौलेज हो आओ, बाकी समय घर और दूकान को दो। ये चौबीस घण्टे किताबोंवाला रोग अब नहीं चलेगा। हमें पता है, बी ए में सिर्फ तीन विषय होते हैं। कोलेज की पढ़ाई से ही काम चल जाता है। इसलिए अब घर में पढ़ने की कोई जरूरत नहीं। हमारी बात कान खोलकर सुन लो। दूकान में कोई किताब दिखाई दी तो हम भट्टी में डाल देंगे।... गरज कि घर में खुलकर पढ़ना छूट गया। चोरी छिपे की पढ़ाई से क्या पूरा पड़ना था? कॉलेज से लौटने के बाद के खाली समय को भी बाबूजी ने दो ट्यूशनें दिलाकर भर दियाः ''अलावा कमाई से भी चार पैसा आते रहना चाहिए कि नहीं? एक दुकान की आमदनी से भी कहीं इतने बड़े कुनबे का खर्च चल सकता है क्या?'' उन्होंने सवाल पर सवाल चढ़ा दिया।

जिसके जवाब में राजू का बी ए में थर्ड डिवीजन रह गया। कॉलेज के नोटिस बोर्ड में रिजल्ट देखने के बाद उस रोज वह घर नहीं लौटा। उसने पाया कि वह कन्टूनमेन्ट के सुनसान इलाके की तरफ चला जा रहा है। जहाँ वह सड़क के नीचे एक चट्टान की ओट में बैठ गया। उसे अपना खात्मा नजर आ रहा थाः वहाँ से करीब डेढ़-दो सौ फिट नीचे एक सीधा गड्ढा पड़ता था। बस अपने को लुढ़का देने की बात थी! फिर क्या हुआ, हुड़क-हुड़क कर उसकी रुलाई फूट चली–वह अपनी जिन्दगी को खत्म कर डालना नहीं चाहता था। जिन्दगी का दुर्निवार मोह उसे केकड़े की तरह जकड़े थाः यहाँ तो एम ए है नहीं, लखनऊ जाएगा, वहाँ से करेगा। खर्च के लिये दो-एक ट्यूशनें ले लेगा। बस, बाकी पढ़ाई! फर्स्ट डिवीजन लाएगा। इस तरह थर्ड डिवीजन के इस कलंक को मिटा डालेगा, और प्रोफेसर बनकर दिखा देगा।

उसके हाई स्कूल के जमाने के ट्यूटर थे। उनके कोई रिश्तेदार लखनऊ में प्रोफेसर हैं, उसे पता था। चुपचाप उसने उनसे चिट्ठी लिखाई, घर से ही कुछ पैसों का 'इन्तजाम' किया और एक सुबह बाबूजी के सिरहाने एक पुर्जा छोड़कर खिसक गया।...

"बस इतनी सी देर हुई—इधर मेरा टट्टी जाना, उधर उसका घर से निकलना!" बाबूजी बाद में कभी अपने पड़ौसिये को किस्सा सुना रहे थे, "भगवान की जाने क्या मेहर हुई, उस रोज पेट जल्दी साफ हो गया, वरना और दिनों की जैसी बात होती तो वह तो निकल चुका था हाथ से। बस ये समझो, मैंने कागज देखा और दौड़ लगा दी। मोटर तब तक भर चुकी थी। बस, चलने ही वाली थी। मैंने उसे वहीं सीट पर पकड़ लिया। फिर क्या हुआ—उसे घर तो लाना नहीं था, रास्ते ही प्लान बना लिया था कि घर नहीं ले जाना, इसे तो डिप्टी साहब के सामने कर दो। वे जो कुछ करें।"

'एम ए करोगे?' डिप्टी साहब ने अपने पुलसिया अन्दाज से पूछा, 'अगर एम ए में भी थर्ड डिवीजन आ गए तो? लिख के दे सकते हो कि फर्स्ट क्लास लाओगे?... चुपचाप घर की रोटी खाओ, बी टी करो। एडमिशन हो जाएगा। चले जाओ।' और घंटों' में भी पूरी न हो सकतनेवाली कार्रवाही मिनटों में निबट गई।" बाबूजी बता रहे थे और कामयाबी की खुशी में पुलक रहे थे।

जान पहचान जोड़ने में हलवाई की दुकान के बड़े फायदे थे। दिवाली दशहरा, हर्याला, रक्षाबन्धन के मौकों पर छोटी कुंडी दही, एक डिब्बा मिठाइ, दो गड्डी हरी सब्जी बाँधकर नौकर के हाथ भेज देते—रायसाहब हीरालाल जी, कृपालसिंह डिप्टी साहब, लीलाधर जोशी जी, बोरा वकील साहब, कोर्ट इन्स्पेक्टर गोपाल सिंह जी...समाज के कई नामी गिरामी लोगों से अच्छे सम्बन्ध हो गए थे। वक्तन-फक्तन सभी आड़े काम आने वाले लोग हुए। वैसे भी, बड़े-बड़े लोगों से तुम्हारा मिलना जुलना है, यही एक बात दस लोगों की नेजर में इज्जत बढ़ा देनेवाली ठहरी।

शुरु से ही बाबूजी की सम्पन्न इज्जतदार लोगों के साथ मेलजोल रखने की मनोवृत्ति रही। उनका समाज, उनके भाई बंद बहुत विपन्न थे। उनके साथ उनका खास हेलमेल नहीं था। गाँव के भी सिर्फ खाते पीते कुछ परिवारों में ही उनका उठना बैठना रहता था। जन्मजात ही उनमें शायद कोई ऊर्ध्वमुखी वृत्ति थी, जहाँ भी मौका मिलता—चाहे गाँव में, चाहे शहर के लोगों में—वह वृत्ति अपना प्रस्फुटन करने लगती। भेंट मुलाकात, न्योते निमन्त्रणों में जाना पड़ता तो वेशभूषा, आचार व्यवहार का वे तब खास ध्यान रखते थे और काफी कुछ एक सम्भ्रान्त व्यक्ति लगते। यह

सम्भ्रान्त वृत्ति उन्हें गाँव के समाज में रहते हुए भी गाँव के बाकी लोगों से कुछ अलग, कुछ विशिष्ट होकर रहने की प्रेरणा देती रही।

बी टी का रिजल्ट पहुँच गया था। तब तक बाबूजी ने कुछ उपयोगी पहचानें जोड़ बटोर ली थीं–स्कूलों के मैनेजर, सेक्रेटरी, हेड मास्टर इनमें खास थे। बड़ी मछली की तरह एक बड़ा परिचय भी हाथ लग गयाः जिला विद्यालय निरीक्षक का, जो गढ़वाली थे। सीधे तो मुमकिन नहीं था, जोड़-तोड़ लगाना पड़ा। उस दफ्तर का एक क्लास-फोर अपनी दुकान का ग्राहक निकल आया, किश्नानन्द..."गुरु! एक काम पड़ गया है, कैसे होगा, बताओ तो," "कैसा काम?" "तुम्हारे साहब से पहचान लगानी है, लड़के ने बीटी कर ली है," "अच्छा?" किश्नानन्द ने मिनट भर को सोचा, "हाँ! हमारे पिये साहब हैं।, रेवाधर जी। वो करा सकते हैं ये काम।" "उनका साहब से अच्छा सलूक है?" "पिये ठहरे! कहने की बात ही नहीं ठहरी।" फिर बाबूजी के करीब मुँह ले जाकर दबी जबान में बोले किश्नानन्द, "सलूक क्या, चाचा-भतीजेवाला रिश्ता समझ लो।" "तो फिर रेवाधर जी से कैसे होगा?" "वो आप मुझ पर छोड़ दो। रेवाधर की हमारे गाँव में ससुराल ठहरी! मैं अपने आप बातकर तब आपको बताता हूँ।" अब के किश्नानन्द के करीब मुँह ले जाने की बारी बाबू जी की थी : "खर्चेपानी की चिन्ता मत करना, सब हो जाएगा।" किश्नानन्द के मार्फत्त पीए साहब से पहचान जुड़ी–किस तरह इस जोड़ा जोड़ी में बातें कहाँ से कहाँ पहुँच जाती हैः पीए साहब के पिताजी तो बाबूजी के पुराने जिगरी निकले.... हरदत्त! वे भी हलवाई थे। इस तरह बाबूजी पीए रेवाधर के चाचा लग गए! फिर क्या था, रेवाधर के मार्फत्त साहब के घर तक सेंध डाली गई। मौका भी रेवाधर ने ही लाकर हाथ में रख दियाः साहब के छोटे बेटे का जन्मदिन! उसमें दूध की जरूरत थी–पाँच सेर। शुद्ध, खालिस। पहुँच गया दूध। पार्टी के बाद पेमेन्ट होना था। "अरे साहब!" बाबूजी ने हाथ जोड़ दिए, "इतना हिस्सा तो भइया जी के जन्मदिन की खुशी में मेरा भी होना चाहिए!" यहीं पर रेवाधर ने दे बताया, "ठाकुर साहब मेरे चाचा लगते हैं साहब! ये आपसे कहाँ पैसा लेंगे?" तो फैसला यह हुआ–साहब के इशारे पर मेम साहब अन्दर से प्लेट में केक काटकर ले आई, "लीजिए फिर अपने भइया के जन्मदिन का केक खाइए।" बाबू ने बड़ी खुशी से केक ले लिया। बस पहचान पूरी हो गई : गढ़वाली-कुमाऊँनी भाई-भाई!

स्कूलों की राई-रत्ती खबर अब पीए रेवाधर के मार्फत्त बाबूजी की जेब में थी कि अगले कुछ महीने किसी स्कूल में कोई स्थाई पोस्ट खाली नहीं है, इसलिए फिलहाल कहीं टेम्परारी पोस्टिंग ले ली जाए। टेम्परारी पोस्टों की सूचना भी रेवाधर से मिल

गई। उनमें से एक के मैनेजर बाबूजी के नए-नवेले परिचित ही निकल आए। मगर मैनेजर साहब टालने का रूख दिखाने लगे कि कोई टेम्परारी पोस्ट नहीं है।

"ठीक है साहब! नहीं होगी। पीए साहब ने गलत बता दिया होगा।"

"कौन पीए?" मैनेजर चौंके।

"वो असल में मैं इनस्पेक्टर साहब से भेंट करने गया था, तो वहाँ–"

"कौन इन्सपेक्टर? डी आई ओ एस साहब?" मैनेजर साहब दोबारा चौंके?

"हाँ जी, ढोंढियाल साहब।"

"आप उन्हें कैसे जानते है?" मैनेजर साहब चौंकते चले गए।

"अब साहब, जैसी मेहरबानी आप रखते है, वैसी ही वो भी रखते है।"

"तो आपको यहाँ उन्होंने भेजा?"

"अरे नहीं साहब! इतने बड़े आदमी इतने छोटे काम के लिए बीच में क्यों पड़ेंगे। वो असल में उन्हें पता है लड़का मेरा बीटी हो चुका है। पूछ रहे थे कहीं लगा क्या? मैंने कहा, अभी कहीं नहीं लगा। तो बोले, टेम्परारी पोस्टें तो कई हैं, पीए से पता कर लो। तो पीए साहब ने आपका स्कूल बता दिया। खैर, उन्हें सही पता नहीं रहा होगा।

"अब डी.आई.ओ.एस. साहब चाहते हैं तो–"

"नहीं, उन्हें बीच में मत लाइये। उन्होंने तो सिर्फ पीए साहब से पूछने को कहा–"

"कोई बात नहीं, पीए साहब भी हमारे अफसर ही हुए। आप भी हमारे मित्र ही हुए। कुछ तो करना पड़ेगा।" और राजू की टेम्परारी पोस्टिंग हो गई। हालाँकि तनखा कम थी, फिलहाल काफी थी। बोल दिया राजू को कि आधी खुद के खर्चे पानी के लिए रखे, आधी उन्हें भेज दिया करे। फिलहाल बहुत है।

लड़का नौकरी में आ गया तो सीधा तर्क जाता है कि अब उसकी शादी की बात सोची जाए। जिसकी जरूरत भी थी। राजू की इजा की तो सालभर से चक-चक चल रही थी कि अब उससे गिरस्थी का काम अकेले नहीं हो सकता। पहले का जैसा बल थोड़ा ही रह गया है बदन में। एक जना हाथ पलटानेवाला उसे अब जरूर चाहिए। बाबूजी उसे समझाते रहे थे कि जब तक नौकरी नहीं लग जाती, लड़के को गिरस्थी से बाँध देना उचित नहीं है। नौकरी लग जाए तो फिर शादी तो करनी ही है। मुझे भी खुद चिन्ता है। तीन साल से टीका रोका हुआ है, अब ज्यादा देर करना ठीक नहीं है।"

...बात तब की है जब राजू बी ए में दाखिल हुआ ही था। उससे छोटी ममता

जो तेरह-चौदह साल की थी और अपनी इजा के साथ घर-गिरस्थी का काम करती थी, बाबूजी को वह एकाएक शादी लायक लग उठी। एकाएक इस तरह कि एक रोज घुरफाट के प्रधानजी अपने लोगों के साथ चाय-पानी के लिए उनकी दुकान में आ बैठे। वैसे दोनों का एक दूसरे के नाम धाम के बारे में पहले से थोड़ा बहुत सुना हुआ था। प्रधान जी को पता था कि बाबूजी अपने गाँव के सभापति हैं, जिस तरह बाबूजी को पता था कि वे अपने इलाके के प्रधान हैं और एक जायजाददार इज्जतदार आदमी हैं। लम्बा चौड़ा कद, घुटनों तक बाँहें...विनीत व्यक्तित्व। बाबू ने नौकर से फर्शी-हुक्का साफ कराया, तमाखू भरवाया और वे लोग तमाखू पीने लगे। तो अचानक प्रधानजी बोले, ''सभापति जी, कोई लड़की बताओ—सुशील, सुन्दर...अच्छे घर की। लड़का है मेरा, बीच का। उसके लिए देख रहे हैं।''

''कितने साल तक की होनी चाहिए लड़की?'' ''लड़का अठारा-उन्नीस का है, लड़की भी उसके आनमान की होनी ठीक रहेगी।'' ''चौदह तक?'' ''हाँ ठीक, चौदह ठीक है।'' ''अगर आप चाहें तो इतनी बड़ी तो मेरी बेटी भी है।''

''अरे वाह!'' प्रधान जी उछल गए।

''लड़की देखने में अच्छी है...शील-सुभाव की है। घर-बाहर सब काम कर लेती है।''

''अरे बस सभापति जी—माफ करना, मित्रो! आपकी बेटी है तो उसके बारे में मुझे कुछ भी नहीं पूछना। वह तो देवी ही होगी। मेरे कुल खानदान को उजाला ही करेगी।''

हाथ के हाथ कुण्डली मिलान हो गया, तिथि निकल आई...और शादी भी हो गई। ममता पिता का घर खाली कर ससुराल को विदा हो गयी।

यहीं पर ममता की शादी से लगे-लगे बाबूजी ने एक कारज और निबटा डाला : पंडित से बोलकर राजू के यज्ञोपवीत का लग्न भी निकलवा लिया : वह सत्रहवें में चल रहा है। इस साल नहीं हुआ तो फिर दो साल का फेर पड़ जाएगा—उन्नीसवें तक बात टल जाएगी, जो बहुत देरवाली बात हो जाएगी। सत्रहवाँ साल उत्तम है। इस तरह ममता की शादी के पहले रोज, पूरे विधिविधान से राजू का यज्ञोपवीत सम्पन्न हो गया। एक जरूरी काम रुका हुआ था। ''पता नहीं कब क्या हो जाए, कौन सी जरूरत आ पड़े। जिन्दगी का क्या भरोसा? लड़का उस समय जनेऊ डला हुआ हो—''

''छि हाड़ि!'' इजा ने टोक दिया, ''बुरा ही बुरा क्यों सोचते हो तुम? ऐसा क्यों नहीं सोचते कि जनेऊ किया हुआ होगा तो बोलने का आराम रहेगा कि बेटा, हम कुछ देर से आएँगे, तब तक तू चूल्हे में दाल-भात चढ़ा रखना।'' इजा ने अवसर के अनुकूल 'जरूरत' को सुधार दिया।

यज्ञोपवीत हो गया तो स्वतः ही फिर उससे आगे की कार्यवाही का विचार भी उठ खड़ा हुआ था : जैसे ममता के रिश्ते के समय बाबूजी को लम्बे चौड़े, गोरे उजले, इज्जत-जायदाददार प्रधानजी दिखाई दिए थे। घरवाली जिनकी, बताते हैं, किसी बड़े जमींदार की बेटी थी, जो डोली-पालकी में ही मायके-ससुराल आना जाना करती थी। इतनी भर जानकारी बाबूजी को अभिभूत कर गई। इतना बड़ा आदमी उनका अपना समधी! इतने ऊँचे घर की बेटी अपनी समधन! बगैर इस बात को विचार में लाए कि वह जो उनकी बेटी का भाग्य विधाता बनने जा रहा है वह लड़का कैसा है, तुरन्त बाबूजी ने वहाँ बेटी का रिश्ता 'हाँ' कर दिया, एक अक्षर भी लड़की की माँ से—जिस ने उसे जन्म दिया, पाला-पोसा, उस माँ से सलाह लेने की जरूरत समझे बिना। ठीक इसी तर्ज पर अब राजू का रिश्ता भी कर डालने को वे छटपटाने लगे थे। यहाँ भी कोई ऐसा ही बड़ा आदमी उनका समधी बने जिससे उनकी इज्जत उठे। भाग्य का खेल देखिए, हाथों हाथ मिल गया ऐसा आदमी सिरश्तेदार! बेटे को पटवारी तो नहीं बना सके, पर खुद सिरश्तेदार साहब के समधी बन गए। लड़की सिरश्तेदार साहब की प्राइमरी स्कूल की तीसरी-चौथी जमात में पढ़ती थी, जिसे उसके वृद्ध दादा ने बाबूजी के इशारे पर कि 'हमें पढ़ी लिखी बहू से क्या करना? हमें तो काम करनेवाली बहू चाहिए'—तुरन्त स्कूल भेजना बंद कर दिया और घर के कामों में लगा दिया।

उधर राजू ने रो धोकर बुरे हाल कर लिए थे। कि उसे अभी शादी नहीं करनी, उसे पढ़ाई करनी है। "अरे तो अभी कौन शादी कर रहा है? अभी तो बहू को टीका कर देते हैं, शादी बाद में करते रहेंगे।"

"मैं यहाँ शादी नहीं करुँगा। मैं अनपढ़ के साथ शादी नहीं करुँगा।"

"अरे यार, उन लोगों ने छुड़ा दी पढ़ाई। कहते हैं अब घर का काम सीखेगी। क्या कहा जाए! चलो कहते हैं उनसे कि स्कूल मत छुड़ाओ भाई! देखें, मानते हैं कि नहीं। कोशिश कर देखते हैं।"

"मैं हाईस्कूल से कम के साथ किसी हालत में शादी नहीं करुँगा! मेरी बात सुन लो तुम लोग!"

"अरे हाँ भाई! हाई स्कूल तो कराएँगे ही उसे, तू उसकी चिन्ता मत कर। उनसे कहते हैं, पढ़ाओ हाई स्कूल तक। ऐसी क्या बात है।" बाबू जी उस वक्त पानी से भी पतले होकर बहते चले गए और सगाई हो गई।

—ममता को विदा कर दिया, राजू का यज्ञोपवीत हो गया, और अब उसकी सगाई भी कर दी..."यह साल बहुत शुभ रहा।" बाबू बहुत तृप्त थे। बोले, "एक के बाद एक तीन कारज हाथ आ गए। इससे बड़ी खुशी की बात और क्या हो सकती है।"

"सब संजोग की बात है, संजोग आ गया होगा। अब साल दो साल में बहू भी घर में आ जाए। रिश्ते को लम्बा टालना ठीक नहीं होता।"

"बस राजू कहीं नौकरी में आ जाए। मेरी तरफ से कोई देर नहीं है। कल नौकरी लग जाए, परसों शादी कर दूँगा। उसमें क्या लगता है?"

"अभी वह उसके हाई स्कूल की रट में भी तो है...?" माँ मुस्कराई।

"अरे उसकी रट में क्या धरा है। लड़का है अभी। सब समझ जाएगा।" बाबूजी ने बेपरवाह होकर कह दिया।...

और अब सगाई हुए तीन साल हो चुके हैं। राजू स्कूल में मास्टर हो गया है–शादी का समय आ गया है। तिथि निकलवाकर उसको चिट्ठी डाल दी गयी। लेकिन उसका वहाँ से कोई जवाब नहीं आया। तो एक दोपहर बस पकड़ी और बिचौलिए को साथ लेकर बाबूजी खुद चल पड़े।

उसने सीधे पूछ लिया, "हाई स्कूल का सर्टिफिकेट लाए हो?"

"कैसा हाई स्कूल रे?"

"जिसका वायदा किया था कि पहले हाई स्कूल कराएँगे, तब क़रेंगे शादी।"

"अब यार बेटे", बाबूजी कातर हो गए : "हमने उन लोगों से बहुत कहा, पर उन्होंने धोखा दे दिया हमें। वे पढ़ाना नहीं चाहते। अब हमने भी सोच लिया है, शादी कर लेते हैं, बहू को अपने घर ले आते हैं, फिर अपने ही घर में पढ़ाएँगे। तू चिन्ता मत कर, जरूर पढ़ाएँगे।"

"बेवकूफ बनाते हो मुझे?" उसे गुस्सा आ गया, "अब मैं तुम लोगों के चक्कर में आनेवाला नहीं हूँ। सर्टिफिकेट हो तो बात करो, वर्ना जाओ यहाँ से। मुझे क्लास लेनी है।" और वह सचमुच चाक डस्टर उठाकर क्लास में घुस गया। अपना सा मुँह लेकर बाबूजी लौट आए।

"लगता है मामला टेढ़ा पड़ गया।" रास्ते में बिचौलिए ने सिगरेट जलाते हुए बाबूजी से कहा–

"हाँ, कुछ ऐसा ही लगता है, देखते हैं क्या होता है...देखते हैं..."

हारना बाबूजी ने सीखा नहीं था। आज तक तो कभी नहीं हारे, अब देखो आज क्या होता है। राजू को घेरने की योजना बनानी शुरू कर दी। बिल्कुल अपने दिमाग के अन्दर। पहले भी कई बार टेढ़ी से टेढ़ी परिस्थितियाँ सामने आईं, जबर से जबर दुश्मन से मुकाबला आन पड़ा, पर वे हारे नहीं। 'दुश्मन' अब भी नादान नहीं है। पर है अपना बेटा। यहीं पर उसे दबोच डालना है।

उसका मामा था मदन। राजू बाबूजी से भी ज्यादा जिनको चाहता था। वे भी अपने भानजे को दिल से प्यार करते थे। उस मदन को बाबूजी ने बुलाया और अपनी कुटिल योजना में शामिल होने को कहा।

"जीजाजी...मैं सोचता हूँ..." डरते-डरते मामा बोले, "राजू के साथ जबर्दस्ती करना ठीक जैसा नहीं हो रहा...वे बहुत दुःखी हैं।"

"चुप हो जा, सुअर! मुझे उपदेश मत झाड़! तेरे को अपनी दीदी का घर बर्बाद देखना है क्या?"

बस, मामा ने हथियार फेंक दिए। जीजा की योजना के अनुसार अब उन्हें बहुत उदास-उदास होकर राजू के पास जाना है और उससे कहना है, "जीजाजी की तबियत अचानक खराब हो गई है—जो वे किसी को बता नहीं रहे हैं। डॉक्टर को भी नहीं। डॉक्टर कहते हैं कोई दिल की चोट है, कोई गम जो काफी गम्भीर है। अभी दो रोज पहले वे आधी रात में चिट्ठी लिख रहे थे और वहीं पर उन्होंने बन्दूक निकालकर रख रखी थी। वो तो देख लिए गए, वर्ना जाने क्या हो जाना था! बहुत संगीन हालत हो चुकी है उनकी। ऐसा न हो फिर कोई ऐसी वैसी बात वे कर बैठें या दिमाग पर कोई असर पड़ जाए। उस वक्त आप मुझसे कहोगे—मामा ने मुझे समय पर बताया नहीं। इसलिए फर्ज समझकर चला आया हूँ। बाकी आप जैसा ठीक समझें, मैं क्या कह सकता हूँ?" जरूर राजू भी तब मामा के साथ चल पड़ेगा। उसके पहुँचने के समय बाबूजी चारपाई पर पड़े होंगे। दो एक शीशी दवाइयाँ सिरहाने रखी होंगी।

नाटक में यही हुआ। राजू बाबूजी के पैरों पर गिर पड़ाः "मुझे माफ कर दो बाबूजी! आप जो कहोगे वही करूँगा।"

"अरे बेटे, उन लोगों ने हमारे साथ झूठ बोला, धोखा किया। पर हम शादी करते ही बहू को पढ़ाना शुरू कर देंगे, तू चिन्ता मत कर।"

बाबूजी मिनटों में ठीक हो गए। वे जो कुछ कह रहे थे उस पर अब राजू का कोई ध्यान नहीं था। उस तरफ से वह बेवास्ता हो चुका था।

लड़कियों की—यानी औरत जात की शिक्षा के बाबूजी मूलतः विरोधी थे। अवचेतन में उनके यह धारणा कहीं ग्रन्थिबद्ध थी कि पढ़ाई से चरित्र, खासकर औरत का, खराब हो जाता है। इसीलिए उन्होंने बड़ी बेटी को अँगूठा टेक रख दिया, इसीलिए उन्होंने शादी से पेश्तर ही बहू की स्कूल की पढ़ाई छुड़ा दी और शादी के बाद उसे सीधे-सीधे गाँव के कामों में लगा दिया। वह ऊखल कूटती, घट से आटा पीसकर लाती, खाद के टोकरे खेतों में पहुँचाती, ढेले तोड़ती, कटाई-गुड़ाई का काम करती।

मगर फिर भी घर में स्त्री-शिक्षा की शुरूआत हो गयी...एक दुर्घटना के तहत।

दुर्घटना यह नहीं थी कि दूसरी लड़की जब सालभर की थी तो उसका पाँव अँगारों से भरी बोरसी में आ गया। यह तो हुआ ही—पाँव अन्दर तक जल गया। साल सवा साल रेनू जिन्दगी और मौत के द्वन्द्व में झूलती रही। इजा बाबू बारी-बारी उसे उठाये,

कन्धे में डाले रहते। वह जमीन में सोने लायक नहीं रह गई थी। बची भी वह नाटकीय ढंग से : वह आखिरी हालत में पहुँच चुकी थी। पौइजन चढ़ चुका था और उसके बचने के आसार न के बराबर रह गए थे। तो डॉक्टर ने आखिरी उपाय सुझा दिया—पौइजन का इंन्जेक्शन! बच भी सकती है, मर भी सकती है। कल तक फैसला कर लो। बदन में पौइजन तेजी से चढ़ रहा है। चौबीस घन्टे बाबू भीषण उथल-पुथल में रहे। आखिर फैसला किया, दे दो इंजेक्शन! मरना होगा तो उसे वैसे भी मरना है, दो दिन पहले मर जाएगी। सोच लेंगे, मारने के लिए तो इंजेक्शन दिया नहीं था, बचाने के लिए ही दिया था। फिर कोई हत्या का पाप नहीं लगता। मरेगी तो अपनी किस्मत से—नहीं, बच गयी तो क्या कहने!... "दे दो डौक्टर साहब, दे दो इंजेक्शन! देखा जाएगा।"

"ठीक है!" सीरिंज भरा डॉक्टर ने, बच्ची के ऊपर क्रास किया और इंजेक्शन ठोंक दिया : "बारह घण्टे तक अब कोई उसका कमरा न खोले, शोर न करे। सुबह धूप निकलने के बाद ही देखें।" चलते-चलते डॉक्टर आगाह कर गये। दरवाजा बन्द हुआ और जीवन-मृत्यु का पेन्डुलम रातभर के लिए प्राणों में लटक गया। इजा बाबू पूरी रात जड़ बैठे रह गए। मन में आवेग उठते गिरते रहे...रातभर। और लो, सुबह हो गयी, धूप निकल आयी। दरवाजा कौन खोले? दोनों में किसी को हिम्मत नहीं जुट रही..."छोड़ मैं खोलता हूँ। मर गयी होगी, तो मर ही गयी होगी। कितने मरे हुए बच्चे देखे—दफनाए हैं।" बाबूज जी अन्दर घुसे और कुछ क्षणों में चिल्लाते हुए निकल आए, "अरे बच गयी! हमारी रेनू बच गयी!" इजा ने जाकर देखा—वहाँ संध से गिर रही धूप की लकीर के सहारे हाथ हिला-हिलाकर खेल रही थी वह। इजा-बाबू दोनों रो पड़े।

बाद में डॉक्टर बोले थे, "लड़की को नंगे पाँव कभी मत रखना।"

रेनू के कमजोर पाँव की चिन्ता खासकर इजा को खाने लग गयी : यह खेती-बाड़ी लायक तो रही नहीं ममता की तरह। फिर यह कैसे अपने दिन काटेगी? माँ के पास इसका कोई जवाब नहीं था। राजू के पास था—"रेनू पढ़ेगी। पढ़कर नौकरी करेगी...टीचर बनेगी और आराम से जिएगी।"

यह प्रस्ताव बाबूजी के सामने रखा गया तो वे भड़क गए : "यह कौन सी रीत है? इस गाँव में आज तक कोई लड़की पढ़ी है या आज तुम्हारे ही घर पैदा हो गयी? इससे पहले कभी किसी का पाँव कमजोर नहीं हुआ होगा, क्यों? कोई लँगड़ा अपाहिज नहीं हुआ होगा? तो फिर उन्होंने क्या किया होगा? सीधे मेम बना दिया होगा उसे? बैठा दिया होगा मेज कुर्जी पर? पहना दिया होगा उसे फ्राक जम्पर? बना दिया होगा इसाइन? फिर घर वर भी इसाईवाला ही ढूँढ़ना होगा...गोमाँस खानेवाला? जहाँ औरतें भी मरदों से हाथ मिलाती हैं। बाँह से बाँह डालकर नाचती हैं। अरे वाह! क्या कहने!

जल्दी-जल्दी करो रेनू मेम साहब की पढ़ाई का इन्तजाम! बना दो उसे भी टिमटुम-गिटपिट बोलनेवाली। बाप से भी 'हौडूडू-हौडूडू' करनेवाली!'' बहुत फनक गए थे बाबू जी और देर तक शान्त नहीं हो पाए थे।

उसके बाद किसी की हिम्मत नहीं हुई रेनू की पढ़ाई की बात उठाने की, खासकर बाबूजी के सामने। रेनू का पाँव कोई दुर्घटना नहीं बन सका।

तो भी चाहे बाबूजी रेनू की पढ़ाई के प्रस्ताव से जितना बौखला उठे हों, उसका पाँव कमजोर होना एक सच्चाई था। बाबूजी की बौखलाहट इस सच्चाई को झुठला नहीं सकती। रेनू ने दद्दा की बचपन की किताबें पढ़नी शुरु कर दी थी। वह चित्त लगाकर पढ़ती। कभी-कभी राजू भी उसे पढ़ाता। लेकिन उसके स्कूल जाने का रास्ता बन्द ही रहा।

लड़कियाँ तीनों घर में रहती थीं—स्कूल भेजने का सवाल नहीं था। बाबूजी की नजर में स्त्री शिक्षा वर्जित थी तो वर्जित ही थी। तभी एक बात परिवार में यह घटित हो गयी कि मुन्ना यानी छोटा भइया स्कूल पढ़ने लायक हो गया। इतना पढ़ाई में ईमानदार वह नहीं था कि राजूवाला प्रयोग—घर में ही दर्जा पाँच तक पढ़ाने का प्रयोग उसके साथ भी किया जा सकता। इसलिए उसे पहली जमात से ही स्कूल में डालना मजबूरी था। दाखिला उसका हो गया। किताबें, बस्ता, जूते-मौजे सब आ गए। तो ऐन पहली शाम अपशकुन की तरह (या दुर्घटना की तरह) सवाल उठ खड़ा हुआ कि वह स्कूल कैसे जाएगा?

''क्यों, जैसे राजू गया था।'' बाबूजी बोल दिए।

''राजू तो दर्जा छै में गया था। तब वह नौ-दस साल का था। यह तो पाँच का भी मुश्किल से है। न बस्ता उठा सकता है, न खुद स्कूल तक जा सकता है। इसे तो लाने ले जानेवाला कोई आदमी चाहिए।''

बाबूजी सोच में पड़ गए। वहीं सोच के अन्दर से निकलते हुए बोले, ''हरिया छोड़ आएगा। वही ले भी आएगा।'' हरिया, यानी दुकान का नौकर।

हरिया का नाम सुनते ही मुन्ना ने ऊधम मचा दिया कि वह हरिया के साथ नहीं जाएगा। सड़े हरिया के साथ नहीं जाएगा।

''तो फिर किसके साथ जाएगा?'' बाबूजी झिड़के!

''रेनू दीदी के साथ!'' वह बोला और मचल गया कि वह तो सिर्फ और सिर्फ रेनू दीदी के साथ जाएगा, और किसी के साथ नहीं जाएगा।

अब क्या हो? क्या रेनू उसे सुबह पहुँचाने जाए और शाम दोबारा लेने जाए? दो-दो बार के चक्कर रेनू नहीं लगा सकती। वैसे ही उसका पाँव कमजोर है।

तो क्या फिर दिन भर वहीं रहे रेनू? दिन भर क्या करेगी वहाँ? अकेली कहाँ बैठी रहेगी? यह तो सजा हो गई उसे।

"तो फिर करो अपनी मनचाही पूरी! यही तो तुम सब चाह रहे थे ना? करो इसे भी भर्ती! कल इसका भी फौरम भर दो...कैसी खाड़ू जैसी लगेगी पहली के बच्चों के बीच!" बाबूजी बौखलाहट से भर गए थे।

"नहीं, यह पहली में नहीं, चौथी में भर्ती होगी।" और बता दिया गया कि दर्जा तीन तक की पढ़ाई इसने घर में कर रखी है। बाबूजी के लिए यह एक चौंकानेवाली खबर थी : कब? कैसे? अच्छा रे! तो यह दगाबाजो? चोरो! दगा बाजो! एक हल्की राहत में कि खाड़ू जैसी रेनू को पहली में बैठना नहीं होगा, वह चौथी में बैठेगी—बाबूजी का गुस्सा एक कड़क मजाक में बदल गया। सब इकट्ठे हँस रहे थे।

जब सब इकट्ठे हँस रहे थे तो तन्नी चुपके से उठी और दरवाजे के पीछे जाकर सुबकने लगी।

"इसे क्या हुआ?" बाबूजी के भनक पड़ी, उन्होंने पूछ लिया। इस पर इजा बिहँसती हुई बोली, "इसे भी वही हुआ है जो रेनू को हुआ था—यह भी तो दो-साल से पढ़ाई कर रही है, उसी तरह छिप-छिप कर।"

बाबूजी कुछ नहीं बोले। सोचा और सिर्फ यह बोले, "तो तुम सबों ने इन दोनों खसिणियों को पढ़ाने के लिए ऐसी चाल चली, हें?"

"लो, हमने क्या चाल चली? जो भी चली मुन्ना ने चली, जो रेनू के साथ जाने की जिद्द बाँध ली उसने।

"तन्नी!" लगभग गुस्से में बाबूजी ने आवाज दे डाली, "कहाँ मर गयी? यहाँ आ!" मैं कह रहा हूँ यहाँ आ!" तो डरती हुई तन्नीं दरवाजे के पीछे से निकली।

"तू चोरन भी स्कूल जाएगी?...इसे किस दर्जे में डालोगे, रे?"

"दूसरी में जाएगी—वैसे दूसरी की किताबें इसने पढ़ ली हैं।" राजू बोला।

"ठीक है, भर दो इसका भी फारम। बैठा दो इसे भी टैस्ट में। हूँ...।" उन्होंने हुँकारी भरी : "अब एक तुम्हारी इजा रह जाती है—इससे भी पूछ लो इसे कौन से दर्जे का फारम भरना है?"

मुँह दबाकर सारे लोग हँस पड़े।

"इसे कहते हैं उजड़नेवाली बुद्धी!" बाबूजी सात्त्विक क्रोध में बुड़बुड़ाए : "हमने तो पढ़ाई का ऐसा पागलपन कभी नहीं किया। कभी मति नहीं बिगाड़ी। ठीक है—जब यही हो रहा है तो मैं क्या कर सकता हूँ।" और सामान्य हो गए।

लड़कियों के स्कूल जाने से बदली परिस्थितियों के साथ बाबू जी कभी समझौता नहीं कर सके। मुन्ना को लेकर वे लोग स्कूल को निकलती थीं तो वह क्षण उनको अच्छा नहीं लगता था, कुछ-कुछ जगहँसाई की बात जैसा लगता था। खासकर रेनू को लेकर। वह खाड़ू सी—ग्यारह साल की, पीठ पर बस्ता चढ़ाए बाबूजी को कतई स्वाभाविक नहीं लगती थी। हालाँकि वह सबसे मेहनती थी। घर के काम भी करती

थी, फिर देर तक पढ़ाई करती। उसे खेलने से भी कोई मतलब नहीं था। वैसे लड़कियाँ दोनों पढ़ाई में ठीक चल रही थीं, हर इम्तहान में पास निकलतीं। फीस भी उनकी नाम मात्र की थी। वे किताब-कॉपियों की बर्बादी भी उस तरह नहीं करतीं जैसे भइया (मुन्ना) करता था। वह तो हर तीसरे चौथे रोज कलम स्केल खो आता, हर पन्द्रह बीस दिन में कॉपी और महीने-दो महीने में किताब। एक बार सचमुच वह पूरा बस्ता ही खो आया और घर पहुँचकर एक ही रटंत में रोता रहा, "मैंने तो वहीं पर रखा था! मैंने तो वहीं पर रखा था।" कॉपियाँ उसकी पन्ने-पन्ने हुई मिलतीं, पेन्सिल रबर वह चबा-चबाकर खत्म कर डालता था। इसी तरह जूते उसके ठोकर खा-खाकर हर हफ्ते फटे मिलते..."ऐसी अँधेरगर्दी तो राजू ने कभी नहीं मचाई, भाई!" बाबूजी निहत्थे हो उठते।

"अब राजू राजू था। वह बड़ा भी था।" इजा बताती।

"उसे कभी पढ़ने को नहीं बोलना पड़ा। इसे तो बाँधकर रखना पड़ता है। मौका मिलते ही भाग खड़ा होता है।"

"लड़कियाँ ठीक हैं।"

"आँ.... लड़कियों के ठीक होने में क्या धरा है—पराए घर के भाँडे! ठीक तो उसे होना चाहिए जिसे घर की वारिसी सम्हालनी है। लड़कियों का ठीक क्या बेठीक क्या!"

लड़कियाँ रिजल्ट लाकर दिखातीं, वे एक सरसरी निगाह डालकर वापस कर देते : "ठीक है, जाओ रख दो।" दर्जे में उनके दूसरे-तीसरे निकलने पर भी कभी शाबाशीवाली बात उन्हें नहीं लगी। भइया फेल हुआ रास्ता या मुश्किल से पास, या प्रमोशन। रिजल्ट के रोज वह घर के ओने कोनों में जा छिपता। उसे ढूँढ़ना मुश्किल होता। खाना खिलाना और भी मुश्किल। वह जहाँ भी छिपा होता वहीं से चिल्लाता, "तुमने डाँटा क्यूँ?"

"अच्छा अब से नहीं डाँटेंगे। चलो खाना खा लो।"

कुछ देर बाद फिर से बोला जाता, "अब से तुमसे कुछ नहीं कहेंगे। आज की गलती माफ कर दो। चलो आ जाओ। शाबाश!"

दर्जे में तीसरी चौथी निकलनेवाली रेनू आठवीं की छमाही में लुढ़क गयी। अँग्रेजी में। हाँलाकि अँग्रजी उसकी शुरु से ही कमजोर थी। अड़तीस-चालीस से ऊपर कभी नहीं आए। पर इस बार तो एकदम तेईस! इजा कहती रह गयी—सालाना में मेहनत करेगी, पास हो जाएगी। मगर बाबूजी को यह कहाँ बर्दाश्त था..."अरे इस डूनी (लंगड़ी) के कहने से भी कहीं पढ़ा जा सकता है? समय और पैसे की बर्बादी हो रही है खाली।" और आव देखा न ताव, बस्ता उठाया और चूल्हे में झोंक दिया : "कल से इसे खेती बाड़ी में लगाओ। मेरे घर में फोकट का खाना नहीं रखा है।"

रेनू का स्कूल जाना दरअसल बाबूजी को कभी बर्दाश्त नहीं रहा। उसकी उम्र की लड़कियाँ घर-आँगन, खेत-खलिहान का काम करती हैं तो वे अच्छी लगती हैं। यह चार हाथ की खाड़ू गले में बस्ता लटकाए स्कूल जाती है, छाती पर सिल की तरह लगती है।

—मगर यह ठीक नहीं हुआ...विद्या को आग में डाल देना! वह तो सरस्वती माता है। यह खड्ड डालनी पता नहीं कैसे फेल हो गयी इस बार? पहली बार यह हुआ। इजा बहुत आहत थी।

विद्या को आग में डाल दिया। यह बात बाबूजी के दिल दिमाग में भी गड़ गयी। हुआ तो गलत ही! और कुछ कर लेते। बोल देते, अब आगे नहीं पढ़ाएंगे। बंद कर देते पढ़ाना। किताबें जलानी नहीं थीं। यह तो सबकी विद्या हुई : राजू की भी, भइया की भी। यह सचमुच गलत हो गया। क्या खसियापना कर डाला उन्होंने, बस्ता ही पूरा आग में डाल दिया। अब क्या हो?

इजा चाहने लगी थी—किताबें वापस खरीदी जाएँ, रेनू को वापस स्कूल भेजा जाए। बाबूजी तैयार हो गए। मगर रेनू ने हठ ठान ली कि नहीं, अब वह नहीं पढ़ेगी। किसी हालत में नहीं पढ़ेगी। और वह किसी हालत में नहीं पढ़ी। दूसरे या तीसरे साल कभी उसकी शादी हो गयी।

राजू को मौजूदा टेम्परशी नौकरी से दूसरे स्कूल में पक्की और पूरे ग्रेड की नौकरी मिल गयी। इस पर बाबूजी बहू से खुश थे। उन्हें वह सगुनवाली लगी थी। उसी के सगुन से शादी के महीने भर के अन्दर राजू को पक्की नौकरी मिल गयी। जरूर वे उसके बाप से नाराज थे। वहाँ से दहेज उस तरह तो बिल्कुल नहीं आया, जैसे एक सिरश्तेदार आदमी से उम्मीद रखी जा सकती है। आखिर उनका लड़का ग्रेजुएट था, ट्रेंड ग्रेजुएट! और सैकण्डरी स्कूल में सैकंड ग्रेड टीचर था। क्या मिला—न सोफा, न पलंग, न पूरा जेवर! समधी के लिए कम से कम सर्ज का एक सूट (कोट और चूड़ीदार) तो बनाया होता। दिल से ही उतर गया वह आदमी। छोड़ो फूँको! बहू बेटे जैसे चाहिए थे, वैसे वे हो गए, बाकी और क्या चाहिए। बहू ने गाँव का कारोबार पकड़ लिया। और लड़का अब पूरे ग्रेड की पक्की नौकरी में आ गया है। आधी तनखा अपने खर्चेपानी को रख बाकी उन्हें भेज देता है। अब के तो तीन भाई बहिनों को साथ ले गया है। बीच में जाने क्यों दिमाग खराब कर लिये थे। पढ़ी लिखी औरत के फितूर में आ गया। पूरा पागलपन है यह फितूर! वह कौन-सा काम है औरत का जो सिरफ पढ़ी-लिखी ही कर सकती है, अनपढ़ नहीं कर सकती? बताओ! क्या वह बच्चे पैदा नहीं कर सकती? रोटी पानी का काम नहीं कर सकती? बर्तन भाँड़े,

लत्ते कपड़े नहीं कर सकती? हँस बोल नहीं सकती? हाँ जरूर वह पढ़ी-लिखी की तरह तुम पर हुकम नहीं चला सकती, तुम्हें अँगुलियों पर नचा नहीं सकती...तुम्हें चप्पल नहीं मार सकती—मत हमारी जुबान खुलवाओ, भाई! हमने बहुत घर देखे हैं इन पढ़ी-लिखियों के। वहाँ आदमी की कैसी दुगर्त नहीं होती? तुमने उनका पढ़ा-लिखा होना ही देखा है, उनके अन्दर छिपी हुई चुड़ैल नहीं देखी। एक बार चिपट जाए तो फिर जिन्दा न छोड़े...राम-राम! राय साहब सुनाते हैं इन पढ़ी-लिखियों की दास्तान। कैसे ऊँचे अरमानों से उन्होंने बेटों की शादियाँ की। बड़े-ऊँचे घरों की पढ़ी लिखी लड़कियाँ लाए, बल्कि अँग्रेजी स्कूलों में पढ़ी हुई...''अब किस्सा यह है सब्बल सिंह, कि कभी नौकर चले गए तो पीछे से घर का काम रुक जाता है, खाना होटलों से मँगाना पड़ता है तब। अरे उन मेमों की मत पूछो वो तो पलंग से नीचे नहीं उतरतीं : सुबह उन्हें बिस्तरे पर ही चाय चाहिए। दिन के जाने कितनी बार होंठों को रँगती हैं, जाने कितनी बार कपड़े बदलती हैं। खसम उन्हें चाहिए घुमाने के लिए, पिक्चर ले जाने के लिए! अपने बच्चों तक के लिए आयाएँ रखी है सबों ने!.... मेरा काम? अरे खसमों के ही काम कोई नहीं करती तो मेरा काम कौन करेगा, मेमें करेंगी?'' राय साहब बोलते-बोलते निरीह हो उठते हैं। पढ़ी-लिखी औरत का सिर्फ खब्त है। पर यह खब्त अब उसका उतर गया है। फिर कभी उसने अपनी औरत को पढ़ाने का जिक्र नहीं छेड़ा। यही होता है। बाबूजी मौज की तरंग में सोचते हैं।

बहुत सोच समझ कर काम करते हैं। बाबूजी। अन्दर ही अन्दर उनका गणित चलता रहता है। अब गणित चल रहा है कि राजन नौकरी में काफी दूर हो गया है। घर के आसपास कहीं आ जाता तो उनका सपना जो इतना सा अधूरा पड़ा है वह भी पूरा हो जाताः रोज शाम नौकरी से घर आता और सुबह खाना खाकर स्कूल जाता। घर में बच्चों के साथ रहेगा तो लत्ते कपड़े धुले मिलेंगे, पका-पकाया खाना खाएगा गरम-गरम। घर की भैंस का ताजा दूध मिलेगा...सेहत ठीक रहेगी। इरादा है एक भैंस और खरीद लें। बहू सब सम्हाल लेगी। काम में तेज है। सुबह चार सेर दूध बाजार जाया करेगा, शाम उसी बाल्टी में खली-चाय चीनी रख लाया करेगा राजू। पक्की एक नौकरी और समझ लो इसे! और फिर रफ्ता-रफ्ता पितरों और इष्ट देवताओं की कृपा से गोद आँगन खेलने को...सुबह शाम का कलरव...आगे की फुलवाड़ी। यह बाबूजी के सपने की इयत्ता थी। इन दिनों वे स्कूल इन्स्पेक्टर के यहाँ लगातार टोह में रहने लगे थे कि आसपास किसी स्कूल में कभी कोई पोस्ट हो जाए तो वे झपक लें।

तभी राजू घर आया हुआ दिखाई दिया। उसे आए दो तीन रोज हो गए थे। ''स्कूल में छुट्टी चल रही, बेटा?'' ''नहीं तो'' ''तो छुट्टी लेकर आया होगा?'' ''अरे अच्छा, मैंने आपको बताया नहीं...मैं वहाँ से आ गया हूँ बाबू जी!''

"कहाँ, यहीं?" बाबूजी के कोई सतरंगी लहर उठ आई : "यहीं आ गया तू? किस स्कूल में आया?"

"नहीं बाबू, मैं किसी स्कूल में नहीं आया हूँ, मैं नौकरी छोड़कर आ गया हूँ। यहाँ एम ए खुल गया है ना! मैंने एडमिशन ले लिया है।"

क्षणांश को सदमे की स्तब्धता टँग गयी, और फिर जैसे बड़ा-सा शीशमहल अरहरा कर जमीन पर आ गिराः "नौकरी छोड़ दी तूने?" लगभग चीख गए बाबूजी, "ऐमे करेगा?" टुकड़े हो गए शीशमहल के उस हादसे को फटी-फटी आँखों से देखते रह गए वे—देखते रह गए राजू के चेहरे को। तब काफी विराम के बाद उनकी साँस पलटी : "तो फिर अपनी रोटी का इन्तजाम भी कर लेना तू!" और उसके सामने से हट गए।

—मति मारी जाती है तो यही करता है इन्सान! इतनी कुबुद्धि तो हमारे दद्दा को भी नहीं आई : नौकरी ढंग से नहीं की, पर इसकी तरह छोड़ तो नहीं दी! लगी लगाई नौकरी पर लात मार आया...हाय-हाय! अब एम ए करेगा। एम ए करके ही कौन-सी राजगद्दी मिल जानी है इसे अब? एक अक्षर हमसे नहीं पूछा कि नौकरी को लात मार दूँ? कितने हाथ-पाँव जोड़कर यह पक्की नौकरी लगवायी थी—कि दो रोटी सुख से खाएगा, अपने बाल बच्चों को पालेगा। लात मार आया! भूखों मरेगा अब! नौकरी को क्या लात मारी, देख अब नौकरी तेरे को कैसा लात मारती है! अपने ताऊ से भी बुरे हाल होंगे इसके, देखना! उन्हें तो हमने निभा दिया, इसको कौन निभाता है, देखना अब! गत खराब होगी। विनाशकाल में उल्टी बुद्धी! हाय-हाय!

कई दिन तक, दिनों-दिनों तक बाबूजी की नींद और खाना खराब रहे। लगा, उनके मनसूबों का किला टूट रहा है। उधर छोटा लड़का भी पढ़ने में बदमाशी कर रहा है। इस आदमी ने तो बेड़ा ही गरक कर दिया। क्या सोचा होगा इसने? सबसे बड़ा लड़का था। कैसे सम्हल-सम्हल कर चलता, फूँक-फूँक कर पाँव रखता, बाप को सहारा देता। धत्तेरे की! कहाँ से दो साल तक खाना-खर्चा आएगा सोचा होगा इसने? दो साल! चौबीस महीने! फिर उन महीनों के दिन कर लो! एक-एक दिन का खाना-खर्चा.... कौन तुम्हारे दादा-परदा की रियासत पड़ी है? कौन एम ए करते ही तुम्हें प्रोफेसरी मिल जानी है? तुम्हीं अकेले नहीं हो। तुम्हारे जैसे टके के दस-दस भटक रहे हैं, बाबू साहेब!

बाबू जी की मन की शान्ति छितर-बितर हो गयी।

वह फिर नजर नहीं आया। कहाँ गया? क्या हुआ? घरवालों से पूछने को भी जी नहीं करता। नौकरी तो छोड़ ही आया है, धक्के खा रहा होगा कहीं। खाए, खूब धक्के खाए! उन्हें अब इस सिरफिरे इन्सान का कोई दर्द नहीं रह गया। पहले इसने शादी को लेकर बावेला मचाया, उनकी इज्जत दाँव पर लगा दी। और अब बिना

बताए नौकरी छोड़ आया है। मत उसका नाम लेना मेरे सामने तुम लोग! खबरदार, अगर इस घर में उसे रोटी मिली। भूखों मरते देखना चाहता हूँ मैं उसे।

उगलने को सारी आग उगल दी, पर उसके बाद दिनों तक बैचेन हुए रहे कि पता नहीं कहाँ रहता होगा, कहाँ खाता होगा। फिर ख्याल आता, अरे कोई लड़का-बच्चा है क्या? पढ़ा लिखा ट्रेंड ग्रेजुएट आदमी है, कुछ न कुछ जुगाड़ कर ही चुका होगा, भूखों नहीं मरनेवाला। और फिर वही आग भदभदाने लगती। उस दिन वह आग वापस लपटों में भड़क उठी जब मालूम हुआ कि मदन (उसके मामा) ने उसे कहीं एक कमरा करा दिया है और खाना वह उसके होटल में खाता है। जैसे ही चिन्ता हटी, पुरानी आग लपटों में भड़कने लगी : क्यों इस मदन के बच्चे ने कमरा दिला दिया उसे? क्यों अपने होटल में खाना खिला रहा है उसे? अरे उसे तो सड़क-चौराहों पर पड़ा रहना था। भिखमंगों की कतार में बैठा होना था। जिस तरह उसने बाप के सीने पर खंजर भौंका है। राजू का नाम, उसकी सूरत वापस बाबूजी को बिदकाने-चिढ़ाने लगे।

एम ए के उन पूरे दो सालों के दरमियान एक ही छोटी सी घटना हुई जब वे एक दफा उसके कमरे में गए : उनके उस भड़कने बिदकने की कोई बहुत लम्बी औकात नहीं थी। दो तीन महीनें में ही वे उस तरफ से थकने और सामान्य पड़ने लगे थे। एक चोर चाहना चुनचुनाहट देने लगी थी कि राजन कभी एक-दो रोज को घर आ जाए...अब जो हो गया सो हो गया। उस बात को क्या दिल में रखना? अब वह पढ़ाई कर ही रहा है। हम ही कौन उसे दोबारा रोकने-टोकने गए। परिवार में हर किस्म की बात हो जाती है। ऐसी छोटी-मोटी कहा सुनी से घर छूट जाता है भला? बल्कि उसे तो यहीं आ जाना चाहिए। यहाँ खाने-पीने, नहाने-धोने हर बात का आराम हुआ। मगर अब वह यहाँ नहीं आएगा—बीच में अपनी पढ़ाई में खलल नहीं डालेगा। हाँ, कभी-कभी मिलने आ जाया करे। छः-सात महीने हो गए, अभी तक नहीं आया। उसकी शक्ल मन को तरसाने लगी है। उन्हें पत्नी पर कुढ़न हुयी : इस खसिणी ने कभी उसका कोई जिक्र तक नहीं छेड़ा! कैसी बज्जर दिल औरत है जाने!

लेकिन बात यह थी कि वे लोग डरते थे, राजू का उल्लेख करने से। कहीं वे डपट न दें। इसलिए हिम्मत नहीं करते थे उनके सामने कुछ बोलने की। अलबत्ता उनके पीछे तो सभी राजू के बारे में बोलते-बतियाते रहते थे। बस उनके सामने पत्थर हो जाते थे। उनका यह पत्थर हो रहना बाबूजी को अब असहय पड़ने लगा था। रहा नहीं गया तो शाम को चाय पीते उन्होंने बात छेड़ दी, ''रज्जू दिखाई दिया था आज, दूर से।'' वे मन से गड़जोड़ कर बोल रहे थे, ''कमजोर लग रहा था।''

''अच्छा?...तुम कभी उसके डेरे में हो आते, देख आते।'' इजा सम्हलकर बोली।

''डर लगता है। कहीं नाराज न हो उठे।''

"डरने की क्या बात है? हो आओ।" इजा की सहम खुल गयी थी। "बेटे से डरा जाता है कोई?"

"अच्छा? तो कल हो ही आता हूँ। तू भी चलती है तो तू भी चल।"

"भीड़ थोड़ी लगानी है। डाँट देगा। तुम्हीं हो आओ। थोड़ा नाश्ते पानी का सामान रख आना।"

दोनों ने शाम तक ले जाने को सामान जुटाया, अगले रोज सामान एक हथझोले में रखकर वे चल पड़े। मन में थोड़ी धुकर पुकर सी हो रही थी—कहीं कुछ कह न दे! सामान लेने से मना न कर दे!...वह रहा उसका कमरा। कमरा उन्हें सजीव लगा। दूर से ही घूरता हुआ सा। अन्दर से बन्द था। वे दरवाजे पर क्षणभर रुके, फिर धीरे से जूते बजाए। फिर हौले से खाँसे...क्या वह सोया हुआ है? कौन जाने पढ़ाई का ध्यान लगा हुआ हो। इससे ज्यादा खलल उनसे नहीं डाला जाएगा। वे लौटने की सोचने लगे, पलटने को हुए...तभी उधर हौले से दरवाजा खुला : "कौन, बाबू जी?" वहाँ राजन खड़ा था।

"पढ़ाई कर रहा था?" वे मुस्कराए। फिर उसके साथ कमरे में दाखिल हुए। वहाँ लगभग अँधेरा था, बस लैम्प जल रहा था। कमरा कैरोसिन की बू से ठँसा था। "ये तेरी इजा ने थोड़ा सामान भेज रखा है।"

वह कुछ नहीं बोला, सिर्फ झोले की तरफ देख लिया। उन्होंने झोला धीरे से एक तरफ रख दिया।

"तू ठीक है बेटे?" वे बोलते डर रहे थे।

"हाँ..." वह जाने कहाँ था। फिर बोला, "ठीक हूँ।"

उन्हें खुद लग रहा था, उसकी पढ़ाई में व्यवधान पड़ा है। वे लौटने लगे। लौटते हुए बोले, "एक खिड़की थोड़ी खोल रखनी चाहिए...अच्छा तू पढ़।" और कमरे से निकल आए।

—तेरी इजा कह रही थी, कभी किसी रोज घर आ जाया करना—यह बात बोलना तो वे भूल ही गए! यह तो जरूरी बात थी...क्या हो? अब लौटकर जाना ठीक नहीं।

उस गन्दी गली को पार करते हुए वे एकदम अवश और कातर अनुभव करने लगे थे...बेटे के हवाले से। वह काफी कमजोर हो रहा। रंग भी सँवलाया हुआ है, कपड़े भी गन्दे-मुचड़े। जिस खाट में बैठकर वह पढ़ रहा था वह झुग्गी बनी हुई है। कमरा लगता है दिनों से झड़ा नहीं है। उस हालत में वह जी रहा है। वर्ना वह तो घर में रहकर ही पढ़ने आया था। बैचेन असहाय अनुभव कर रहे थे वे। जी कर रहा था कहीं अकेले में बैठ लें...बस आँख बन्द किए बैठे रहें। बेतरह थक गए हैं वे।

राजू फर्स्ट डिवीजन आया था। उसकी खुशी का पार न था। मामा भी उस खुशी में शामिल थे। उन्होंने अपने होटल में खानेवालों को एक बार का खाना अपनी ओर से खिलाया था। खीर बनायी गयी थी।

मगर बाबू जी इतना ही बोले थे, "चलो तुम्हारी मेहनत सफल हो गयी—अब नौकरी की ढूँढ़ खोज शुरु कर दो, बेटे!" जरूर उस रात इजा ने पूड़ी गुलगुले बनाए थे। "अब नौकरी और लग जाए।" गरम गरम गुलगुलों को फूँक फूँककर खाते हुए उन्होंने कहा था। इस पर इजा बोली, "लग जाएगी, नौकरी भी लग जाएगी। तुम्हें तो जाने कैसी तिलमिली मची रहती है।"

"तू नौकरी की बात को नहीं समझती।" उन्होंने इजा को चुप करा दिया।

भटकते-भटकते पूरे साल की छीछालेदर हो गयी। इंटरव्यू कॉल आते, बाबूजी तीस चालीस रुपए जुटाकर देते, राजू दौड़ता और खाली हाथ लौट आता। साल भर यही होता रहा। राजू अब पैसे लेन से हिचकने लगा था। "जाओगे नहीं तो निकलोगे कैसे?" बाबूजी कहते। मगर जाने के बाद हर बार अफसोस में डूब जाना पड़ता।.... "तीन साल हो गए। नौकरी नहीं छोड़ते तो अब तक कितना कमा चुके होते। कहावत है—रास्ता भूले दिन का फेर, मती भूले जुग का फेर।" बैठे-बैठे बाबूजी आसमान की तरफ निहारते हुए कहते। राजू वहीं पास में बैठा बिना प्रतिक्रिया के सुन लेता।

साल निकल गया। बाबूजी का धैर्य टूट गया। उन्होंने अपने स्तर पर हाथ-पाँव चलाने शुरु कर दिए : न सही प्रोफेसरी, कहीं तो दरगुजर का कोई जरिया हाथ आए। एक शाम उन्होंने खबर दी, "अब हमें नौकरी-फौकरी नहीं चाहिए, अब कपड़े की दुकान डालते हैं।"

"क्याआ?" राजू का उठा कौर हाथ में ही रह गया।

"मैंने राय साहब से बात कर ली है। वे अपने बेटों की आढ़त से उधार कपड़ा दिला देंगे। धीरे-धीरे चुकाते रहो। कपड़े का धंधा तो रईसी की धंधा है। कितने लोग इसमें बन गए—कुंदन साह, इलियास सेख, वर्मा ब्रदर, जगाती इम्पोरिम—जिसका भी नाम लो, लखपती से कम कोई नहीं है, न हाथ मैला न पाँव मैला! एक मुनीम रख लो, काटने-नापने का काम भी वही कर लेगा। बिजनिस के सामने नौकरी क्या है? कहा भी है— निखद चाकरी भीख निदान...उत्तम खेती मध्यम बान, निखद चाकरी भीख निदान! रायसाहब भी इस विचार से अति प्रसन्न हैं। उनके तीनों ही बेटे कपड़े के कारोबार में हैं—एक यहाँ, दूसरा हल्द्वानी में, तीसरा बरेली में। सब ऐसे पास हैं... करोड़पति पाल्टियाँ हैं।"

बाबूजी का प्रवचन पूरा हो गया तो राजू ने लोटा उठा लिया। बोला, "मैंने फर्स्ट क्लास से एम ए दुकान खोलने के लिए नहीं किया है। करूँगा तो कॉलेज युनिवर्सिटी

की नौकरी ही करुँगा।" और उठ गया।

"अच्छा रे...!" बाबूजी पीछे से आँखे तरेरे रह गए। फिर एक फुँकार छोड़ वे भी उठ लिये। लगा, लड़का हाथ से गया।

लेकिन उन्हें इतना अन्दाजा नहीं था कि जितना वे सोचे हैं, लड़का उससे भी कहीं अधिक हाथ से निकल चुका है। उसकी राजस्थान में कॉलेज की नौकरी लग गयी थी। उन्हीं दिनों उसके एक लड़की भी हो गयी। नौकरी में जाते समय वह बीमार पत्नी को अस्पताल में भर्ती करा गया, जिसकी क्या जरूरत थी? दवा-दारु तो घर में चल ही रही थी। वैद्य जी हफ्ते के हफ्ते आकर नाड़ी देख जाते और पुड़ियाएँ दे जाते। इलाज तो चल ही रहा था। घरवाले उसकी इस कार्यवाही का इतना बुरा मान गए कि अस्पताल में बहू को देखने कोई नहीं गया। इस बात पर घरवाली ने उसे चिट्ठी डाल दी होगी—पीछे से वह आया, प्रणाम-पैलागन की रस्म अदा करने और यह सूचना देने कि वे लोग जा रहे हैं, घर में गया और हाथ के हाथ बच्चों को लेकर निकल लिया कि बस पकड़नी है, वर्ना आगे ट्रेन छूट जाएगी।

वे लोग देखते रह गए। बाबूजी परकटे परवाज की तरह अरबराकर जमीन पर आ गिरे : वाह रे दुनिया! इसी दिन के लिए तेरे को गाँव से दुकान तक ले जाता था कंधे पर लादकर? इसी दिन के लिए राजकुमारों की तरह पाला? मखमल के कपड़े पहनाए? काम के नाम पर कभी तिनका भी नहीं उठाने दिया? दूध-भात ही खिलाया, कभी मडुवे की रोटी-झुँगर का भात नहीं दिया...स्कूल से लौटता था तो दूध के गिलास में जलेबी डालकर धरे रहता था—सब इसी दिन के लिए? आदमी सोचता है बेटा बड़ा होगा, शादी करेंगे, बहू आएगी, कारोबार बढ़ेगा, नाती-पोते गोद खेलेंगे, खुशियाँ मिलेंगी। किसे पता था, नौकरी लगते वह पत्ता ही काटकर चल देगा। बहुत मायूस, बहुत उदास हो चले बाबू बेटे के इस कदम से। चलो उसे दुकान नहीं, नौकरी ही करनी थी तो नौकरी ही करता। पर बहू-बच्ची को तो नहीं समेट ले जाता। नौकरी क्या मिल गयी, रिश्ता ही काट ले गया—हम तुमसे जुदा, तुम हमसे जुदा! वाह रे जमाना! हँसना आता था और रोना भी।

जब ग्रह बुरे चल रहे होते हैं तो यही होता है : उधर बेटा अपने परिवार को उठा ले गया इधर यह खबर सुन पड़ी कि बड़े दामाद के नाम पुलिस वारंट निकला है—कि काफी समय से वह आदमी नौकरी से गायब है। तभी जानने में आया कि न शादी का उस पर कोई असर पड़ा, और न बाप बन जाने का। शराब, दोस्ती, मौजमस्तीवाला चालचलन उसका खुलकर सामने आ गया। उसे किसी जिम्मेदारी का कोई अहसास नहीं है, किसी बात का कोई लिहाज नहीं है। बाप की मृत्यु के बाद वह और भी

आजाद हो गया। विभाग में अपने सीनियरों, अफसरों से उसका दुर्व्यवहार, मारपीट और फिर गायब हो जाना—ये सब बातें बाबूजी पर तब खुलीं, जब वारंट की बात पता हुयी। सुनकर उनके हाथ-पाँव फूल गए। वे कहाँ जाएँ, कहाँ उसका पता लगाएँ? उनकी फिक्रमंदी को देखकर उसके घर वाले पूरी तरह बेफिक्र हो गए। निदान बाबूजी ने डिप्टी साहब की शरण पकड़ी। हालाँकि अब वे रिटायर हो चुके थे, पर विभाग वालों पर अब भी उनका थोड़ा बहुत दबदबा था। उसके दोस्तों का पता लगाया गया। अड्डों की खोजबीन की गयी जहाँ वह आता-जाता रहता था। सुराग खुलते गए। आखिर में वह अपने एक जिगरी, जो बहुत पहले नौकरी से निकाला जा चुका था, उसकी कोठरी में आटा गूँधता हुआ पाया गया। उसके खिलाफ अनुशासन के आरोप थे। क्रिमिनल चार्ज भी थे। उसे नौकरी पर बहाल करना आसान काम नहीं था। उसके अफसर उससे बहुत खफा थे। वे तो उसे जेल भिजवाना चाहते थे। बाबूजी खुद जाकर उनसे दो-चार हो गए। तो भी उनका रुख पलटने में बहुत मुश्किल लगी। बड़ी-बड़ी जान पहचानों का प्रभाव और खासा पैसा जुटाना पड़ा। तब जाकर उस पर लगे चार्ज हटे और नौकरी बहाल हुई। उसकी नौकरी बहाल होना उस आदमी के लिए क्या था, मगर बाबूजी के लिए वह किसी पुनर्जन्म से कम न था। उस बरखुरदार को कितना सुधरना था? इतना भर हो गया कि वह नौकरी करने लगा, जिससे घर का खर्च चल सके। उससे अधिक की चाहत पर वह पत्नी पर भड़क उठता था। अब भी उसके दोस्त थे और दोस्तबाजी थी। घर-गिरस्थी के लिए उसका कोई लगाव नहीं था। वह उन्हें खाना खर्चा दे रहा है—बस, वे उसे तंग न करें!

जिस गाँव में बाबूजी जन्मे, बड़े हुए, जहाँ उनके शादी सम्बन्ध, भाई बिरादरी हुयी, वहाँ का आदमी खालिस अपढ़ और गरीब था। इतना अपढ़ और गरीब कि जरूरत के नाम पर उसकी इतनी भर चाहना रह गयी थी कि बच्चों के पेट के लिए दो वक्त का मडुवा-झंगुर और तन के लिए दो हाथ गजी-गाड़ा नसीब हो जाए। हलवा-पूड़ी, गौन-मखमल ये उसके शौक में तो हो सकते थे, पर उसके संघर्ष में कहीं नहीं थे। सिर छिपाने को द्वार-सांकलवाली आधी-अधूरी छत जरूर उसके संघर्ष में शामिल थी। हाँ, बच्चों के शादी-सम्बन्ध हो जाएँ। यह पुरखों का एक कर्ज हुआ, चुकाना जरूरी हुआ। बेटी का सम्बन्ध तो हर हालत में हो जाए। वह तो पराए घर का भाड़ा हुआ। दामाद अगर नौकरी में हो तो इससे बड़ी बात और क्या हो सकती है। अगर 'देस' में हो जाए नौकरी तो कहने में गर्व होता है 'जँवाई हमारा दिल्ली में है।' या-'छोरी जँवाई के साथ गयी है लखनऊ। वे होटल में हुए वहाँ'। रहे

छोटे-मोटे खर्चे: रात में बरात को बड़े-बड़े ढेलोवाला भात और साबुत उड़द की दाल खिला दो। लड़की को एक जोड़ा लँहगा-पिछौड़ा, चाँदी के चार जेवर—गले की हँसुली, हाथों के धागुले, पैरों की झाँवर, कान के झुमके और तीन लड़ी जंजीर। दामाद को, अगर वह देस में नौकर हुआ तो पैंट-कमीज तो बनानी ही हुई, घड़ी भी जरूरी ही हुई। बाकी दहेज क्या होता है—थाली बर्तन होते हैं। वो तो कन्यादान में बिरादरी से ही जमा हो जाने वाले ठहरे। तुम अपनी तरफ से पीतल की एक परात और ताँबे का एक छोटा फुँगल दे देना। सब मिलाकर कहने को हो जाएगा—जालभर दहेज गया। बस हो गई शादी! तर गए पितर! वैसे लड़के की शादी भी एक हिसाब से जरूरी जैसी ही हुई, नहीं तो बंस-नाठ ही समझो। बाकी रहे जन्म-मृत्यु, हारी-बीमारी—तो वे तो शरीर के धरम हुए, उनके लिए इजो-बबो करना बेफालतू हुआ।

ऐसे असाधारण रूप से साधारण मानव चरित्र के बीच बाबूजी एक अपवाद की तरह थे। वे महत्त्वाकांक्षी थे—साधारण होकर जीना उनके बस की बात नहीं थी। उन्होंने पराजय से, दबाइश से कभी समझौता नहीं किया। नदी पार चमोली गाँव का हरकतसिंह चमवाल भी साधारण चरित्र नहीं था। चुनौती, ललकार में जैसे उनके प्राण बसते थे। बाबूजी का अपने 'कद' के इस आदमी के साथ मुकाबला हो गया। कहाँ? आमने-सामने दो पहाड़ियों पर बसे हुए उनके गाँवों के मध्य बहती सुयाल नदी के प्रवाह में। गरमी के बाद बरसात शुरू हो गयी थी, नदी का ऊफान चढ़ने लगा था। एक बीस हाथ ऊपर की तरफ, दूसरा बीस हाथ नीचे की तरफ—नदी में दो घराट (घट) वहाँ स्थापित थे : एक ठाकुर हरक सिंह का, दूसरा ठाकुर सब्बल सिंह का। जब तक एक ही घट था तब तक उसका एकाधिकार था, दूसरा घट लगते ही प्रतिद्वन्द्विता पैदा हो गयी—यानी, खा चबा जाने की आसुरी आग! जब नदी उफनने लगी, हरकतसिंह की कुटिल बुद्धि से शरारत जगी कि चुपचाप वह अपने बाँध की ऊँचाई इतनी उठा दे कि ऊपर सबलुए का घट डूब जाए। यही हुआ—सबलुए का घट डूब गया। हरकतसिंह की बहार हो गयी। पिसान वाले सब वहीं दौड़ने लगे। सबलसिंह ने उससे शिकायत की तो उसने उसे हवा में उड़ा दिया और कटे पर नमक और छिड़क डाला, "घटवार बनने का बड़ा शौक चर्राया था ठाकुर साहब! अब लो इसके मजे!"

"तो तुम बाँध की ऊँचाई कम नहीं करोगे?"

"कौन सी ऊँचाई यार? ऊँचाई तो उतनी ही है। उसे कम क्यों करूँ?"

"तो तुम यही पड़ौस का रिश्ता बना रहे हो?"

"यही समझ लो! तुम्हारे कहने से मैं अपना बाँध तोड़ दूँ? अरे वाह!"

वह भाई चारे के ढंग से माननेवाला नहीं है, बाबूजी को लगा और उन्होंने मुकदमा दायर कर दिया। जब तक मुकदमा शुरू होता, हरकत सिंह ने बाढ़ के उठाए

हुए हिस्से पर नदी का काई-सिवार पोत दिया। उसकी यह बदमाशी कामयाब रही: मुआयना हुआ तो कोर्ट ने पाया—वादी की शिकायत गलत है, प्रतिवादी का बाँध पहले से ही ऊँचा है, इसलिए मुकदमा खारिज किया जाता है। बाबूजी सन्न रह गए। अपील भी करें तो किस आधार पर? अचानक एक रात वे उछलकर बैठ गए: आधार हाथ लग गया था। सुबह तड़के वे वकील के पास दौड़ गए: "वकील साहब, नदी के किनारे एक शिवलिंग है, जिसकी लोग पूजा करते हैं। शिवरात्रि पर तो मेला तक जुड़ जाता है। लेकिन बाँध उठने से वह शिवलिंग अब पानी में डूब गया है।" अपील की गई। ठीक शिवरत्रि के रोज कोर्ट ने दोबारा मुआयना करवा दिया। बाँध को एक तरफ से तोड़कर ज्यों ही जलस्तर घटा, शिवलिंग प्रकट हो गया। अपने बचाव के लिए हरकतसिंह का यह कहना कि यह तो एक मामूली सा गंगलोड़ है, तब उसके खिलाफ जा पड़ा जब श्रद्धालु जनता के बयान लिये जाने लग। कोर्ट ने हरकतसिंह के खिलाफ जालसाजी का और सबूत मिटाने का फैसला दे डाला और दण्ड लगा दिया। इस फैसले से हरकतसिंह की समाज में बड़ी किरकिरी हुई, जबकि सबलसिंह दस लोगों के बीच विनम्र गर्व से कहते थे, "मेरे तो भइया, बाबा भोलेनाथ गवाह थे, उन्होंने ही मुझे जिताया है।"

बाबूजी को भिड़न्त में आने का कोई शौक नहीं था। मगर अगला बन्दा जब मजबूर कर दे तो फिर वे भी पीछे नहीं हटते थे। हरकतसिंह की बात कुछ हद तक समझ में आती थी : एक तो वह दीगर गाँव का आदमी था। दूसरा, अपने गाँव इलाके में उसकी हैसियत भी ठीकठाक थी। लड़के नैनीताल में नाव चलाते थे, घर में दूध का धन्धा भी अच्छा था। मगर यह मोहनिया? यह तो अपनी ही गाँव बिरादरी से था। इसे किस कीड़े ने काटा? उम्र में भी छोटा, हैसियत से भी बराबरी का नहीं। एक भैंस थी, दो-ढाई सेर दूध होता होगा। उसे पानी पतला कर बाजार दे आता था। बस इतनी सी औकात समझो। मगर बनता था ऐंठवाला! मूँछें मरोड़कर रखता था। उसकी ऐंठ के पीछे जो एकमात्र कारण बनता था, वह यह कि दो-एकबार उसने ग्राम सभा के चुनाव में लड़े थे। एक बार पंच का, हारा। दूसरी बार सभापति का, यानी बाबूजी के खिलाफ! लोगों ने उसे पागल बताया, बेवकूफ बताया और चाहा कि वह चुपचाप बैठ जाए। सबल-का के खिलाफ आज तक कोई खड़ा नहीं हुआ: वे फोरेस्ट पंचायत के सरपंच हुए तो निर्विरोध! पिछली बार ग्रामसभा के सभापति रहे तो निर्विरोध! अब वह उनके विरुद्ध खड़ा हो रहा है। वह उनकी क्या बराबरी करेगा? बैठ जाए चुपचाप! खाली, गाँव की मर्यादा को तोड़ रहा है। तो इस पर मोहनिया के जो जवाब होते थे, वे गाँववालों के गले नहीं उतरते—कि प्रजातन्त्र है, प्रजातन्त्र में इक्कीस साल से ऊपर हर आदमी को चुनाव लड़ने का अधिकार है, उसे कोई रोक नहीं सकता। दूसरा जवाब और भी 'ठोस' कि सबलसिंह कभी स्कूल नहीं पढ़े,

ऐसे ही 'बारहखड़ी' सीखे हैं, जबकि मोहनसिंह दर्जा छै तक पढ़ा है—छटी में फेल हो गया तो भी क्या हुआ? उसे इंग्लिश में अपना नाम, अपने पिताजी का नाम, गाँव का नाम, जिले का नाम—सब लिखना आता है। इसलिए उसका हक सबलसिंह से पहले बनता है! हालाँकि हर बार वह हारता रहा, पर हारकर भी अपने को पंच/सभापति का उम्मीदवार मानता रहा—यानी सबलसिंह का प्रतिद्वन्द्वी...उनकी बराबरी का! कमअक्ल था। खैर...गाँव में बाबूजी ने जो नया मकान बनाया हुआ था, उसके लिए रास्ता चाहिए था। लोगों ने अपने-अपने खेतों से खुशी-खुशी बालिश्त भर रास्ता दे दिया। यह बिरादरी का कायदा था। इतना बाबूजी का लिहाज भी बनता था। उस रास्ते के बीच में एक खेत इस मोहनिया का भी पड़ता था। ऊपर-नीचे सबों ने रास्ता दे दिया, इसका रह गया। बाबूजी को गरज थी, इसलिए खुद ही वे उसके घर तक गये। "मोहन! क्या कर रहा है?" "कुछ नहीं।" वह अन्दर से ही बोल दिया। दोबारा आवाज दी, तब वह बाहर निकला : "कोई काम है?"

"अरे काम क्या है?"—वे वहीं पखौलिए में बैठ गए : "नौले के लिए मकान का रास्ता बनना है। सबों ने दे दिया, तेरे से भी बालिश्तभर जमींन माँगने आया हूँ।"

"मैं तो नहीं दे सकता। खेत खराब हो जाता है।" वह खड़े-खड़े बोल दिया।

"एक तरफ से चाहिए, बेटे! इतना ही खराब होगा। इसके बदले मुझसे कहीं और ले लेना, जहाँ तुझे ठीक लगे। बीच में आ गया तेरा खेत, इसलिए मजबूरी हो गई है।"

"नहीं, हो! मैं तो नहीं दे सकता।" बोला और पलटकर अन्दर चला गया।

बाबूजी भी चुपचाप उठ आए।

रास्ता तो बनना ही था, थोड़ा चक्कर काटकर बना। मगर कहने को बात रह गयी..."रास्ता देना तो धरम होता है रे! उस लोक में रास्ता मिलता है।" लोगों ने उसे झड़पा। चौथे-पाँचवें महीने ही मोहनिया एक चक्कर में आ गया : हैल्थ इन्स्पेक्टर ने उसके दूध का सैम्पल भर लिया। आए दिन इस तरह गाँववालों का दूध पकड़ में आता रहता था। मगर बाबूजी की कोशिश से प्रायः वे लोग बच जाया करते थे, मामला कोर्ट तक नहीं पहुँचता। बाबूजी हैल्थ आफिस तक पहुँच लगा डालते, किसी भी रास्ते—राय साहब, कोट साहब या डिप्टी साहब, किसी के भी रास्ते। या सीधे हैल्थ आफिसर के घर ही जा पहुँचते (हलवाई के नाते मिठाई का डिब्बा लेकर)। मशक्कत तो बाबूजी को बहुत करनी पड़ती थी, साहब को पिघलाने में काफी जोर पड़ता : "बहुत गरीब लोग हैं साहब! एक भैंस रखकर नोंन तेल चलाते हैं। पूरा परिवार उसमें खपा रहता है—आदमी सानी-कुट्टी करता है, दूध दुहकर बाजार पहुँचाता है, औरत गोबर गन्दगी साफ करती है। घास काटकर लाती है। बच्चे पानी पिलाते,

नहलाते-धुलाते हैं...इस तरह डेढ़-दो सेर दूध दो टाइम का निकलता है। पहाड़ी भैंस हुई साहब! खाना-खुराक भी नहीं हुआ, सूखी घास! कितना दूध देगी। अब इस डेढ़-दो सेर में खली-चोकर भी हुआ। भैंसवाला कर्ज भी हुआ, परिवार का नोंन-तेल, लत्ता-कपड़ा, हारी-बीमारी, सब उसी में हुआ। कैसे चल सकता है साहब! सो कभी-कभी पाव-डेढ़ पाव पानी पतला कर देते होंगे...जरूर कर देते होंगे। झूठ बोलकर क्या होगा! चार-आठ आने और बन जाते होंगे। यही मजबूरी हुई साहब!...गरीब लोग हुए। अब इस मजबूर हालत के लिए चाहे उन्हें जेल में डालें, चाहे फाँसी लटका दें—जुर्माना भरने की ताकत नहीं ठहरी हजूर! जुर्माना ठोंक देंगे तो भैंस बिक जाएगी, जमीन नीलाम हो जाएगी। बाकी क्या अरज करूँ... ये मेरे बिरादर बहुत ही गरीब ठहरे सरकार!...'' इस तरह दूधवाला या तो पूरी तरह छूट जाता या नाम मात्र का जुर्माना लग कर जेल से बच जाता।

मगर इस बार पकड़ में मोहनिया आ गया। सैंपल की रिपोर्ट आयी : एक तिहाई पानी निकला। फड़फड़ा गया मोहनिया, फड़फड़ाता चला गया। लोगों के हाथ-पाँव जोड़ता चला गया कि ''हो, चचा सब्बल सिंह से मेरी सिफारिश लगा दो, मुझे जेल जाने से बचवा दो! मैं अब किस मुँह से उनके पास जाऊँ? मैंने तो पहले ही उनसे अपना रास्ता काट रखा है...'' बहुत गिड़गिड़ाया, मगर बाबू जी से उसकी सिफारिश लगाने की किस में हिम्मत थी। हुआ यह कि केस चला और मोहनिया को छः महीने की सजा हो गयी और दो सौ रुपए जुर्माना। मोहनिया जेल चला गया। जुर्माने के लिए घर-जमीन कुर्क हो गए। पत्नी बच्चों को लेकर मायके चली गयी। फिर मोहनिया कभी लौटकर गाँव नहीं आया। उसको बिरादरी धर्म के खिलाफ व्यवहार करने का दंड मिल गया, ऐसा गाँव के लोग मानते थे। इसलिए उनके लिए वह एक स्वाभाविक बात भर होकर रह गयी। लेकिन बाबूजी को लगता था, मोहनिया को न बचाकर जहाँ उन्होंने अपना बदला ले लिया, वहीं एक लड़ाई भी हार गए। खुद जेल चला जाकर मोहनिया जैसे उन्हें हमेशा के लिए कठघरे में खड़ा कर गया : वह खुद! उसके औरत-बच्चे! उसके नीलाम हो गए घर, जमीन! एक के बाद दूसरा, वे बाबूजी के सामने आ खड़े होते और जिस भाषा में बोलने लगते, उसे सुन ले जाना कठिन होता : देखो सब्बल सिंह, हमारी गत देखो। किस तरह लुट गए हम! तुम चाहते तो औरों की तरह हमें भी बचा सकते थे। पर तुम्हें तो बदला लेना था! हमने तुम्हें रास्ता नहीं दिया तो तुम्हें क्या फर्क पड़ा—दूसरों ने तुम्हें रास्ता दे दिया। मगर हमें तुमने नहीं बचाया, तो फिर हमें दूसरा बचानेवाला कौन था? इस बात को तुम्हें सोचना चाहिए था। एक पूरा घर, पूरा परिवार—उस परिवार में छोटे-छोटे बच्चे भी थे, बेकसूर बच्चे! सब उजड़ गए, मिट गए! इसे तुम सोचो सब्बल सिंह! जिन्दगी भर के लिए सोचो।

बाबू जी उद्यमी थे। उन्हें निकम्मे लोगों से चिढ़ थी। उनके छोटे और बड़े दोनों भाई इसी वजह से जिन्दगी की दौड़ में छूट गए। मारवाड़ी सेठ की दो रुपए महीने की नौकरी से जहाँ बाबू जी ने जिन्दगी की दौड़ शुरु की थी—और कहाँ से कहाँ पहुँच गए : इज्जत आबरु, में जमीन जायदाद में! उनके भाइयों ने कभी उस तरह की दौड़ जानी ही नहीं, वे दौड़ में कभी रहे ही नहीं। उनके बौज्यू ने उन लोगों को जितना बनाकर छोड़ा, वे उतने भी नहीं बच रहे। वर्ना कुल जायदाद का तीसरा हिस्सा तो बँटवारे के समय हर बेटे को मिला ही ठहरा।

बड़े भाई गुसाई सिंह तो खैर शुरु से ही बहुत कुछ मानसिक विक्षेप में जा चुके थे : उनके ग्रहों ने उनका साथ नहीं दिया। अच्छे खासे किसी पटवारी के मुनीम थे, खच्चर दौड़ाने के शौकीन बने, गिर पड़े। सिर पर चोट खा गए। कुछ तो यह कमजोरी, फिर एक-एक कर दो हँसते खेलते बेटे गँवा बैठे। बेटों को गँवा देने के बाद दुनिया उनके जीने लायक नहीं रह गई थी। पीछे से छूट गई दो बेटियों और मिरगी की मरीज पत्नी को देखकर उनकी आँखें बल उठती थीं: "जब वे नहीं रहे तो ये डाइनें क्यों रह गयीं। मेरी छाती में मूँग दलने को?" वे चिंघाड़ते। दिन भर चाहे धूप में, चाहे सर्दी में, वे फाँकामस्त भटकते रहते। कुचैले कपड़े, गन्दा सूती कोट, कंधे पर एक झोला और गले में उतना ही कुचैला मफलर! जेब से निकाल-निकालकर चने के दाने मुँह में उछालते रहते। अपनी भटकान से रात घर पहुँच ही जाएँगे, इसका कोई भरोसा नहीं था। उनका जीना मरना बाबूजी के लिए साँसत बन चुका था—जब वे देर रात दुकान से लौटते और बताया जाता, दद्दा अभी घर नहीं पहुँचा है..."अब मैं इस आधी रात में उसे कहाँ ढूँढ़ूँ?" थके हताश बाबूजी लालटेन बाल उन्हें ढूँढ़ने निकलते। अचानक ही जब वे अँधेरे से सामने प्रकट हो जाते तो बाबू उनका हाथ पकड़ लेते : "यार तू हमें जीने दे, ऐसा तंग मत कर हमें!" तो वे हौले से हाथ छुड़ा शान्त भाव से बोल देते, "जीना पहले है, बाकी सब होता रहता है।" बाबू जी कुढ़कर रह जाते : क्या कहा जाए ऐसे आदमी से!

चौथे-छट्टे महीने कभी वे बाबूजी के पास जा पहुँचते, चाहे घर में या दुकान में। आराम से चने उछालते हुए। जब तक बाबूजी नजर उठाकर उनकी ओर देख नहीं लेते। तब वे गन्दे कोट के अन्दर की जेब में हाथ डाल वहाँ से तहाया या हुआ एक कागज निकाल, उसकी तहें खोल बाबूजी की तरफ बढ़ा देते। "क्या है?" सब कुछ समझ चुकने पर भी बाबूजी पूछते। वे बोलते कुछ नहीं, सिर्फ बढ़ाए हुए कागज को हिलाभर देते। वह एक रुक्का होता, बकायदा रसीदी टिकट के ऊपर पूरा पता और दस्तखतवाला—'गुसाई सिंह राना बिष्ट बे. टीकम सिंह राना बिष्ट, ग्राम राती गाँव, पट्टी खास पर्जा, जिला अल्मोड़ा, तारीख...महीना...सन्...ई.।' "कानूनी लिखत-पढ़त सही और पूरी होनी चाहिए।" वे कहा करते। यानी उस कानूनी लिखत-पढ़त में अब

कुछ जोड़ने बदलने को नहीं होता : जमीन जायदाद का कोई हिस्सा, दुकान का कोई कमरा या घास के जंगल का टुकड़ा उसमें 'आप सब्बल सिंह राना बिष्ट बे. टीकम सिंह राना बिष्ट (और पूरा पता)' के नाम गिरवी रख दिया गया होता, ताकि अब सब्बल सिंह बिन्ना देर किए रुपए उनके हाथ में गिन दें। जितनी देर तक बाबूजी उस रुक्के को पढ़ते-गुनते, गिरवी की राशि का अनुमान बनाते, रुपयों की व्यवस्था के बारे में सोचते, उनके परिवार के भूत भविष्य का मन ही मन आकलन करते, उतनी देर तक ददूदा एक बेवास्ता मुद्रा में बैठे चने उछालते रहते। "अभी कितने रुपए चाहिए?" पूछा जाता। उन्हें जितने की जरूरत होती वे बता देते, बाकी वे बीच-बीच में लेते रहते। भाइयों के बीच शुरु से यह समझौता था कि जब जायदाद बेचने की जरूरत पड़ेगी तो वह पहले घर के अन्दर ही बिकेगी, बाहर नहीं जाएगी। और भरसक घर की चीज घर में ही रहती। गिरवी ही सही—इसे दोनों पक्ष जानते होते कि एक बार गिरवी चली जाने के बाद चीज का लौटना फिर मुमकिन नहीं था, वह तो गई! उसे छुड़ाने को पैसा कहाँ से आना था? ददूदा की जिन्दगी इसी तरह निकल जानी थी, इसे दोनों पक्ष जानते होते। तो भी जायदाद को सीधे बेच डालना धक्का लगने जैसी बात थी, सो गिरवी का रास्ता ठीक था...एक फर्जी उम्मीद का रास्ता कि चीज बिकी नहीं है, वह अब भी अपनी ही है! इस तरह सारी जायदाद निकल गयी। जब मरे तब वे लगभग निहंग हो चुके थे। उनके दाह संस्कार को पैसे बाबू जी ने लगाए थे।

भाभी भी जब तक रही, दुख का टुकड़ा रही। जन्मना मिरगी की मरीजः वह कई बार गिर चुकी थी। हाथ की अँगुलियाँ, घुटने तुड़वा चुकी थी। पेशाब की लीक बहती रहती। कोई उसके पास बैठना बर्दाश्त नहीं करता। पागल पति, बेटों का गम—कुल मिलाकर वह एक नारकीय जीवन जी रही थी।...रही बेटियाँ, उन्हें प्यार देनेवाला कोई न था, न माँ न बाप। साफ-साफ कहा जाता, वे भाइयों को खा गयीं। तो भी जितने उन दोनों पर कहर थे उतनी वह दमित कुंठित नहीं लगतीं। दमन कुंठा से बेपरवाह खर पतवार की तरह बढ़ती जाती थी। बाबूजी पर उनका बोझ था, जिसे किसी तरह निबटाना था। उसी भाव उनके लिए रिश्ते ढूँढ़े गए और निबटा दिए गए। दोनों रिश्ते दुखांतक रहे। बाबूजी 'हाथ का अपजस' कहकर मलाल पी गए।

ददूदा और उनका परिवार मिट गया। अब तो वहाँ पर एक नया मकान बन चुका है। गाय-भैंसों की गलघंटियाँ बजती हैं, सुबह शाम बच्चों का कलरव रहता है। पर ददूदा का मिटा हुआ परिवार बाबूजी के लिए अब भी वहाँ मौजूद है।

छोटे भाई चतुरिए का किस्सा इतना दारुण नहीं था। वे पति-पत्नी दोनों स्वस्थ सामान्य थे। पर कर्मठ वे नहीं थे। वे आराम खोर थे, कुछ-कुछ कामचोर। मेहनत मजदूरी के नाम पर उन्हें जाड़ा लगता था, घाम लगता था, थकान-बुखार जाने

क्या-क्या। बहानों की उनके पास कोई कमी न थी। काम उन्हें अपने सुख आराम की शर्त पर चाहिए था : "काम तो काम की तरह होगा ना? उसके लिए जान थोड़ी ही दे देनी है।" चतुरिया कहता। वह मिठाई का अच्छा कारीगर था। बाबूजी ने चाहा, वह उनकी दुकान में लग जाए। वह लग गया। पर शाम होते न होते उसे घर का ख्याल घेरने लगता। वह दिन का काम निबटाने की उतावली में आ जाता। एक बार नन्दादेवी मेले का अवसर था, बाबूजी उसे उस रोज दुकान में रोकना चाहते थे, ताकि रात-भर मिठाई बने। उसने मना कर दिया : "मैं तो रात नहीं रुकूँगा," "तेरे को रुकना पड़ेगा। कल मेला है, मिठाई तैयार करनी है।" "किसी और को बुला लो, मैं तो नहीं रुक सकता।" वह बोलता जा रहा था और बच्चों के लिए थाल में से रोज की तरह जलेबी के टुकड़े बीनता जा रहा था। "मान जा रे, मान जा!" बाबूजी ने सख्ती से कहा। "नहीं, मैं तो जा रहा हूँ।" "तो तू नहीं रुकेगा?" "नहीं मैं नहीं रुक सकता।" "अच्छा? तो कल से फिर तू आना भी मत!" बाबूजी का रुद्रवाक्य फूट गया। "कोई बात नहीं।" जलेबी के टुकड़े वहीं थाल में पलट, वह जूतों में पाँव घुसाता हुआ चल दिया।

घर पर रसोई में बैठकर आटा गूँधना, रोटी पकाना चतुरिए को परम प्रिय था। वह पकाता जाता, बच्चे लोग (मय बच्चों की माँ) खाते जाते। बीच-बीच में वह खुद भी उन गरम-गरम रोटियों के गस्से भरता रहता। कहते हैं इन्हीं चूल्हें की भापदार रोटियों और तली हुई लाल मिर्च से उसे दमा हो गया, अस्तु! पत्नी के साथ लगे-लगे वह खेतों की गोड़ाई-निराई करता, कपड़े धोता, लकड़ियाँ काटकर लाता...रास्ते में घास-लकड़ी के गट्ठर उतार, लगे-लगे दोनों सुस्ताते और एक बीड़ी को साथ-साथ पीते। भाभियाँ इस पत्नी मोह पर उसका मजाक उड़ातीं। पर उसे फरक नहीं पड़ता। मगर उसके इस घर घुसरेपन और लुघाई मोह पर दद्दा के आँखें तरेरने से उसे डर लगता था। वह फौरन उन लाल-लाल आँखों की जद से बाहर हो जाता : अब तानता रह अपनी बाघ जैसी आँखें, कौन परवाह करता है।..."अरे, यह आदमी जो है कोई आज का गुस्से बाज थोड़ा ही है! यह तो हमेशा से ऐसा ही रहा ठहरा। इज-बौज्यू तक इससे डरते थे।" वह अपनी घरवालों को चाय पीते-बीड़ी बाँटते हुए बताता, "कोई इसके साथ काम करने को राजी नहीं होता। कौन इसकी बाघ जैसी आँखों को झेले? खुद इसका साला मदन तक डरता है। मैं तो फिर भी कम डरता हूँ—फौरन जवाब दे देता हूँ। डरना किस बात का।"

वह भी दिन था जब कभी सारे भाई बहिन चतुरिया से डरते थे। इजा तक डरती थी, बौज्यू तक डरते थे। जितना छोटा, उतना ही खतरनाक था वह। सुबह जब दूध बँटता था तो भाई-बहिन अपना-अपना कटोरा लेकर कढ़ाही के सामने बैठ जाते कि चतुरिया आए तो दूध बँटे। दूध बाँटने का अख्तियार माँ को भी नहीं था, सिर्फ

चतुरिया को था। आराम-आराम टट्टी-पेशाब से फारिग हो, गुस्से से भरा-भरा वह पहुँचता, दो-दो करछी दूध उनके कटोरों में डाल बाकी कढ़ाही अपने मुँह से लग लेता। उसके गुस्से से कोई उसे टोकने, उसका विरोध करने की हिम्मत नहीं कर सकता : कढ़ाही पटक देगा वह और सारे घर में तोड़-फोड़ मचा देगा। इजा सबको चुप रहने का इशारा करती : "बबाली जनमा है, चुप रहने में ही फायदा है।"

"मैं इसका बबालीपन एक ही दिन में ठीक कर दूँगा!" बौज्यू गुस्से में थर-थर काँपते हुए कहते।

"अरे ना करो, भाई! कोई अपघात कर बैठेगा।" बौज्यू के हाथ जोड़ने लगती इजा।

ऐसा वह चतुरिया आज क्या सचमुच दद्दा से डरने लगा था? या निपूता रह जाने की हताशा में पैदा हुए आलस्य और कमजोरी को छिपाने के लिए उसने यह एक बहाना तलाश रखा था? कि अगर वह दद्दा डरावना नहीं होता तो चतुरिया ऐसा घर घुसरा थोड़ा ही बनता। उसी की तरह वह भी कर्मठ होता, वह भी तरक्की पाता। इज्जत-आबरुदार आदमी बनता। आखिर वह भी उसी बाप का बेटा था, क्यों न बनता? यह तो उस आदमी ने उसे डरा-डरा कर निकम्मा कर डाला और आज उसके ये हाल हो गए। सारा कसूर उस गुस्सेबाज, डरावने आदमी यानी दद्दा का है।

चाचा के बाद चाची भी इस गम से भरी बनी रही कि उसके पति को उनके मँझले दद्दा ने हमेशा डरा दबाकर रखा, अपनी तरह उठने नहीं दिया। जब एक रोज उसके पास बाबूजी का यह कहलावा पहुँचा कि वे उसके लिए भैंस खरीद देते हैं—वह पत्थर ढोने की मजदूरी छोड़ दे, तो चाची ने उसी भरे गम से उनका कहलावा पलटा दिया कि "द! आदमी के जीवित रहते जब पत्थर ढोने पड़े तो अब क्या शरम?" और शेष जिन्दगी जेठ की नजरों के सामने पत्थर ढोती रही। बाबूजी भाई के हाथों लज्जित रहे तो बहू के हाथों भी। बहू की मृत्यु के बाद (उसे भी दमा था) पीछे से बस एक सात साल की लड़की बच गई थी, रमा। क्रिया कर्म से निबटकर, दरवाजे पर ताला डाल बाबूजी उस नन्हीं भतीजी को अपने साथ ले आए...भाई की आखिरी निशानी! पता नहीं, क्या ध्यान आया, जब वे अँगुली पकड़े उसे ले चल रहे थे तो मुस्कराकर बोले, "रमा, तुझे भी मुझसे डर लगता है क्या?" रमा झेंपकर रह गयी : "नहीं तो!" उन्होंने अवसाद से भरे-भरे उसका सिर सहला दिया।

इजा कहती थी बाबू के ग्रह प्रबल हैं, सामने वाले के ग्रहों को दबा मारते हैं। वजह जो भी हो—बाबूजी से डर खानेवालों की कमी नहीं थी। ऊपर से आदमी उनके साथ

चाय-तमाखू पी रहा होगा, अन्दर-अन्दर उसके एक सहमापन चल रहा होगा। पाँव से लँगड़े बूढ़े शिवसिंह मुद्दत से उनके मकान में काम करते रहे—पहले हलवाहा थे, फिर लँगड़ा हो जाने पर खेतों की दिवालें चिनते रहे, गली रास्ते बनाते रहे। लेकिन जब रुपए पैसे की जरूरत पड़ती तो आवाज देते, ''बच्चो, तुम्हारी मयेड़ी कहाँ है, बुलाओ तो।'' माँ के आने पर कहते, ''बहू, सब्बल से एक बीस रुपए तो माँग देना, छोटी-छोरी को भेटौली देनी है। नई शादी है, दो एक साल तो देनी ही ठहरी, बाद में फिर कहाँ दी जाती है...'' ''तुम खुद क्यों नहीं माँग लेते, जेठ जी? ''अरे नहीं, तू ही माँग लेना, तेरा माँगना ही ठीक रहेगा।'' वे सफाई देते हुए चलते बनते। पीछे से भले ही वे बच्चों को छेड़ते रहते, ''तुम्हारा बाप सारी मलाई खुद खा जाता है, तुम्हारे लिए पानीवाला दूध छोड़ जाता है। सबलुवा-डबलुवा हुआ तुम्हारा बाप! तमाखू भी नहीं धर जाता घर में। बहुत कंजूस है। तुम सब कंजूस के बच्चे हो!'' और मौज में आकर हँसते, मगर बच्चे जब कहते, ''हम बाबूजी से तुम्हारी शिकायत कर देंगे।'' तो वे हँसी में रुलाई का घोल मिला डालते : ''अरे मैं तो खाली-खाली कह रहा था! तुम्हारा बाप तो मेरा छोटा भाई हुआ। उसे तो मैं बहुत भला माननेवाला हुआ। जब बचपन में वह तुम्हारे बराबर का था ना, तो मैं उसे कंधे पर उठाकर नचाता था...ऐसे! ऐसे!'' और बच्चे उनके लँगड़े नाच पर खिलखिला जाते।

बाबूजी गाँव के धनी मानी व्यक्ति थे। औरों से अधिक काबिल और बिरादरी के सुख-दुख, कुशल क्षेम के प्रति संवेदनशील। ये ही बातें थी जिनकी वजह से गाँव के लोग दिल ही दिल उनका लिहाज करते थे। उतना ही उन पर भरोसा भी रखते थे। चतुर्दशी की होली का एक बार का किस्सा, जो अब भी गाँव को भूलता नहींः गाँव की होली ऐड़ी मइया के दरबार में गयी हुयी थी। जहाँ उनकी भिड़ंत दूसरे गाँव की होली से हो गयी। दोनों पक्ष पिए हुए। तो मत्थरबाजी तो होनी ही थी। कइयों के सिर फट गए। पुलिस आ धमकी। इनके सात लोगों को पकड़ ले गयी। भागते हुए गाँव वाले दुकान पर ही जा पहुँचे कि ''हो चचा! पुलिस हमारे सात-सात जनों को उठा ले गयी है। जबकि उनके एक भी आदमी को हाथ नहीं लगाया! कहते हैं दरोगा तक पैसा पहुँच गया है।''

''पहुँच गया होगा, मैं क्या कर सकता हूँ। मैं कोई लाट गवरनल हूँ?'' बाबूजी तल्खी में बोल दिए : ''ससुरे शराब पीकर मन्दिर जाएँगे—वहाँ हुड़दंग करेंगे—एक दूसरे का सिर फोड़ेंगे। अच्छा है, पकड़े गए। जेल होनी चाहिए। जाओ, मैं कुछ नहीं कर सकता। जैसा करोगे, वैसा भरोगे!'' और तमाखू भरकर चुपचाप पीने बैठ गए। गाँववालों को साँप सूँघ गया। वे बाबूजी की फटकार सुन, खड़े के खड़े रह गए।

तमाखू पी चुके तो चिलम उलट दी। उठे। जूतों में पाँव डाला। हाथ के इशारे से उन लोगों को दुकान से बाहर किया। दुकान बन्द की। और बिना कुछ बोले एक

तरफ को चल दिए। डरे-सहमे लोग सिर्फ देखते रह गए। रात दिया बत्ती होने तक सातों जने छूटकर आ गए। "अब भविष्य में दोबारा कोई बेहूदापन किया तो मुझे भूल जाना। बदतमीज ससुरे!" आँखें तरेर उन्होंने उन्हें घूर डाला : "जाओ अब!"

झुके डूबे वे भीगी बिल्ली बने चले गए।...हालाँकि जेबें भी कुछ खाली हुई, पर गाँव की इज्जत बच गयी। अगर एक रात भी थाने में बन्द हो जाते तो गाँव दागिल हो जाता। दाग फिर चाहे वह कोढ़ का हो चाहे जेल का, कहाँ मिटता है? लेकिन उनके बाबूजी अपने गाँव को कभी दाग नहीं लगने देंगे। झुके डूबे वे सभी इस यकीन से भरे-भरे गाँव को चले आ रहे थे।

उनके सब्बल चचा अवतारी पुरुष हैं। जैसे अवतारी क्रेशन भगवान हुए, जो चाहे जिस कल छल से अपने लोगों को बचा लेते थे, छलिया दुश्मन का नाश कर डालते थेः पड़ोस के धनोटी गाँव वाले शहर के नजदीक होने से अपने को तीसमारखाँ समझते थे। इसी शहरीपने के नशे में एक बार 'गायखेल' के ठीक पहले रोज उन्होंने राती गाँव के गाय-बछड़ों को घेर घार कर अपने गोठों में बंद कर दिया और कहला भेजा : "अपने चोर-उज्याड़ी जानवरों को छुड़ाना चाहते हो तो इनका जुर्माना भर जाओ, वर्ना कल सुबह इन्हें 'खोड़' (काजी हौस) डाल दिया जाएगा।"

—अच्छा रे! बाबूजी को तामस चढ़ा और दो जनों को साथ लेकर ठेठ उनकी छाती पर जा चढ़े : "रे धनोटीवालो! इन जानवरों को छुड़ाने नहीं आया हूँ मैं। मैं यह बताने आया हूँ कि तुम लोग देखो अब—कितने बीसी सैकड़ा होता है। कौन-कौन सी धाराएँ ठुकती हैं अब तुम पर? एक, कि हमारे पशुओं की डकैती की गयी है। हमारे इलाके में घुसकर! पीट-पीटकर ले जाया गया है उन्हें! एक समाज में रहकर ऐसा जुलम किया गया है। धारा दो, मूक पशुओं को चारे-पानी के बगैर बन्द रखा गया है। इतने रोज से! यह पशुओं पर क्रूरता का अपराध है। धारा तीन, हमारे ग्वालिए बच्चों को पीटा डराया गया है। वे सब नाबालिग है। धारा चार, 'गाय खेल' के ठीक एक रोज पहले हमारे गाय-बछड़ों को जानबूझ कर उड़ाया गया है, इस तरह हमारी धार्मिक भावना को चोट पहुँचायी गयी है कि हम अपने गाय बछड़ों की उस रोज पूजा करने से भी रह जाएँ।" बाबूजी बरसे जा रहे थे और उन लोगों की पुलर-पुलर हो रही थी कि यह क्या कर बैठे रे, हम? किस आदमी को छेड़ बैठे? जो कानून का कीड़ा है, कोर्ट कचहरी के अन्दर तक जिसकी पहुँच है, डिप्टी पुलिस अफसर, कोर्ट इन्स्पेक्टर जैसे लोगों के साथ जिसका उठना बैठना है। यह किसे छेड़ बैठे हम?..."ये कुछ बेसमझ लड़के-छोकरे ऐसी गलत बात कर बैठे, सभापति जी! इन्हें माफ कर दो।" गाँव के बुजुर्ग हाथ में टोपी उठाए चले आए थे। वह दिन लोगों को नहीं भूलता। यह कमाल सब्बल चचा ही कर सकते थे कि धौंस जमाकर छुड़ा

लाए जानवरों को! जब तक सिर पर सब्बल चचा का हाथ है कोई साला उनके गाँव की तरफ टेढ़ी नजर से नहीं देख सकता। देखेगा तो भुगतेगा।

पहले कभी जब गाँव में फोरेस्ट पंचायत कायम हुई थी, पंच-सरपंच बनने बनाने का सवाल उठा था तो गाँववालों के लिए सवाल की जड़ में ही उसका जवाब जुड़ा हुआ था : "अरे इसमें पूछना क्या है? सब्बल चचा बनेंगे सरपंच। दूसरा कौन उनकी बराबरी का है? वे खुद सरपंच बनेंगे और पंच भी वे ही बनाएँगे जिस-जिस को ठीक समझेंगे। हमें क्या तमीज पंच-सरपंच बनाने की?" इस तरह चचा सरपंच बने और उन्होंने अंधों में काना राजा की कसौटी पर गाँव के चार 'घड़ों' से चार पंच सुन लिए। हर महीने-दो महीने में मीटिंग होती, जो लाजमी तौर पर उनके ही चाख के कमरे में होती। कभी-कभी उन पाँचों पंच-सरपंच का रोटी-पानी भी वहीं हो जाता। उस दुपहर में ही किसी के हाथ बाबूजी मीट भेज देते। चाची समझ जाती, मीटिंग होगी। इसलिए वह समय पर चाख को झाड़ बुहार कर उसमें दरी-फीणे बिछा देती, हुक्का चिलम धो माँजकर उसका पानी बदलकर रख देती। लालटेन को पोंछकर तेल बत्ती देख लेती, और फिर आप मसाले पीसना शुरु कर देती। रात में मीटिंग शुरु होती। सबसे पहले बाबूजी रजिस्टर खोलते और उसमें से पिछली मीटिंग की 'रपोट' पढ़ते। फिर एक एक कर पंचों के दस्तखत कराते, जिन्हें पंच पूरी ताकत से कस-कसकर, एक-एक अक्षर करके अंकित करते—दः कूसाल सींह (यानी, कुशाल सिंह), दः नाथू सीं (यानी, नाथू सिंह), दः बीजेसिंग (यानी बिजेसिंह), दः नरायण सींहा (यानी, नारायण सिंह)। पंच बस अपने-अपने दस्तखतों के गिने गिनाए अक्षर निश्चित क्रम से जानते थे। कभी मात्राएँ उलट-पलट कर देते, जैसे कसालू सींह, जेबीसिंग। बाबूजी का काम था कि देख लें पंचों के दस्तखत ठीक ठाक हुए है। चश्मा एक नारायण सिंह का होता था जो खासकर सुई में डोरा डालते समय काम आता, जिसे दस्तख्त के समय बारी-बारी से पंच-नाक पर चढ़ा लेते। दस्तख्तोंवाली कार्रवाही पूरी हो जाने के बाद बाबूजी नई तारीख डालकर अगली मीटिंग शुरु करते। मीटिंग के कई मुद्दे होते थे, मसलन : जंगल के नए चौकीदार की नियुक्ति। इस वाले के खिलाफ बहुत शिकायतें है। अपने काम का वह कतई पाबन्द नहीं है। अव्वल तो जंगल जाता ही नहीं, शराबियों के लिए कच्ची शराब लाने में लगा रहता है। जाता भी है तो दम लगाकर एक तरफ सोया रहता है। "देखो भई, चौकीदारी में अपने आदमी को लगाने की खींचतान कोई न करें।" बाबूजी ने सचेत कर दिया, "सबसे गरीब, जरूरतमंद आदमी जो है, अगर वह ऐबी और कामचोर नहीं है। तो उसे रख लो।" मुद्दा नं. दो—सूखे पेड़ों और सालाना कटान के लिए जंगल खोलना। "अभी

जंगल थोड़ा रुककर खोलना, हो चचा!" पंचों में से कोई बोल गया। चचा ने पंच की तरफ सवालिया भाव से देख डाला। "बच्चों की माँ कुछ दिन के लिए मायके गयी है कहा। साले की लड़की की शादी है।" "ये क्या बात हुयी? क्या इस तरह हम अपनी-अपनी सुविधा देखकर खोलेंगे जंगल?" गरम हो उठे चचा : "तब तो गाँव के एक-एक आदमी की सुविधा असुविधा देखनी पड़ेगी। गलत बात नहीं बोलनी चाहिए।" पंच जी चुप पड़ गए। मीटिंग आगे बढ़ी। अगल मुद्दा : चोरी से पेड़ काटने की वारदात..."इसमें चतुर सिंह चचा का भी नाम है, क्या करें?" "जो नियम कहता है वह करो! चोर-चोर होता है।" अगला मुद्दा : जरूरतमंद लोगों की पेड़ों के लिए आई हुई अर्जियाँ..."अरे इस साले किशनुवा के कितने दरवाजे हैं रे! यह साला तो हर तीसरे महीने दरवाजें के पटलों के लिए अर्जी लगा दे रहा है।?" "कहाँ के पटले, कहाँ के दरवाजे, यार चचा?" नारायण सिंह तमाखू की कश खींचकर बोलता है, "यह तो लाला बाजार बदरु फर्नीचर वाले को लकड़ी बेचता है।" "हें? बेईमान! इसे मत पेड़ दो! दंड और लगाओ ससुरे! पर गाँव की सम्पत्ति की चोरी करता है बदमाश!" बाबूजी तुनक उठे।

चाख में लालटेन के गिर्द गरमा-गरम मीटिंग चल रही होती। उधर अन्दरवाली दहेली से लगकर बैठी माँ भी मीटिंग की बहसों को सुनती रहती। कभी-कभी बीच में टिप्पणी कर देती : "इस गाँव में तो किशनुवे ही किशनुवे हैं, जो बगैर अर्जी के ही पेड़ काट लेते हैं। इसने तो तब भी अर्जी तो दी है।"

"तेरे से बोलने को किसने कहा?" बाबूजी ने चश्मा उतारते हुए उसे कस कर देख डाला, "तू पंच है?"

माँ खिसियानी हो गयी। तब कुशालसिंह ने उसका पक्ष ले लिया : "वह गवाह है। गवाह तो कोई भी हो सकता है, क्यों रे बिज-दा?"

"ठीक है-ठीक है!" बाबूजी मीटिंग की लाइन को भटकने से रोक देते हैं "मुद्दे पर आ जाओ।"

कुछ साल बाद ग्राम सभाएँ बनीं। फोरेस्ट पंचायत के चुनावों के मुकाबले इस बार हलचल ज्यादा थी। लोगों का ख्याल था इसमें पैसा है, खाने-पीने की गुंजाइश है। अन्दर ही अन्दर लोग ललकते। पर बाबूजी की योग्यता जानी-मानी थी। उनका वर्षों से वर्चस्व था। इसलिए चुनाव में कोई उनके सामने आने का दुस्साहस नहीं कर पाता। एक मोहनिया को छोड़कर। पर मोहनिया का सामने आना भी क्या आना था। उसका वोट खुला–एक! लोग खिल्ली उड़ाते, "तेरे को तो तेरी घरवाली ने भी भोट लायक नहीं समझा रे सभापति!" इस दिन के बाद मोहनिया लोगों की जबान में 'अरे सभापती!' 'ओ सभापती!' हो गया।...फोरेस्ट पंचायत की अपेक्षा ग्राम सभा का कार्यभार बढ़ा हुआ था। आए दिन मीटिंगें होती रहतीं। ये बाबूजी के कुछ ज्यादा

ही व्यवस्ता के दिन थे। सरकारी अनुदान आते, गाँव के विकास और सुधार के नए-नए कार्य चलते—कभी नौले धारों की मरम्मत का काम हो रहा है, कभी सभा-कक्ष बन रहा है, कभी गाँव के रास्तों में ईंट-खंड़जे बिछ रहे है...स्कूल के नए कमरे का काम चल रहा है। इन कामों में गाँव के लोगों को मजदूरी मिलती। उनकी आमदनी के जरिए खुल गए थे। "सब्बल सिंह हमारा देवता आदमी है। हमारे ही फायदे और आराम के काम करा रहा है, हमें ही मजदूरी दिला रहा है। इसके बाल बच्चे जिए।" लोग कहते। बाबू जी इस बात का ध्यान रखते थे कि मजदूरी गरीब और जरूरतमंदों को ही मिले और मजदूर कामचोरी न करें। काम देने में वे जितने दयालु थे, काम से हटा देने में उतने ही सख्त भी थे। इसलिए काम सही ढंग से होते थे।

"चचा," पंच लोगों को कभी-कभी खुजली लगती, "मीटिंगों में कुछ चा-पानी का जुगाड़ नहीं हो सकता क्या? अनुदान राशि में से दस बीस रुपए..."

"हाँ-हाँ, हो क्यों नहीं सकता।" चचा एकदम उत्साहित हो उठते : "चाय ही क्यों, हलवा पूड़ी का रख लेते है जुगाड़। अनुदान राशि तो हजारों में है। मसौदा बनाकर पंचायत अधिकारी के पास भेज देते हैं...दस्तख्त तो उस पर सभी कर दोगे? ठीक है?"

"अरे नहीं, चचा! मैं तो ऐसे ही हँसी खेल कर रहा था। न-न, कोई चा-पानी नहीं।" पंच जी हाथ जोड़ने-कान पकड़ने लग जाते हैं।

फिर न्याय पंचायतें स्थापित हुयीं। दस-बारह गाँव एक न्याय पंचायत के दायरे में आते थे। उसका सरपंच होना खास रौब-रुतबेवाली बात थी। यहाँ वह गाँववालों का चाचा ताऊ नहीं था, न्यायाधीश था। जिस गाँव से वह चुना जाएगा, समझने की बात है, उसकी दूसरे गाँवों पर कुछ-कुछ एक धाक होगी। इसलिए रातीगाँव के लोग चाहने लगे थे कि उनके सब्बल चचा ही न्याय पंचायत के सरपंच बने। मगर वहाँ किसी एक गाँव के चाहने-न-चाहने से क्या होना था। वहाँ तो उन गाँवों के बीच साफ-साफ चुनाव था। सब्बल मिंह की इस चुनाव में टक्कर जिस आदमी से थी। वह कोई ऐरागैरा नहीं था, एक मौजीज ठेकेदार था। ठेकेदार था तो खिला-पिलाकर काम निकालने के मामले में माहिर उसे होना ही ठहरा : आज टेंडर निकलना है, कल पूरे किए गए काम का मुआयना कराकर उसे पास कराना है, परसों पेमेन्ट निकलवाना है। हर जगह खिला-पिला कर ही मामला आगे खिसकता है। गाँव के छुट भइया नेता क्या चीज हुए उसके लिए, वो तो एक खस्सी बकरे के सिर-पैर और लाल जात की एक बोतल से ही पार हो जाने वाले ठहरे ! ये बात सही है तो ये बात भी सही है कि सब्बल सिंह की जिन्दगी भी कोई बना बनाया खेल नहीं रही है। खिलाने-पिलाने के रास्ते उनके भी खूब देखे हुए हैं। पर उन चोर रास्तों के रहते

यहाँ उन्होंने एक और रास्ता खोल दिया, जो ठेकेदार के बस का नहीं था—शराफत का खुला रास्ता! लोग सहज बुद्धि से समझ रहे थे, ठेकेदार तो चालाक-लबार आदमी लगता है, यह हमें क्या न्याय देगा? खाने-पीने में ही लगा रहेगा। जबकि सब्बलसिंह आदमी सच्चा, भगवान से डरनेवाला है। चुनावी घमासान शुरु हुआ जो दिन भी चला और रात भी। लोगों का अनुमान था, ठेकेदार की जमानत जब्त होगी। मगर ऐसा नहीं हुआ। हारजीत सिर्फ ग्यारह वोटों की रही। फूल-मालाओं से लदे, अबीर से पुते बाबूजी ने हाथ जोड़े-जोड़े धरमकुटी तिराहे पर भीड़ के सामने यह भाषण दिया, "मेरे प्यारे भाइयो, आप धन्य हैं। आप लोगों ने मुझे हारते-हारते बचा दिया, ठेकेदार साहब को जीतते-जीतते हरा दिया। आपके कौन पार पा सकता है। आप धन्य हैं। यह जीत मेरी नहीं, आपकी है। बोल-गोलू गंगनाथ ज्यू महाराज की—" "ज्जै!!" और जोरदार तालियाँ बज गयीं। जीत के जोश में पूरा राती गाँव उमड़ आया था और मदमस्त था। वे बाबूजी को कंधे पर उठाकर जैकारे लगाते हुए चले।

न्याय पंचायत का बकायदा कोर्ट रूम था। एक बड़ी मेज थी। कुछ कुर्सियाँ। जिनमें एक कुर्सी हत्थेदार। लकड़ी की एक अल्मारी। इसके अलावा मुहर कलम-दवात, मुकद्दमों के बस्ते और दो मोटे-मोटे ताले। और हाँ एक गंगासागर। बकायदा मुकद्दमों की तारीख लगती। आवाज पड़ती। आवाज देनेवाला जिस बेमुरौव्वती से आवाज पर आवाज देता चला जाता—"हिरुली बेवा हरीसिंह हाजिर होऽ! कालू बेटा नैरेण सिंह हाजिर होऽ!" (हिरुली उसकी मौसी थी, कालू उसका जीजा था)। "बाबूजी को खिजलाहट हो उठती: "ठेक सिंह!" वे उसे झिड़क देते, "अरे अब हो गया। बार-बार क्यों चिल्लाता है, सभी तो सामने बैठे हैं।" "अच्छा लगता है साब! लगता है कोरट चल रहा है।" वे उसे ज्यादा मुँह नहीं लगाते : "ला थोड़ा पानी पिला।" ठेक सिंह उसी अनाड़ीपने से पूरा गंगा सागर पकड़ा देता। वे मुँह ऊँचा कर गट-गट पानी पीते, फिर वहीं कुर्सी में लटके तौलिए से मुँह पोंछ अदालत की कार्यवाही शुरु कर देते।

बाबूजी को कोर्ट कचहरियों का लम्बा अनुभव था। उन्होंने कितने मुकद्दमे लड़े, कितनी जिरहें देखीं-सुनीं। उन सबसे अब यहाँ मदद मिल रही थी। जिरह के समय वे चश्मे के ऊपर से जिस पैनी निगाह से अभियुक्त की तरफ देखते हुए सवाल करते, अभियुक्त पर उसका खासा असर पड़ता : "अच्छा तो बच्ची सिंह, तुम यही मानते हो ना कि तुमने लीला देबी से चार नाली मडुवा उधार नहीं लिया था? जरा सोचकर बताओ। कहीं याद में कुछ गड़बड़ न हो रही हो। अभी सब मुख जबानी चल रहा है। लिखित में आ गया तो हो सकता है मुकद्दमा तुम्हारे खिलाफ चला जाए। अदालत तुम्हें समय दे रही है। अच्छी तरह सोचकर बताओ—सचमुच तुमने लीला देवी से मडुवा उधार नहीं लिया, है ना? जोर से बोलो, अदालत ऊँचा सुनती है। और जोर से!" और अभियुक्त टूट जाता और कबूल कर जाता कि लिया था

साहब! लिया था मडुवा उधार। अब तक वह झूठ बोल रहा था। इस पर अदालत का फैसला आता–'उधार लिया चार नाली मडुवा इन नौ सालों में तिगुना यानी बारह नाली हो गया। वह मडुवा तुम श्रीमती लीला देवी को वापस कर दो या फिर आज के भाव उसके दाम दे दो। इसके अलावा तुम अदालत के सामने जो झूठ बोलते रहे हो–अदालत का समय तुमने बर्बाद किया। इसके लिए तुम पर 20/-(बीस रु) दंड लगाया जाता है। विवाद खत्म हुआ।'

वह एक प्रकार की खुली अदालत होती थी। सड़क-किनारे खाली दुकान में राह चलते लोग भी खड़े हो जाते और आनन्द लेते। जनता जर्नादन से आँगन भर जाता। बड़ी संख्या बाबूजी के गाँववालों की होती। 'बाहर वाले' थोड़ा गफलत करते तो वे उन्हें झड़प देते, "चुप हो जाओ रे! सुनने दो। आड़ू-बेड़ू-घिंगारु जाने कहाँ से आ जाते हैं। चुप हो जाओ!" वे जिस गदगद भाव से कार्यवाही का एक-एक हिस्सा सुन रहे होते : उनके सब्बल चचा... धन्य हो चचा, तुम धन्य हो! कैसा दूध का दूध-पानी का पानी कर दे रहे हो तुम! अहाहा, आसन पर बैठकर कैसी तुम्हारी वाणी हो जाती है, कैसा तुम्हारा रूप हो जाता है! साक्षात् गोल्लज्यू महाराज का जैसा फैसला कर देते हो तुम! तुम धन्य हो!

इस 'धन्य-धन्य' पक्ष के साथ एक 'हाय-हाय' पक्ष भी चल रहा था बाबूजी का। उन दिनों उनकी दुकान भी वहीं थी धरमकुटी तिराहे पर, जहाँ अदालत चलती थी। लगभग आमने सामने। और राजू अल्मोड़ा हाई स्कूल की कक्षा नौ में पढ़ता था। रोज स्कूल से लौटता तो पाता–अदालती भीड़ अगल-बगल की दुकानों में चाय-पकौड़ी, दही-गुटके खाने में जुटी है। उन दुकानों में खासी चहल-पहल हो रही है। और अपनी दुकान उजाड़, उढ़काई हुयी या बंद पड़ी है। वहाँ कौए-कुत्तों को राज हो रहा है।...दिन भर अच्छे-अच्छे फैसले देने के बाद शाम जब बाबूजी घर पहुँचते तो पाते कि पूरा घर उनसे उखड़ा हुआ है। कोई सीधे मुँह बोलने को तैयार नहीं, न रज्जू न रज्जू की माँ।

"क्या बात हो गयी, भई?" उन्होंने जानना चाहा।

"कुछ नहीं, खाना खाओ।" पत्नी रुखे से बोल दी।

"रज्जू, चल खाना खा ले।"

"खाओ आप, मुझे भूख नहीं है।"

वे राजू के सामने आ बैठे : "क्यों, ऐसी बात हो गई, बेटे! रज्जू?" उन्होंने उसे सहलाया। तो राजू रुँआसा, भरा-भरा फूट गया, "अपनी दुकान तो बंद पड़ी है, दूसरों की दुकानों में धूम मची है। अपनी दुकान को वीरान कर दूसरों की दुकान को आबाद करो–इसी तरह बनते होंगे बड़े!" मार गुस्से के रज्जू रो दिया।

बाबूजी जबर्दस्ती हँस गए : "तो तुम लोग इसलिए नाराज हो?" बोले, "तेरी

माँ तो खैर बेवकूफ ही है, तू अभी बच्चा है, इन बातों को नहीं समझ सकते तुम लोग।...कभी-कभी जिन्दगी में कुछ काम ऐसे भी आ पड़ते है बेटे, जिन्हें घाटा खाकर भी करना पड़ता है। कहते हैं गाँधीजी ने देश की आजादी के लिए अपनी बालिस्टरी छोड़ दी। इसी तरह नेहरुजी ने अपना घरबार छोड़ दिया। ऐसा कहते हैं जब उनकी औरत मरी तो वे जेल में बंद थे। त्याग करने से ही उन दोनों का आज इतना नाम है, इतनी इज्जत है संसार में। तू जिनकी दुकानों में धूम मची देख रहा है ना, उनसे तेरे बाप की इज्जत बड़ी है। इतना बेवकूफ नहीं है तेरा बाप। तू अभी छोटा है। बड़ा होगा तो तू भी इन बातों को समझेगा। चलो खाना खाओ।'' वे राजू को खाने पर ले आए।

रातीगाँव के लोग सब्बल चचा के फैसलों से गद्‌गद होकर गाँव को लौटते तो बड़ी-बड़ी भावनाएँ उनके अन्दर ऊहापोह मचाए होती। तब से उन्होंने सब्बल चचा को देखा है जब वे कुछ भी नहीं थे—न आज के न्याय सरपंच न ग्रामसभा के सभापति, न फोरेस्ट के सरपंच। कुछ भी नहीं। छोटे से दुकानदार थे और सबकी तरह अपने बाल-बच्चों को पालते थे। सुबह-सुबह दूध की बाल्टी सिर पर रखकर दुकान को चल पड़ते थे। जब एक सुबह वे इसी तरह दुकान को आ रहे थे। तो सामने से उन्हें क्या दीख गया? बाघ! दूधवालों का बाघ! यानी हैल्थ इन्स्पेक्टर! सिर पर दूध की बाल्टी थी और दोनों की नजर एक दूसरे पर पड़ चुकी थी। भागने का सवाल नहीं था। तो फिर क्या हो? बाबूजी 'बाघ' की तरफ को बढ़े जा रहे हैं और अंदर हलचल मची हुई है... दूध में पानी तो है। उन्होंने अपने हाथ से चार सेर दूध में सेर भर पानी डाल रखा है। यह गलती हो गई। घर से पानी डालकर चलने की जरूरत क्या थी? जो भी करना था, दुकान में पहुँचकर करते। पर अब तो गलती हो गयी। अब इस दुष्ट से बचा कैसे जाए? सैंपल भरे बगैर यह मानेगा नहीं। और सैंपल गया नहीं कि जेल पक्की! कैसे भेड़िए की जैसी तरतराती नजर से बढ़ता चला आ रहा है कि ठीक उसके सामने एक ठोकर खाकर बाबूजी धड़फड़ाते हुए जा गिरे और दूध की बाल्टी छिटक कर दूर चली गई...सारा दूध जमीन पर! भर साले अब सैंपल, किसका भरता है!...ऐसे भी सब्बल चचा कभी रहे। फिर वे अपनी इज्जत उठाने में लग गए : पहले फोरेस्ट के सरपंच, फिर गाँव के सभापति...और अब आधी पट्टी की न्याय पंचायत के सर्वेसर्वा।

—अरे तुम अभी देखते जाओ—अभी तो गणेश पर दूब ही चढ़ी है। उनके गाँव के नाम को अभी कितना ऊँचा उठना है। इसके बाद वो क्या होता है...न्याय सरपंच के ऊपर? बल्टा गाँव के भगवान सिंह हैं जो आज? हाँ बिलौक प्रमुख! जीप से दौड़ते

हैं भगवान सिंह। चपरासी साथ में रहता है। बीडिओ उन्हें कुर्सी से उठकर सलाम मारता है। खुद हमने देखा है। पूरे बिलौक का मालिक हुआ, यारो! बस अगली छलाँग चाचा सब्बल सिंह की अब वही है, जीप चपरासीवाली। तुम देखते जाओ। भगवान सिंह बन सकता है बिलौक प्रमुख तो हमारे सब्बल सिंह क्यों नहीं बन सकते? कोई दिमाग में कम हैं? ऐसे-ऐसे फैसले दे रहे हैं कि वाह!

—और जो फौजदारी के केसों में गाँववालों को पुलिस के चंगुल से निकाल लाते रहे हैं वे? दूधवालों के तो साल के साल एक दो केस हो ही जाते हैं—एक डब्बा मिठाई का बनाया उन्होंने और हैल्थ अफसर के घर जा पहुँचे—घंटे भर में केस रफा दफा कर निकल आए। सब दिमाग कर खेल है। जरूर बिलौक प्रमुख का नम्बर है अब चचा का। इसमें कोई शुबह नहीं। कौन जाने इससे आगे भी कोई बड़ी फतह न कर डालें हमारे चचा। दिमाग का कमाल तो है ही, भाग्य का बल भी उनके साथ है—माथे पर उनके जो तिल है ना, इतना बड़ा! कहते हैं वह बड़े भाग्यवानों—लक्ष्मीपतियों का होता है। सब्बल चचा को, देखना, एक दिन राज करना है। तभी तो बड़े-बड़े लोगों के साथ आवत-जावत है उनकी। जो इस समय ऐमैले हैं बिजेन्द्र सिंह बिष्ट जी, वो बैठकर चचा की फर्शी में तमाखू पीते हैं, उन्हें 'सबलदा' कहकर हाथ जोड़ते हैं। कोई बड़ी बात तो चचा में होगी ही जो ऐमैले साहब को दिखाई दे रही है। हम मोटी बुद्धिवाले हुए, मोटी बात ही हमें दिखाई दे सकती है।

—पर इस मोटी बुद्धि से भी हमें चचा में बड़ाई ही नजर आती है : घट की लड़ाई में क्या हुआ उस साल? पहले वे हरकुवा घटवार से हार गए—और फिर एक पलटी मार कर नदी के भीतर से क्या सबूत निकल लाए—साक्षात शिवलिंग! कि एक दाँव में हारा हुआ मुकद्दमा जीत गए। उनके इस दिमाग के खेल पर, कहते हैं, अँग्रेज जज ने उनकी पीठ ठोंक दी थी, 'गूड! भेरी गूड!' बोला था! ज्यादा दूर क्यों जाते हो, इन्हीं न्याय पंचायत के इलेक्शनों में देख लो, ना? चचा क्या चमत्कार कर गये? ठेकेदार ने जितना पैसा कमा-धमाकर चुनावों में बहाया, जितने छक्के पंजे किये, चचा ने एक गाँधी जी वाली चाल क्या चल दी सच्चाई और इमानदारी की, कि उसके छक्के-पंजे सब धरे रह गये और चचा सरपंच बन गये। तो ये है उनका चमत्कार! कोई मानो-न-मानो, पर एक दिन चचा को ऐमैले जरूर बनना है! पूरी तहसील का मालिक समझो ऐमैले को, भाई! लखनऊ राजधानी में बैठता है, सीयम के साथ! एक दिन देखना तुम रातीगाँव का नाम ठेठ लखनऊ तक जा पहुँचता है कि नहीं?

—मगर हम कहते हैं, जो आदमी ऐमैले तक की छलाँग लगा सकता है, उसके पास ऐम्पी तक पहुँचने का दिमाग भी हो सकता है, यह और समझ लेना चाहिए। यह दिमाग हमारे सब्बल चचा में बिल्कुल है! समझने वाले को वह छोटी सी मिसाल ही काफी है जब हैल्थ इन्सपेक्टर की लपेट में आते-आते कैसे निकल गए वे एक

जरा सा ठोकर खाकर! इसी तरह शादी को तैयार नहीं हो रहे बेटे को ऐसी चाल चली कि वह दौड़ा हुआ आ गया और पाँवों में गिर पड़ा। इसे क्या समझते हो तुम? और उस बात को भूल गए क्याः धनोटी गाँव वाले गुंडागर्दी दिखाकर जब अपने गाँव के गाय बछड़ों को घेर ले गए और सालों ने गोठों में बन्द कर दिया उन्हें तब चचा ने इजो किया न बबो! दिमाग का जो खेल खेला—धारा पर धारा, ऐक्ट पर ऐक्ट जो उनकी खोपड़ी में घुसाए, धोती ढ़ीली कर गए सब के सब! टोपी हाथ में लेकर कैसे माफी माँगने दौड़े चले आये उनके सयाने। इसे कहते हैं कूटनीति। चाणक्य नीति। जिसके हमारे चचा पंडित हैं। फिर उन्हें ऐम्पी बनने से कौन रोक सकता है, यारो? कौन रोक सकता है पार्लमेन्ट में बैठने से! दो-दो तीन-तीन कारें दौड़ती हैं ऐम्पी के साथ। झंड़ियोंवाली। पूरे जिले का राजा समझो उसे...हम ऐम्पी साहब के गाँव के लोग हैं जी! सब्बल सिंह राना साहब के। दिल्ली देखने आए हैं...

आगे की कार्यवाही गाँव का गंगा सिंह सम्हाल लेता है। गंगासिंह दिल्ली रहा ठहरा सालों तक। कोठियों-काँटीनों में काम किया ठहरा उसने। काँटीनों में बैरा, कोठियों में ड्राइवर...(ड्राइवर नहीं, सोफर बोलते हैं) सो वहाँ के लोगों, उनकी बोली बानी, चाल चतुराई सबसे वाकिफ ठहरा गंगा सिंह : हम यम्पी साहब सब्बल सिंह जी के गाँव के लोग हैं जी! दिल्ली देखने आए हैंगे। सब्बल सिंह यम्पी को नहीं जानते... कौन, होम साहब? संतरी फौरन से 'सावधान' में आ जाता है : जाने दो, जाने दो! होम साहब के लोग हैं।...अरे बाप! सुननेवाला धक्का खाकर दो कदम पीछे जा पड़ता है—आप सब होम साहब की बिरादरी के लोग हैं जी?...जय हो, जय हो! कौन सा गाम है शिरीमान जी का...यानी होम साहब का? राती गाम? जय हो! तो साहिब, आप तो होम साहब को खूबै जानते होंगे? लरिक पनुवा से? तो वो तो आपकी पक्की बिरादरी में लगते होंगे?... चचा? सगे चच्चा? अरे बाप! बाबू जी, हम का माफ किया जाए। हम तो आपको ऐसे ही गँवई गाम के मनख समझते रहे...आप इधर सोफे में बैठिए साहिब! अरे, फिरिजवाला पानी पिलाव बाबू जी लोगन को, होम साहब के खास घर के बेटे-भतीजे हैं, भाई! दिल्ली देखने आए हैंगे। दो-ठो गाड़ियाँ लगवाए देव। एक एक अस्थान घुमाए फिराए देव। रात के रुकने खाने की खास बिबस्था हो जाए। एकदम सब चकाचक रहे। हम बाबूजी, आप ही की ड्यूटी के लिए रखा गया हूँ। ऊपर से हुकम हुआ है...ऊपर से नहीं समझे? होम साहब के सैक्रेट्टरी साहब से!...

—मगर यह क्या हुआ? यह तो सत्तू वाले का किस्सा हो गया! यह हम क्या सुन रहे हैं कि चाचा सब्बल सिंह गाँव छोड़कर जा रहे हैं? इसका क्या मतलब हुआ रे? यानी जैसे रोज शाम-रात दुकान बन्द कर गाँव आ जाते थे, वैसे अब नहीं आएँगे—शहर में ही रह जाएँगे? तो उनके बाल बच्चे अकेले ही रह जाएँगे घर में?

बाल-बच्चों को भी साथ ले जा रहे हैं! मगर क्यों? चाचा पर यह क्या मजबूरी आ पड़ी है भाई?...यह काम उनसे चाची करवा रही है! चाची करवा रही है मतलब? चाची को डर है कि उसका छोटा मुन्ना गाँव में रहेगा तो बिगड़ जाएगा। कैसे बिगड़ जाएगा? अरे चाची कहती है गाँववालों की सोहबत में बिगड़ जाएगा। भाई मेरे, यह क्या बात हुई। गाँव वाले कोई कोढ़ी कलंकी हैं? 'छी' रोग के मरीज हैं? जो सोहब्बत में आते ही वह रोग उसके मुन्ना को सर जाएगा? पहले उसका बड़ा लड़का राजू क्यों नहीं बिगड़ा? वह तो बराबर गाँव में आता रहता था। बल्कि वह तो कभी फेल तक नहीं हुआ। बल्कि वह तो सोलह किलास तक पढ़ गया। अब राजिस्थान में पिंसिपुल साहब बन गया बताते हैं उसे। पर यह सब चाची को कौन समझाए? वह तो हठ में आ चुकी कि वह अपने मुन्ना को गाँव में नहीं रखेगी, गाँव छोड़कर जाएगी। अचानक चाची को यह क्या हो गया?

असल में राज की बात यह है कि पिछले एक-डेढ़ साल से बाबूजी के अन्दर यह चल रहा था कि गाँव छोड़ दें, शहर के सभ्य समाज में रहें। राजू प्रोफेसर बन गया है, छोटे लड़के-लड़कियाँ पढ़ रहे हैं...अब गाँव में रखा ही क्या है? इस समाज से ज्यादा रगड़-घेंस रखने से, जो थोड़ी बहुत इज्जत जोड़ रखी है, वह भी धुल जाएगी। अक्लमन्दी इसी में है कि समय पर चुपचाप यहाँ से खिसक लो, इस पिछड़े-हुड़्डे समाज से। मगर निकलें कैसे? घेर लेंगे सबके सब। बिरादरी को लाँघकर जाना आसान नहीं है। बहुत दिमाग लड़ाने के बाद यह चाल समझ में आई कि ठीकरा राजू की माँ के सर फोड़ दिया जाए : तुम्हारी चाची चाहती है कि गाँव छोड़ दें। मुन्ना के बिगड़ जाने का डर है उसे। मानती ही नहीं। मैं क्या करूँ। औरत का हठ तुम समझ सकते हो। गाँव छोड़ने की लाचारी डाल दी है उसने। माफ करना भाइयो!... और राजू की माँ ने भी ठीकरा अपने सिर ले लिया : "हाँ मुझे अपना बच्चा गाँव में नहीं रखना है अब।"

चाची की इस जिद को सुनते हैं गाँव के शेर-दा, हर-दा लोग...कुरते के पल्ले से मुँह का पसीना पोंछ लेते हैं कि वाह चाची, वाह! तेरे इन बिरादरों ने इसी दिन का इन्तजार किया होगा, बिल्कुल इसी दिन का! वाह!...तेरे अकेले के कारोबार में हमने कौन-सा सहारा नहीं दिया तुझे, चाची? हल जोतने, रोपा-गोड़ाई करने, दन्याला लगाने से लेकर कटाई-मड़ाई करने, अनाज के बोरे लाद-लादकर अन्दर तेरे बखार में पहुँचाने तक!... रात-रातभर डरते थे इस अकेले मकान में तुम लोग, तुम्हे पहराने आ जाते थे हमारे परिवार के परिवार! तेरे कौन से काम में हमने तेरे को सहारा नहीं दिया, बता? जिसका तू आज यह इनाम दे रही है हमको। उठा ले जा रही है यहाँ से अपना घर, अपना परिवार! छीन ले जा रही है हमसे हमारे सबल चचा! जो हमारे माई-बाप थे, गाँव जिनकी छत्तर-छाया में जिन्दा था। उनके बगैर अब हमारी क्या

गत रह जाएगी?... कुरते के पल्ले से पसीना पोंछ-पोंछकर बिरादरी के लोग हा-हा खा रहे हैं।

दुकान अब 'तिराहे' से उठकर वापस बाजार में आ गई थी। इस बार पलटन बाजार में।

बाबूजी ने कई जगह दूकानें बदलीं। हर बार दुकान में बदलाव आयाः कभी दूध मिठाई, कभी परचूनिया, कभी राशन। हर बार नये ग्राहक आये। मगर जो चीज नहीं बदली, वह रहा दुकानदार–दुकानदार का मिजाज। वही मिजाज, वही नजरिया। ग्राहक उन्हें हमेशा बड़े बुजुर्ग ही रास आते थे, लड़के छोकरे नहीं। फिर चाहे आमदनी लड़के-छोकरों से ज्यादा, बड़े बुजुर्गों से कम ही क्यों न होती हो। लड़के छोकरेनुमा ग्राहकों से उनके ग्रह नहीं मिलते थे। बुलबुलिया लोंडों को देखकर वे ऐसे बिदक उठते जैसे साँड ने लाल कपड़ा देख लिया हो : "क्या चाहिए? ये चीज इस भाव मिलेगी। लेनी है जल्दी बोलो, हमें और भी काम करने हैं। घर से सोचकर आया करो, तब आया करो दुकान में!" ऐसा व्यवहार, कि ग्राहक खुद ही बिदक जाये और दोबारा उस दुकान की तरफ पलटकर भी न देखे। सामने बुजुर्ग लोगो से उनका व्यवहार कुछ और ही तरह का होता- विनम्र और इज्जत भरा। धीरे धीरे कुछ बडे बुजुर्ग तो उनके दोस्त भी बन जाते थे। वे लोग आते, चाय तमाखू पीते, गप्पें लड़ाते। पहले राजू को और बाद में मुन्ना को ऐसे ग्राहकों से चिढ़ हो उठती थीः "सारी जगह को तो तुम्हारे ये गपोड़िये ग्राहक ही घेरे रहते हैं। एक चाय में घंटे भर हत्या दिये रहेंगे। आमदनी करने वाले ग्राहक बैठें भी तो कहाँ?" तो भी चूंकि अभी दुकान बाबूजी की थी इसलिए उस पर बडे बुजुर्गों का ठप्पा लगा हुआ था, लौंडे लपाड़े अभी वहां दोयम दर्जे के ही ग्राहक थे।

यही हाल छोटे तबके के ग्राहको के साथ भी थाः उनके साथ भी बाबूजी को परेशानी लगती थी। पलटन बाजारवाली दुकान में ग्राहकी का एक बडा हिस्सा कटूनमेंट के सफाई कर्मियों का था। ये लोग, जिन्हें जमादार बोला जाता, पहले से ही इस दुकान के 'गराहक' थे। मगर पहले बात और थी : तब वे कहीं बाहर आले या तख्ते के नीचे से अपना टीन का डिब्बा निकाल जमीन पर रख देते, दुकानदार ऊपर से उसमें चाय डाल देता है। वहीं दुकान के बाहर एक तरफ बैठ वे डिब्बे से सुड़प-सुड़प चाय पी लेते। मगर अब जमाना बदल गया है–अछूतोद्धार ने इन लोगों के दिमाग 'हाई' कर दिए हैं। वे साफ-साफ 'जै हिंद' बोलने लगे हैं। दूसरे ग्राहकों के साथ चिपककर जा बैठते हैं : "चा देना जी एक कप!" और पाँव पर पाँव चढ़ा लेते हैं। क्या किया जाए? उन्हें पता है, कानून उनके पक्ष में है।

चुपचाप से बाबूजी ने एक बेंच दुकान से लगे-लगे बाहर की तरफ और डाल

दी और दो-तीन कप रखवा दिए। बहुत नम्रता से पेश आते हुए वे उन्हें बाहरवाली बेंच में बैठने और उन अलग रखे हुए कपों में चाय पीने को तैयार करने लगे। यह एक बहुत कठिन—शेर के अयालों पर हाथ रखने जैसा खतरनाक अभ्यास था। उनमें से पुराने लोगों को राजी कर लेना तो भी ज्यादा मुश्किल नहीं होता। उनसे दुकान की पुरानी पहचान थी। वे जात पात का थोड़ा लिहाज भी मानते थे। इतना भर कह देना कि 'रामरतन, अब के तुम कुछ दुबले लगते हो, बीमार थे क्या?' या, 'जगतारी, ठीक हो तुम? बाल-बच्चे तुम्हारे ठीक हैं?' उन्हें बाग-बाग कर देता और अपना संकट दूर हो जाता। मुश्किल उनकी नई पीढ़ी के साथ आ रही थी। वे लोग अन्दर ही बैठने पर जोर डालते।

"जब बाहर भी बैठने का इंतजाम है तो फिर अन्दर ही क्यों घुसना चाह रहे हो, भाई?"

"पर्दे में बैठना अच्छा लगता है।" शरारतन वे कहते।

"यह तो तुम्हारी जनानियों जैसी बात हो गयी।" बाबूजी संकट को हँसी में उड़ा डालना चाहते। मगर कामयाबी मिलने में खासी मुश्किल पड़ती, ग्राहक ठस ही बने रहते। वे कप की बात में अड़ जाते, तो उन्हें तर्क से जीतने की कोशिश की जाती : "कपों में क्या झगड़ा? कप जैसे ये हैं वैसे ही वो भी हैं।"

"तो ये यहाँ नीचे क्यों घुसेड़ रखे हैं?" ग्राहक ताव खाने लगते।

"अरे भाई, तुम्हें प्रेम से चाय पिला रहे हैं, प्रेम से ही तुम भी उसे पियो। कपों के झगड़े को लेकर चाय का मजा क्यों खराब करते हो?"

"चलो, बैठेंगे बाहर ही। पर चाय इन कपों में नहीं, उन अन्दर वाले कपों में पिएँगे।"

"जाओ, चाय तैयार नहीं है। तुम्हें चाय नहीं पीनी, बेमतलब फसाद खड़ा करना है!" बाबू जी ने पीछे को सरक कर पट्टे से पीठ लगा ली।

"क्यों नहीं है तैयार?"

"नहीं है तो नहीं है!" बाबू के तेवर गरम हो उठे : "उखाड़ लो, जाओ!"

थोड़ी ही देर में सामने चौकी से संतरी को लेकर वे फिर से आ गए..."क्यों सेठ, चाय क्यों नहीं दे रहे हो इन्हें?" संतरी ने डाँट लगायी।

"तैयार ही नहीं है।"

"क्यों नहीं है तैयार?"

"अब साहब, नहीं है तो नहीं है! यह जरूरी है क्या कि चौबीस घण्टे चाय तैयार ही रहे? कभी चीनी नहीं होती, कभी चाय नहीं होती, कभी दूध फट जाता है, कभी भट्ठी तैयार नहीं होती..."

"और मिठाई?" अचानक उनमें से किसी के मुँह से निकल गया।

"हाँ-हाँ, मिठाई तैयार है। कौन-सीवाली दूँ? कितनी तोल दूँ? बोलिए, बोलिए।"

इस पर लौंडे वे दोनों खिसक लिए। संतरी ने भी टोपी सम्हाली, एक लड्डू उठाकर आँख मारता चलने लगा..."अरे जाओ जाओ! बड़ा रौब गाँठ रहे थे अभी!" बाबूजी ने धिक्कार लगायी।

"अरे यार ठाकुर साहब, यह नाटक करना ही पड़ता है इन डोम-भंगियों के सामने। बरना हम आप तो दोनों ऊँच जात हुए। वैसे भी हम पड़ौसी हुए—ये तुम्हारी दुकान, वो हमारा थाना, ऐसी कोई बात नहीं है। अच्छा राम-राम!" और लड्डू गपक, टोपी सिर पर डाल निकल गया।

—कभी-कभी बाबूजी को 'खसिया' गुस्सा चढ़ आता था। तब उनकी आँखें मुँद जातीं, नफे-नुकसान के होश गायब हो जाते और मुँह से कुछ भी ऊलजलूल निकलने से नहीं चूकता। ऐसा जाने क्या हो जाता था कभी-कभी उन्हें? जबकि होना नहीं चाहिए...वे बाद में सोचते थे : इतने साल से सभ्य, पढ़े-लिखे लोगों के बीच रह रहा हूँ। रायसाहब, कोर्ट साहब, बड़े वकील साहब सब कितने शान्त लोग हैं। किसी को कभी ताव खाते नहीं देखा। डिप्टी साहब खैर पुलिस अफसर हुए, उनकी बात जाने दो। मगर औरों की संगत से कुछ तो फर्क पड़ना चाहिए था। जोशी पाण्डे पन्त ऐसे दीवान ब्राह्मणों की संगत से भी सुधार नहीं हो रहा। उन लोगों को गुस्सा भी आता है तो कैसे पी जाते हैं, उतने ही मीठे शालीन बन जाते हैं। इसे कहते हैं ठण्डा लोहा गरम लोहे को काटता हैं। यहाँ उल्टा हो रहा है—गरम लोहा खुद ही ठण्डे लोहे से टकराकर अपनी ऐसी तैसी करा डाल रहा है! बहुत मलाल में आ जाते हैं बाबूजी। पर उससे क्या होना? जातीय गुण कहाँ जानेवाला हुआ? वे खुद ही फैसला निकाल लेते हैं। अभी की ही बात ले लो—हो गया था खेल खत्म! वो तो ससुरे भुच्च निकले, संतरी को लाकर भी खिसक गए। उन्हें खिसकने की क्या जरूरत थी? थोड़े तेज-तर्राट होते तो उन्होंने तो कर देना था ठाकुर सब्बल सिंह का 'खतुडवा' आज! 'उखाड़ लो' क्या होता है रे? साफ गली है। अगर वे बोल डालते कि 'गाली दी है इन्होंने हमें—ये वाली गाली!' तो खिचड़ी तो पक चुकी थी, बरखुरदार! पड़ चुकी थी हथकड़ी! साफ-साफ दुहरा जुर्म था : एक तो चाय देने से इन्कार कर दिया, दूसरा गाली दी! ईश्वर-ईश्वर... बाबूजी हलकान हो गए।

ऐसे वक्त दिल खट्टा हो जाता है। नफा चार पैसे का भी नहीं, और छीछालेदर इतनी। ये बाबूजी के खासे धर्म संकट के दिन चल रहे थे : यदि इन लोगों को दुकान में घुस जाने दें तो बाकी ग्राहक कट जाएँगे। कोई पलटकर देखनेवाला फिर नहीं। और समाज-बिरादरी जो अपना कानून ठोंक दे—हुक्का पानी से अलग कर दे, वह? बाल-बच्चेदार आदमी हैं, जोगी-जमाती नहीं। कोई रोटी-बेटी को तैयार नहीं रह जाएगा : 'तुम तो भंगी चमारों को खिलाते पिलाते, उनके जूठे बर्तन माँजते हो। धरम

भ्रष्ट हो तुम!' और अगर इन लोगों पर सख्ती बरतो तो कैसे? कब तक? कभी न कभी लपेटे में आए ही ठहरे। इनको तो गवाही भी नहीं चाहिए। एक्ट जब लगेगा तब लगेगा, अन्दर तो तुम तुरन्त हो जाओगे! राज नही दुराज चल रहा है...जीना हराम हो रहा है।

—जा, न रहेगा बाँस, न बजेगी बाँसुरी! बाबूजी ने दूध-चाय का काम ही छोड़ दिया। वह दुकान राजू के मामा को दे डाली और खुद वापस 'तिराहे' पर चले गए। वहाँ इस बार परचूनिया की दुकान खोल ली। परचूनिए में वह पड़ता नहीं है जो चाय पानी के काम में है। पर 'कम खाना-गम खाना' कह रखा है। कमाई के लालच में धरम-करम तो भ्रस्ट नहीं कर सकते, ना? जोन तो नहीं बिगाड़ सकते : पितरों को नरक हो जाएगा। नहीं चाहिए ऐसा फायदा हमें। परचूनिए का काम करेंगे, सूखी रोटी खाएँगें। बगैर किसी धड़क के जिएँगे।

हालाँकि बहुत गरीबी से उठे थे, पर इज्जत का भाव बाबूजी में प्रबल था। इस भाव के चलते ही वे औसत गाँववालों की तरह आत्मतृप्त होकर नहीं रह सके, न उनसे ज्यादा 'लेंस-घेंस' रख सके। उन्होंने अपने अन्दर पाया कि वे बाकी बिरादरी से ऊँचे हैं। इसी प्रेरणा से वे सभापति सरपंच बनने का उद्यम करते और सफल होते रहे। शायद और भी आगे बढ़ते, किन्तु परिवार से बँधे चल रहे थे—छै बच्चोंवाला परिवार और भाई बंदों की भी जिम्मेदारी। तो भी पैसा बटोरा, जमीन जायदाद जोड़ी, बेटों को पढ़ाने का हौसला रखा। सब उसी एक इज्जत की प्रेरणा से। मामूली हलवाई होकर भी समाज के ऊँचे लोगों से आमदरफ्त बढ़ाई। राजनीति में भी थोड़ा बहुत उत्साह रखा। मीटिंगों सभाओं, कार्यक्रमों में आते-जाते रहते थे। छोटे-बड़े नेताओं, सभासदों के परिचित होकर रहे। इसी इज्जत की प्रेरणा से गाँव छोड़कर परिवार को शहर ले आए। पैसा कमाने का लोभ उन्हें था। मगर पैसा यहाँ उनकी तिजोरी भरने के लिए नहीं, इज्जत बढ़ाने के लिए होता था। इज्जत के कामों में बाबूजी दिल खोलकर खर्च करते। इज्जत का काम वह, जिसे दस लोग देखें, जानें, सराहें, चाहे वे घर के शादी ब्याह हों, शहर बाजार के भंडारे-आयोजन हों या पार्टियों के जलसे अधिवेशन।

बाबूजी के कामों में मीनमेख निकालने, उनसे असहमति रखनेवाला घर में एक राजू था और एक उसकी माँ। ये दोनों माँ बेटे कभी मिल जाते, यानी एकमत हो जाते तो जबर लगने लगते। राजू के व्यवहार में जो प्रौढ़त्व आ गया था, उसकी असहमति या तर्क ऐसे नहीं होते कि उन्हें हँसी में उड़ा दिया जाए। सचमुच उसके—इंटर

बी.ए. में पहुँचते-पहुँचते उससे बाबूजी को डर का अनुभव होने लगा था। बाहर से भले ही वे हँस दें, अन्दर से सहम जाते। मगर उसकी माँ का विरोध उतना सघन नहीं होता था। एक तो माँ के पास राजू के जैसे ठोस शब्दोंवाली भाषा नहीं थी, दूसरा वह निर्ममता नहीं थी, निहोरे थे या हल्के-फुल्के उलाहने। माँ के इन तेवरों में खास दम नहीं होता था। वे उसे थोड़ा-सा कसकर देख डालें या 'हो गया, हो गया! बहुत दिमाग चढ़ाने की जरूरत नहीं है!' इतना ही बोल दें, बस माँ की जान निकल जाती थी। वह किसी काम-किसी व्यस्तता में अपना सिर डाल देती।

बाबूजी पक्के नस्लवादी जीव थे। जनेऊ धारण करते थे। छः पल्ले की नहीं, तीन पल्ले की । 'छैपलिया तो ब्राह्ममण होते हैं या फिर अब हरिजन भी होने लगे हैं...कलजुगी ब्राह्मण!' वे व्यंग्य करते। धोती पहन, हाथ-पाँव धो, चौके में आकर वे पहले जनेऊ हाथ में लपेट आचमन करते, तब बड़ी थाली में दाल-भात खाते। वे अपना पूरा नाम लिखते थे—'ठाकुर सब्बल सिंह राना बिष्ट।' खाली 'बिष्ट' से उनका काम नहीं चलता था। 'राना' लगना जरूरी था। राना बिष्ट होते ही जाने कौन सी चेतना आ जाती थी। एक जातीय गुमान उन्हें लपेट ले जाता : सीधे महाराना प्रताप से उनके अस्तित्व का सूत्र जुड़ जाता।

परिवार ही बाबूजी का धर्म था, संसार था। उनके परिवार के दायरे में साफ-साफ उनकी पत्नी नहीं आती थी। वहाँ जो आते थे वे भी साफ-साफ थे। जो नहीं आते थे वे भी साफ-साफ थे उनमें कहीं कोई घालमेल नहीं था। जो आते थे वे थे उनके पिता, भाई-बहिन और बेटा-बेटी, बस! जो नहीं आते थे वे माँ, पत्नी, भाभी, बहुएँ। वे परायें घरों से आई हुयी ठहरीं। उनका खून अलग हुआ। इसलिए उनके साथ कोई अटूट आत्मिक रिश्ता नहीं बनता। यह एक बैलौस सच था। इसमें असमंजस की कोई गुंजाइश नहीं थी...''बाहरी, काम चलाऊँ रिश्ते तो बनते-बिगड़ते रहते हैं। एक गया, दूसरा आया। उन रिश्तों में वह सगापन नहीं हो सकता जो खून के रिश्तों में होता है, साफ बात है। खून का रिश्ता टूटकर भी नहीं टूटता। खून बोलता है। घुटना पेट की तरफ ही मुड़ता है। दराती अपनी तरफ को ही काटती है। खून के रिश्ते बनाए नहीं जाते, खुद बखुद बन जाते हैं। जबकि बाहरी रिश्ते, जैसे तेरी माँ से, चाची ताइयों से जो रिश्ते हैं, वे जरूरत के लिए बनाए गए : उन्हें उनके घर से लाया गया जिससे कि वे इस खानदान के वारिसों को अपनी कोख में पालें पोसें, पोसें। पेट में पोसे जा रहे वारिस का अपनी माँ से खून का रिश्ता नहीं होता, सिर्फ दूध का रिश्ता होता है। खून का रिश्ता तो केवल और केवल पिता से होता है। तेरा खून का सम्बन्ध मेरे से है, तेरी माँ से नहीं। उससे सिर्फ दूध का सम्बन्ध है।''

''तो दूध क्या है? क्या दूध से रक्त नहीं बनता? बच्चा माँ का दूध पीता है, उससे रक्त नहीं बनता? आप सरासर सांइंस के खिलाफ बात कर रहे हैं बाबूजी!

खून केवल एक बार पिता से मिलता है और फिर वह जिन्दगी भर चलता रहता है, ऐसा नहीं है। खून जिन्दगी भर बनता रहता है, खत्म होता रहता है। वह दूध से भी बनता है, भोजन से भी बनता है।''

''अब तू मेरी बात को नहीं मानता तो मैं क्या करुँ?'' बाबूजी ढीठ हो गए।

''तुम कहते हो मेरी माँ तुम्हारे परिवार की नहीं है?''

''हाँ, बिल्कुल!''

''वो अपने पिता का घर छोड़कर इस घर में आई है और जीवन भर के लिए इस घर की होकर रह रही है। तुम्हारे बच्चों की माँ है वह। उन बच्चों का मूल माँ की कोख में है। माँ जब तुम्हारे घर आयी तब वह सिर्फ आठ साल की थी। अब वह एक अधेड़ औरत है...सुन रहे हो तुम?'' राजू क्रोध से तमतमा गया था। ''और तुम कहते हो, वह इस परिवार की नहीं है, बाहर की है, हमेशा बाहर की ही रहेगी।''

''तो क्या हुआ?'' बेअसर बाबूजी जैसे सत्य के पुरोधा बन गए थे। वे हल्के फुल्के मनोभाव से लड़के की ओर देख रहे थे : ''मैं मानता हूँ, इस घर में आ जाने के बाद फिर वह इसी घर की हो गयी, यहाँ से जीते जी नहीं लौटेगी। तो क्या हुआ? इससे यह सच्चाई तो नहीं बदल जाती कि वह हमारे परिवार की नहीं है, बाहर से आयी हुयी है। बाहर की होकर भी हम सबके साथ यहाँ जिन्दगी बिता रही है। उसे उसी हैसियत से इज्जत मिलती है। वह यहाँ बहू होकर आयी। अब माँ है और कल को सास बन जाएगी। पर इसका मतलब यह तो नहीं कि वह हमारे परिवार की हो गयी। उसका खून अलग है, हमारा अलग।''

''हे राम! यह कैसा तर्क है, क्या न्याय है, कैसी नैतिकता है आपकी! आप तर्क से साबित कर रहे है माँ इस घर की नहीं है, तर्क सच्चे और सही नहीं होते, भावना होती है सही और सच्ची। वह औरत तुम्हारे घर में खप रही है। बाप के घर से तुम्हारे घर में आई... इसके अलावा उसने दुनिया में कुछ नहीं देखा, कहीं आयी गयी नहीं। और तुम कहते हो वह यहाँ की नहीं है वह परायी है—वह यहाँ से मरकर ही निकलेगी, तब भी पराया खून होकर ही! कैसा क्रूर है तुम्हारा तर्क! तुम्हारा यह खून का तर्क, बाबू! खूनी तर्क है यह! इसमें इन्सानियत नहीं है...'' राजू रोने लगा।

राजू में भावुकता या आवेश उफन रहा था, जबकि बाबूजी के पास परम्परा का कठमुल्लापन था—पूरी एक गढ़ी हुयी आचार संहिता थी, समाज का अन्तः संगठन था, जो एक दिन की चीज नहीं थी। सैकड़ों हजारों वर्षों का चट्टान की तरह गठित ढाँचा था। यह एक आत्यंतिक सच्चाई थी कि दिन रात के दुख-दर्दों, संघर्षों में शामिल रखने के बावजूद बाबूजी माँ को अपनी अंतरंग सच्चाइयों तक साथ नहीं ले जाते थे। परिवार की व्यवस्था में यहाँ इंच-इंच पर भेदभाव था। घर के अन्दर के लोगों की हारी बीमारी तीव्र और त्वरित भाव से पता पड़ जाती थी। फौरन दवा-पानी

का इंतजाम हो जाता। खाने-पीने पर ध्यान दिया जाने लगता। तबियत बिगड़ने या उसमें सुधार न हो रहे होने पर डाक्टर को दिखाने की बात शुरु हो जाती, डोली आ जाती। माँ-बहुओं यानी 'बाहर से यहाँ आए हुए' लोगों के दुख तकलीफ के समय वह त्वरा, वह तीव्रता कहीं नहीं दिखती। कुछ समय तक तो किसी का ध्यान भी उस तरफ नहीं जाता। दवा-पुड़ियाएँ भी धीरे-धीरे पहुँचतीं। डोली का इंतजाम तो तभी होता, जब यह साफ हो जाता कि अब बचनेवाली नहीं है। इन फर्कों के मूल इतने कमीने थे कि एकदम चेतन स्तर पर खुले नहीं रहते, उपचेतन-अवचेतन में कहीं चलते।

साल दो साल में कभी जब बाबू बीमार पड़ते थे तब माँ जिस तरह उनकी तीमारदारी में निरत हो जाती : सुबह बिछौने में ही चाय-पानी लेकर पहुँच जाती, "रज्जू के बाबू!" हौले से, गजब के वत्सल लहजे में पुकारती, "उठ गए? चाय लायी हूँ...रुको-रुको! मैं बैठाती हूँ। आराम से, आराम से। लो पहले कुल्ला कर लो—इसी थाली में कर लो। मेरी धोती से पोंछ लो मुँह, लो।" और अपने हाथ से धीरे-धीरे उन्हें चाय पिलाती। फिर तमाखू भरकर ले आती, और पूछती, "क्या खाओगे इस बखत? दाल रोटी खाओगे? पतली-पतली खिचड़ी बना दूँ?" और जब खाना बनाकर लाती तो बड़े मोहिल अंदाज में उन्हें खाते हुए देखती रहती : "चार ही दिन में कितने दुबला गए हो...! धीरे-धीरे खाओ। लो एक घुटुक पानी पी लो। गला बीमारी में सूखा रहता है... धीरे-धीरे।" लगभग पूरे दिन उनके पायताने के पास बैठी रहती और कपास की छुअन की तरह कभी-कभी बतियाती। तो भी बीमारी में बाबूजी बहुत चिढ़े हुए हो रहते। एक बार तो उन्होंने पीतल का दो सेरा लोटा भन्नाते हुए माँ पर दे फेंका, जो डलिया में सो रही तन्नी के लगते-लगते बचा था। झपटती हुयी माँ ने तन्नी को गोद में उठा लिया : "ये क्या कर दिया तुमने, रज्जू के बाबू! बबा रे!" बच्ची को गोद में लिए उनके पास आ पहुँची और उनके सिर को सहलाते हुए बोली, "क्या हो गया है तुम्हें? इतने चिड़चिड़े क्यों हो जाते हो तुम? अभी हत्या हो गयी थी...हे इष्टदेव, रक्षा करो! हे गोल्लज्यू महाराज!" बच्ची को सुलाकर वह बाबूजी के पास आ गयी और धीरे-धीरे उनके सिर में घी मलती रही : "गाय के घी से तरावट मिलती है दिमाग को। खुश्की से दिमाग चिड़चिड़ा हो जाता है।" फिर देर तक उनके पाँव दाबती रही।

"बस कर!" उन्होंने सख्ती से बरज दिया, "सोने दे मुझे।" उन्हें ओढ़ाकर वह चुपके से उठ आयी।

माँ कभी अपनी औकात को भूली नहीं। कभी बाबूजी के परिवार की परिधि का उसने अतिक्रमण नहीं किया—हमेशा परिधि से लगकर जी। वह इस घर से अपने

सम्बन्ध को कई तरह से प्रकट करती थी : ''रातीगाँव मेरा ससुराल हुआ, गैरसीमा मायका/गैरसीमा मेरे बाबू का घर हुआ, राती गाँव मेरे बच्चों का।'' या ''मेरे ससुरालिए राना बिष्ट हुए, मैतोड़िए लटवाल बिष्ट। यही मेरी पहचान हुयी।'' अपनी औकात में ही वह रही : खाना सबसे आखिर में, बचा खुचा वह खाती। बिस्तरा जो सबसे फालतू होता, जिसे कोई ओढ़ता-बिछाता नहीं। सुबह सबसे पहले उठ जाती, घरवालों के लिए चाय गरम पानी तैयार करती। रात सबसे पीछे होती, घर के सारे काम निबटाकर। परिवार के साथ भी वह बैठती तो एक तरफ, एक किनारे। जैसे अपनी औकात समझती हो।

जिन्दगी भर वह इसी तरह रही—सिवा एक बार के, जब रेनू के विवाह की रात लड़केवालों ने बिल्कुल अचानक दहेज की माँग रख दी। बाबूजी के पैरों से जमीन खिसक गयी। रात के रात कहाँ से इंतजाम करें? ''दहेज का इंतजाम तो आपको खुद ही कर रखना चाहिए था। हमारे कहने-न-कहने से क्या होता है? अब तो झख मार कर कहना पड़ा है हमें।'' ठंडे कातिलाना ढंग से बोले वर के बाप और पलटकर बरातियों में चले गए।

बाबूजी स्तब्ध रह गए। कुछ समझ न पड़ा। उठकर अन्दर पहुँचे और अँधेरे कोने में बैठ धीरे-धीरे फफकने लगे। पीछे से माँ भी पहुँच गयी थी : ''दिल कमजोर मत करो। भगवान का भरोसा रखो। वही पार लगाएगा।'' वह तसल्ली बँधाने लगी।

''अरे भगवान भी इस समय कैसे पार लगाएगा? इस आदमी ने मुझे हिलने तक का मौका नहीं दिया। कैसे रात के रात में...''

तो माँ उधर भंडार कोठरी में घुसी और कुछ देर में कहाँ से एक छोटी-सी थैली निकाल लायी। नोटों सिक्कों से भरी हुयी : ''ये लो थोड़े से पैसे मैंने जमा कर रखे थे। काम चला लो। बाइस सौ हैं।'' बाबूजी चमत्कृत रह गए, ''बाइस सौ रुपए!'' ''हाँ, गिन लो, इतने ही हैं। जिन्दगी भर की जमा पूँजी है मेरी। इसी दिन के लिए जमा की होगी। जाओ मँगा लो जो दहेज वे चाहते हैं।''

बाबूजी ने माँ के पाँव पकड़ लिए : ''रज्जू की माँ! तू देवी है! तू इस वक्त नहीं बचा लेती तो इज्जत मिट गयी थी मेरी। तू साक्षात देवी है।'' तो माँ ने पाँव समेट लिए : ''छि हाड़ि! ऐसी बात क्यों कर रहे हो? बचानेवाला तो भगवान है। जाओ, देर न करो।''

उस एक क्षण बाबूजी को माँ परिवार की परिधि से बाहर नहीं, अन्दर बीचों बीच—केन्द्र में स्थापित दिखायी दी थी। धुरी की तरह। वह केन्द्र जिसके चारों ओर उनके परिवार का मंडल घूमता था। वे सारे लोग उस एक औरत के अस्तित्त्व से जुड़े हुए थे। अगर कल को इसको कुछ हो जाए तो उनका परिवार जर्रा-जर्रा बिखर

जाएगा— ऐसा साफ-साफ बाबूजी को लगा था और लगा था—उनके अपने जीवन का खेला उस औरत की आधारभूमि पर टिका हुआ है।

राजू के अपना परिवार उठा ले जाने से मिली मायूसी...मायूसी के वे दिन ज्यादा नहीं चले। यह—मायूस हो रहना—बाबूजी के स्वभाव का स्थायी भाव नहीं था। बचपन से आज तक वे जिस अकेले दम चले थे, वहाँ मायूसी को ज्यादा गुँजाइश नहीं होती थी। तुरन्त जिन्दगी की कठोरताएँ उन्हें घेर लेतीं और वे दम के दम चुनौतीवाला रुख अख्तियार कर दौड़ने लगते। इसलिए उन्होंने राजू और उसकी नालायकी को फटकन की तरह फूँक फाँककर अपना ध्यान अपने परिवार और कारोबार पर केन्द्रित कर लिया। यहाँ मुन्ना यानी छोटा बेटा सारी चुनौतियों की अकेली चुनौती बनकर खड़ा था। वह बारह तेरह साल का हो चुका था और अभी प्राइमरी स्कूल में ही गारत हो रहा था। कतई पढ़ाई में उसकी रुचि नहीं थी। ट्यूशन मास्टर आते तो उसे ढूँढ़ खोजकर लाना पड़ता। बार-बार उसे पानी-पेशाब की शिकायत लगती, नाक-साफ करने की जरूरत पड़ती, या खिड़की के बाहर उड़ती पतंगों की ओर उसका ध्यान भटकता। ट्यूटर कोई भी उसके साथ नहीं टिक पा रहा था। बाबूजी इसी में तंग आ चुके थे कि कोई उसे पढ़ाने को तैयार हो जाए, इतनी 'ख्याति' उसकी फैल चुकी थी। लैट्रिन या बाथरूम में घुसा हुआ वह चिल्लाया करता : "ओना मासी धम, बाप पढ़े ना हम!" और बार-बार चिल्लाया करता। ऐसे वक्त उन्हें राजन की पढ़ाई के दिन याद आते—कहाँ तो वे उसके पढ़ाकूपन से थक चुके थे और कहाँ अब इस निपट उजड्ड से पाला पड़ा है, जिसे पढ़ने से मौत आती है। खाने-पीने की उसे कोई कमी नहीं थी। खेलने कूदने को भी उसे—राजू के विपरीत काफी छूट दी हुयी थी। ताकि पढ़ने से थके नहीं। जेब में उसके मीठी-खट्टी गोलियाँ डाल दी जातीं। जिससे पढ़ने में मन लगा रहे। वह कुल्फी-आइसक्रीम की शर्त रखता। यहाँ तक कि पास हो जाने पर घड़ी की शर्त भी मान ली गयी। मगर सब व्यर्थ! वह खाली किताब खोले घड़ी से खेलता रहता।

क्या मुन्ना पढ़ने में ऐसा ही रहेगा? तो फिर इसका क्या बनेगा? एक भाई प्रोफेसर, दूसरा मैट्रिक पास भी नहीं! मुन्ना उनके जीवन भर की तपस्या और इज्जत को मिट्टी कर देने पर तुला हुआ था। उससे छोटी गप्पू भी अब के पाँचवी में निकल गयी है। इतने निखट्टू तो गाँव के लड़के भी नहीं होते। सब पढ़ रहे है—गाँव से शहर आते हैं रोज! दो-तीन तो हाईस्कूल कर चुके हैं। गरीब से गरीब घरों के। शिबू 'होटी' का नाती तक दस पास करके गाँव के स्कूल में बाबू लग गया है। उनके पाँव छू

छू रहा था... जरूर यह लड़का उनकी नामवरी को गोबर पोतेगा। रो पड़ने की हालत बन आती है बाबूजी की।

—जब डेढ़ साल बाद राजू गरमी की छुट्टियों में आया था। खाली हाथ आया था। जिस बेटी को लेकर गया था। उसे वहीं खोकर लौट रहा था। काफी देर तक आमा (उसकी दादी) अपने में ही फूट-फूटकर रोती रही थी। बहू दूसरे कोने में घुटनों में मुँह डाले फफकियाँ भरती रही थी। बाकी राजू, बाबूजी गम में गूँगे बैठे थे और बच्चे लोग खिड़की दरवाजों के पास फीके चेहरे खड़े हो रहे थे। वह शाम किसी ने ढंग से नहीं खाया। बना भी खास कुछ नहीं था।

अगली सुबह नयी शुरुआत की तरह हुयी थी। चाय के बाद राजू ने आवाज देकर मुन्ना को पास बुला लिया : "और तेरी पढ़ाई कैसी चल रही? अब कौन सी क्लास में आ गया है?" तो बाबूजी ने दूसरी तरफ को मुँह पलटा लिया। तभी राजू ने देखा उनके कंधे हिल रहे हैं..."क्या हुआ बाबूजी?"

निमिष भर को थमकर चिंघाड़ गए बाबू : "मुझे शराप लगा है रज्जू! तेरा शराप लगा है मुझे! तेरे को मैंने कभी ढंग से पढ़ने नहीं दिया। ऐसे होनहार मेहनती बेटे के साथ कितना अन्याय किया मैंने! इसी का शराप लगा है मुझे। यह लड़का नहीं पढ़ रहा—बिल्कुल नहीं पढ़ रहा! इसने हट्ठ ठान रखी है...मैं क्या करूँ..." और फफकते चले गए।

"चुप हो जाइए बाबूजी!" राजू ने उनके कंधे पर हाथ धर दिया : "इसे आप मुझे दे दीजिए। मैं पढ़ाऊँगा इसे। सब ठीक हो जाएगा। चिन्ता मत कीजिए।"

"कर बेटे, मेरे संकट को तू ही दूर कर। मैं तो हारमान हो गया।" और धीरे-धीरे वे स्वस्थ हो लिए। "और राजन, जरा इससे ये भी पूछ लो कि टट्टी में बैठा-बैठा ये क्या ऊलजलूल चिल्लाते रहता है?" बाबूजी को याद आ गया था। "क्या?" "पता नहीं—मासीधम मासीधम! और भी जाने क्या? यह सब बोलते इसे शर्म नहीं आती?"

"क्यों?" राजन ने मुन्ना की तरफ देख लिया तो वह झेंपकर सिर डाले मुस्कराने लगा। "ओनामासीधम, बाप पढ़े ना हम...हें?" राजन ने उसे छेड़ा, "ईडियट!"

जब वे लोग छुट्टियों से चलने लगे तो तय हो चुका था कि मुन्ना के साथ छोटी गप्पू भी जाएगी। इससे मुन्ना का मन भी लगा रहेगा। दोनों की अच्छी पटती है।

बाद में वे लोगों को हौसले से बताते रहते थे, "राजन साथ ले गया है, कह रहा था वहाँ अच्छी पढ़ाई होती है। पढ़ने लिखने का माहौल हुआ वहाँ। जिद्द कर रहा था तो फिर हमारा क्या जोर होना था। बड़ा भाई हुआ।" कुछ दिन बाद बता रहे थे, "चिट्ठी आ गयी है। खूब खुश हैं दोनों भाई के पास। यहाँ से वहाँ सभी कुछ अच्छा हुआ। सभ्य पढ़े-लिखों का समाज हुआ। भाई के साथ रहकर थोड़ा इंसान बन जाएगा। यहाँ तो हुस्स हुआ जा रहा था।" राजू के पत्र से पता चला, 'पाँचवी तक

घर में पढ़े होने का एफिडेविट देकर मुन्ना का छट्टी में दाखिला करा दिया है। गप्पू छट्टी में है ही। दोनों के लिए ट्यूटर भी रख दिया है। सब ठीक होगा, चिन्ता न करें।' सचमुच बाबू चिन्ता-मुक्त हो गए।

कुछ महीनों बाद मुन्ना की एक अलग ही किस्म की चिट्ठी आ पहुँची कि वे दोनों वहाँ बहुत कष्ट में हैं। भाभी-भइया उनसे बर्तन मँजवाते हैं, झाड़ू पोंछा करवाते हैं, पानी भरवाते हैं, बाजार से सामान मँगवाते हैं। खुद बैठे रहते हैं, हमसे काम करवाते हैं। आप चारपाई पर सोते हैं हमें जमीन पर सुलाते हैं। रात में हमें बाहर के घरों में भेजते हैं। हमें डर लगता है। हम यहाँ नहीं रहेंगे। हमें ले जाओ...।

"ये उस औरत की कारस्तानी है, उस कूटनी की!" बाबूजी विस्फोट कर गए और एक दिन गँवाए बगैर माँ को साथ लेकर अपने बच्चों को लिवाने चल पड़े : "अरे उस औरत ने उन्हें अनाथ समझ लिया क्या? अभी तो हम मौजूद हैं। कौन साला हमारे बच्चों को बुरी नजर से देख सकता है?" रास्ते में फनकते रहे बाबू।

वहाँ पहुँचे तो जिस बात का अंदेशा लेकर चले थे वह उतनी ही नहीं, उससे भी बढ़कर निकली : मेम साहब पलंग पर लेटी थी। और खसम उसके जूठे बर्तन उठा रहा था। गप्पू उसके पास पानी लेकर खड़ी थी। उधर मुन्ना किचन में उसके लिए साबूदाना उबाल रहा था। सास ससुर को देख बहू सिर पर पल्ला रख उठने लगी, तो राजू ने उसे लेटे रहने की ताकीद कर दी। बोला, "डॉक्टर ने खड़ा होने से मना कर रखा है।"

"ठीक कर रखा है!" बाबूजी बिना बोले नहीं रह सके।

बहू उठ आयी थी सास-ससुर के पाँव छूने। "लड़की हुयी है?" उधर चारपाई में सोई बच्ची को देख माँ ने पूछा।

"हूँ..." हुँकार छोड़ बाबूजी बाहर के कमरे में चले गए। दोनों बच्चे उनके पास सिमट आए थे। राजू चाय बनाकर ले आया–ट्रे, कप, केतली, बिस्कुट नमकीन की प्लेटे।

"कोई गिलास विलास नहीं है क्या? हो तो हमें गिलास में दे दो। ये सब..?" उनकी चाय पानीवाले गिलास में दे दी गयी। वे बार-बार अपने बच्चों को सहलाते, उनके चेहरों को देखते...चाय पीते और हुँकारा भरते। इसी तरह बाद में नाश्ता आया तो वह भी क्राकरीवाली प्लेटों में। उन्होंने लौटा दिया, "इसे ले जाओ। कोई थाली-वाली हो तो उसमें दे दो थोड़ा सा!...सब इसाईपन कर रखा है..." बुड़बुड़ाए।

नाश्ते के बीच जब राजू पराँठे लेने गया था (अब तक उसकी पत्नी किचन में जा चुकी थी) तो मौका पाकर उन्होंने घिन के साथ आत्मालाप कियाः "इन प्लेट प्यालों से तो टी.वी. हो जाती है। हमारे यहाँ डोम-हुड़कियों के घर चलते हैं ये।"

"मसी डाक्टर साहब के यहाँ ऐसे ही कप प्लेट हैं", "माँ ने सुधारा।

"तो मसी डौक्टर ही कौन हैं? लुहार से इसाई हुए हैं।"

"उन बेचारों ने तो हमारी बेटी की जान बचायी। अस्पताल से गाँव आते थे उसे देखने।" माँ का स्वर भावुक हो उठा।

"अरे तो कौन कह रहा नहीं बचायी?" बाबूजी खीज गए।

"क्या हो गया?" राजू पराँठे ले आया था।

"कुछ नहीं। कोढ़ी खाने के डौक्टर की बात कर रही है।"

"मसीह साहब की?"

"हाँ, मसीह साहब की!" आवाज में तुनक मिजाजी बनी थी।

"मसीह साहब ने डॉक्टरी इंग्लैण्ड जाकर की।"

"तभी तो वे सब विदेशी जात के कप प्लेट, छुरे चम्मच हैं उनके यहाँ। वहाँ से कोढ़ियों के लिए आता है, खुद रख लेते हैं। देखनेवाला कौन हुआ?"

"अरे नहीं! मरीजों को इतनी महँगी क्राकरी कहाँ आती होगी? उनकी तो यहीं की देसी चीजें होती होगी।"

"खैर होगा, हमें क्या करना।" बाबूजी इस बात को इतनी दूर तक खींचने का इरादा नहीं रखते थे। उनके और भी जरूरी काम थे।..."तुम लोग नहाते नहीं रे?" उन्होंने मुन्ना से पूछा।

"नहाते क्यों नहीं? रोज नहाते है।"

"साबुन भी लगाते हो या खाली पानी डाल लेते हो?"

"हाँ हाँ साबुन से नहाते है।"

"फिर ये गरदन इतनी काली क्यों पड़ी है?"

अब तक राजू अन्दर जा चुका था।

"अरे यहाँ गरमी ठहरी।" माँ ने बताया, "गरमी से गर्दन जल जाती होगी," और राजू की अनुपस्थिति का मौका लेकर उन्हें डपट दिया, "अब क्यों पीछे पड़े हो? जब से आए हो, कुछ न कुछ बोले ही जा रहे हो।...गुस्सा थूक दो! अच्छा लगता है क्या?" और अन्दर जाकर बच्ची को गोद में उठा लायी : "लो, पोतनी को देखो तो—कैसे टक-टक आँखों से देख रही है। इसका नामकरण कर दिया, रज्जू?"

"अभी नहीं किया," बहू ने बताया, "घर आकर शुद्धि करा ली थी।"

"ठीक किया। और तू कैसी है? दवा खाती है?" माँ ने माहौल सहज बनाने की कोशिश की।

बाबूजी गप्पू को लेकर छत पर चढ़ गए थे। वहाँ से गप्पू बड़े उत्साह से अपना स्कूल, भइया का कालेज, एक-एक की स्थिति हाथ तान-तानकर बता रही थी। "वो सिंघी तलाई चमक रही है ना बाबू? वहाँ का पानी मीठा होता है। सब उसी पानी को पीते हैं। ऊँट गाड़ी में आता है वहाँ से पानी। हम लोग बाल्टी बर्तन लेकर सड़क

पर पहुँच जाते है।"

ऊँटगाड़ी के उल्लेख से बाबूजी को अपने बचपन की स्मृति हो आयी। बोले, "कभी मैं भी यहाँ रहा था..."

"कहाँ? यहाँ?"

"पता नहीं कौन-सी जगह थी—मारवाड़ था। वहाँ मैं भी ऊँट पर बैठा था..." वे स्मृति में तैर रहे थे।

"आपको डर नहीं लगा? मुझे तो देखकर ही डर लगता है।"

"हाँ, शायद लगा था। अब तो पूरी याद नहीं...पर लगा था डर।"

"हम एक बार मेले में गए तो ऊँट गाड़ी में बैठ के आए। बहुत मजा आया।"

"—तो पानी लेने कौन जाता है सड़क पर?" बाबूजी सन्दर्भ में लौट आए।

"वो? कभी भइया जाते हैं, कभी दद्दा और मैं।"

"और वो—तेरी भाभी?"

"वो तो बीमार है ना! चल थोड़ी सकती है।"

"सब ठगनखरे हैं।"

"क्या बाबू?"

"कुछ नहीं। अच्छा ये बता, तुम्हारा भइया तुम्हें रात में बाहर क्यों भेजता है?"

"बाहर भेजते हैं? कब भेजते हैं?"

"मुन्ना ने चिट्ठी में लिखा है—रात में भेजते हैं, हमें डर लगता है।"

"अरे हाँ! एक दिन भाभी को गश आ गया तो ना, तो भइया ने दद्दा से कहा—सामने वाले दादाजी को बुला ला, तब दद्दा डरकर रोने लगा था।"

"तुम दोनों जमीन में सोते हो?"

"नहीं तो! अच्छा हाँ, जब हम पहले रोज यहाँ पहुँचे तो ना, तो उस रोज दद्दा जमीन पर सोया। भइया भी जमीन पर ही सोए। चारपाई तो तब एक ही थी, डबलबैड की। उस पर मैं और भाभी सोए। फिर बाद में दूसरी चारपाइयाँ आ गयीं। कभी-कभी अब भी दद्दा जमीन पर सोने की जिद्द करता है। मेरे से कहता है, 'गप्पू, चल जमीन पर सोते हैं। बड़ा मजा आता है। खूब लोट-पोट लेते रहो।' ऐसा पागल है।" गप्पू हँस रही थी।

"अच्छा तू चुप हो जा। तू दद्दा की बहुत चुगली कर रही है।" उन्होंने गप्पू को नीचे भेज दिया, मुन्ना को ऊपर बुला लिया।

वे बहू के सामने पड़ने से बचने के लिए ज्यादातर बाहर ही टहलते रहे। बाद में मुड्डा डाल लिया और मकानमालिक के यहाँ से हिन्दी का अखबार मँगा लिया। बहू का चारपाई पर लेटे रहना उन्हें बर्दाश्त नहीं हो रहा। औरत खाट पर लेटी रहे, बाकी लोग काम में जुटे रहें। हमने अपनी गिरस्थी में कभी ऐसा अँधेर नहीं देखा।

बच्चों की माँ हमारे घर में भी कई बार बीमार पड़ी, पर ऐसा कभी नहीं हुआ कि खाना हमने पकाया हो। चाहे जैसे भी—दो रोटी तो वह डाल ही देती थी। कहती थी, मन नहीं मानता। हमारे मना करने के बाद भी चावल धोकर चढ़ा देती, पालक का 'काफा' उबाल देती। औरत हो, और वह घरवाले को रोटी पकाते देखती रहे? तो वह औरत है ही नहीं! खैर हमें क्या करना? तू चाहे उसका मल भी उठा ले—तेरी तकदीर! उसके लिए कोई क्या करे?

—सब उल्टा चल रहा यहाँ। लच्छन बता रहे हैं कि जल्दी ही रज्जू को उजड़ जाना। कैसा खान-पान, कैसा रहन-सहन, कैसे भाँड़े बर्तन और कैसा वह बीबी खसम का जोड़ा...हाय,हाय! एक भी सही लच्छनवाली बात होती। प्रभु जाको दारुन दुख दीना, वाकी मती पहले ही हर लीना—तुलसीदास जी सोलह आने सही बात कह गए हैं। इस कदर तिड़क गए थे बाबू कि दोपहर खाना खाने के बाद उन्होंने थैला-अटैची बाँध लिए और दोनों बच्चों को भी तैयार हो जाने को बोल दिया—शाम की रेल है, निकल जाएँगे।

राजू को झटका लगा। उसने बताया कि मुन्ना का यहाँ पढ़ाई में मन लगने लगा है। वह और गप्पू सुबह और रात में खुद-बखुद पढ़ाई में बैठ जाते हैं। दिन में स्कूल जाते हैं, शाम की ट्यूशन लगा रखी है—ट्यूटर घर पर ही आ जाता है। दिन भर पढ़ाई के काम में बने रहते हैं, दिमाग फालतू नहीं रहता। जो साल वहाँ खराब हुआ। वह यहाँ ठीक हो जाएगा।

"नहीं, अब चलेंगे ये लोग। वहाँ भी इनके बगैर मन नहीं लगता। रेनू ससुराल चली गयी, अकेली आरती (तन्नू) ही तो रह गयी ठहरी। उसकी भी बोलने की आदत नहीं है। पूरा घर सुनसान हो रहता है। वैसे भी दुख तकलीफ में एक लड़का तो पास में होना ही चाहिए। जाने कब क्या जरूरत पड़ जाए। रह लिए चार-पाँच महीनें...बहुत है। अब चलेंगे। वहीं पढ़ेंगे।"

"वहाँ जाकर फिर वहीं हाल हो जाएगा।" खिन्न हो गया राजू।

—अरे यहाँ जो हाल तुमने कर रखा है इनका, उससे तो बेहतर ही होगा! दिल में उबल रहा जहर फूट पड़ने को हो आ रहा। रोकना कठिन लग रहा..."जो भी नसीब में होगा फिर! वैसे सयाना हो गया है, अब सही रहना चाहिए।" अनखाए से बाबूजी बोल दिए।

उनकी राय से रज्जू कहीं भी सहमत नहीं था। मगर उनका रुख सख्त था। "आपकी मर्जी..." उसने हाथ खींच लिया। शाम की गाड़ी से वे लोग चल दिए।

बाबू जी ने मुन्ना को स्कूल में डालने से पहले ज्योतिषी से उसकी जन्मकुंडली की

जाँच करवा ली कि आखिर पढ़ने में इसका मनचित्त क्यों नहीं है...बड़ा लड़का तो इतना पढ़ाकू था, फिर इसके सिर क्या आग लग गयी? अपनी तरफ से तो किसी बात की कमी नहीं कर रखी है हमने। फिर कहाँ रुकावट पड़ रही है? जरा देखिए तो। आचार्य जी ने गहन खोज की। ग्रह दोष निकला। इसके लिए एक जरूरी काम तो यह करो जजमान, बालक तेरहवाँ साल पूरा करनेवाला है, सो फौरन इसका यज्ञोपवीत करा दो। आधे दोष तो जनेऊ धारण करने से ही कट जाते हैं। उसी के साथ सत्यनारायण स्वामी की कथा कर लेना भी अति शुभ रहेगा। दूसरा काम, शनि महाराज की कुछ वक्रदृष्टि भी लगती है। उसके लिए एक अँगूठी में नीलम धारण करवा देते हैं। शनि महाराज के नाम से मँगतों भिखारियों को बालक के हाथ से दान दक्षिणा करवा देना बाद में। सब ठीक हो जाएगा। फटाफट बाबूजी ने सारी तैयारियाँ कर डालीं। एक चिट्ठी राजू को भी डाल दी कि भइया का जनेऊ करवा रहे हैं, आ सको तो आ जाना। उसे कहाँ आना था!

इस बार स्कूल बदल गया था। पहले मुहल्लों के बीच में पड़ता था, तो भागने की इतनी सुविधा नहीं रहती थी : गलियों आँगनों से गुजरना पड़ता था। सब जगह पहचान के लोग होते थे...“मुन्ना! छुट्टी हो गयी?” किसी भी घर आँगन से आवाज पड़ सकती थी। मगर अब कालेज हो गया था। न कहीं गली-मुहल्ला, न छत आँगन। मार्केट था और कालेज था। किसे किसको पहचानना? जल्द ही मुन्ना ने सब सूँघ-साँघ लिया और ठाठ हो गए! वहाँ चाट के खोमचे थे। पान सिगरेट की दुकानें थीं। समोसा चाय के रेस्तराँ थे। आए दिन बाजार में खेल तमाशे वाले, साँप बन्दरों का करतब दिखाने वाले, जादूगर नट-नर्तकियों वाले मजमा लगाए रहते। डमरू के साथ चिल्ला-चिल्लाकर मदारी-जमूरे के सवाल-जवाब चलते। उन्हें रोकनेवाला कौन था? जहाँ-तहाँ छोले-आमलेट की गंध महकती, टिक्की वाले के तवे पर पलटा बजता रहता। क्लास से मार्केट में सरक आने के लिए तीन-तीन गेट थे। गेट पर ताला चौकीदार हो तो दिवाल तोड़कर लड़कों ने कुछ चोर गेट भी बना लिए थे। सामने मालरोड थी। बस जीप उधर ही चलते थे। मालरोड के जंगलों पर फालतू समय लोग बैठे रहते, जिनमें स्कूल-कॉलेज के लड़क-छोकरे भी होते : वे एक दूसरे के पीछे भागते, खाली जीप बसों में जा घुसते, आपस में धींगा मुश्ती करते...खुबानी काफलवालों के टोकरों में हाथ मारकर हँसते हुए भाग लेते। उनके कोई मुँह नहीं लगता। कॉलेज के अन्दर चलनेवाली क्लासों के बजाए बाहर की दुनिया अधिक रंगीन, विविधताओं से भरी, अधिक मनोरंजक थी। इसलिए पूरे समय वहाँ अन्दर बँधकर रहना कठिन था।

ज्यों-ज्यों डैनों में मजबूती पैदा हो रही थी, लम्बी उड़ान की रुचि बढ़ रही थी। अब तो अक्सर हाजिरी के बाद पूरे दिन के लिए गायब हुआ जाने लगा था। बल्कि

कभी-कभी तो स्कूल जाना भी जरूरी नहीं लगता। ऐसे में होता यह, हर चार-छः महीने में नाम कट जाता, घर रिपोर्ट पहुँच जाती। वैसे बाबूजी ने मास्टरों से लेकर चपरासियों तक एक-एक दो-दो लोगों को चाय मिठाई के बहाने गाँठ रखा था। वे यथासम्भव नाम कटने से बचा लेते, हाजिरी दिलवा देते या हाजिरी कम होने की खबर ठाकुर साहब तक पहुँचा देते। मगर फिर भी कभी-कभी नाम कटने की आफिशियल रिपोर्ट निकल जाती। वह बाबूजी के लिए किसी वारंट से कम न होता। तीन साल में पाँच बार! पाँच बार उसका नाम कटा...कोई हद है? मेरी कमाई धमाई तो इसके नाम कटने-लिखने में ही बराबर हो जा रही है। बड़ा लड़का भी था एक—बस एक बार दर्जा छः में नाम लिखाया था। फिर एम ए तक वही चलता रहा, कभी दोबारा लिखाने की जरूरत नहीं पड़ी। मगर अब? स्कूल वाले गले तक छक गए थे। हर बार उनकी एक ही सलाह रहती कि लड़के को यहाँ से निकाल कर कहीं और डाल लो। यहाँ उसका सुधरना मुश्किल है। बाबूजी हाथ-पाँव जोड़ने लगते : "अब ऐसी हरकत नहीं करेगा। इस बार रख लीजिए। आइन्दा के लिए मैं गारन्टी लेता हूँ।" "दुगनी-तिगुनी फीस पर वे नाम वापस लिख लेते। कुछ दिन बाबूजी दुकान को ताला मार उसके साथ लग जाते : सुबह अपने साथ घर से लाना, उसे क्लास में धकेल खुद बाहर बैठ जाना। हाफ टाइम में छाया की तरह उसके पीछे रहना। शाम अपने साथ घर को ले चलना। वह इतना बेशर्म हो गया था कि इतनी चौकसी के बीच भी निकल भागता। वे उसके पीछे दौड़ते—वे दस कदम नापते, तब तक वह कहाँ से कहाँ पहुँच जाता। हाँफ गए बाबूजी। एक दुकान के बाहर स्टूल में बैठ गए। "क्या हो गया, चचा? पानी पिलाऊँ?" चचा ने हाथ हिला दिया—'कोई खास बात नहीं है।' और उठकर आगे बढ़ गए। गली की सीढ़ियों से मालरोड़ के लिए उतर रहे थे कि कौंध की तरह मुन्ना नजर आ गया : वो बैठा तो है जंगले पर लड़कों-डोटियालों के बीच में! जब तक वे सड़क पर उतर पाते, वह वहाँ से गायब हो चुका था। "लड़को, वो लौंडा कहाँ चला गया, जो यहाँ पर अभी बैठा हुआ था?" लड़के मुसमुसाए, "कौन लौंडा? तूने देखा बे?" "नहीं तो!" "अब तूने देखा?" "नहीं देखा किसी ने।" उन्होंने हाथ नचाते बोल दिया। हताश बाबू जी आगे को बढ़ लिए। तब पीछे से ठहाका मार उन लोगों ने आवाज दे डाली, "निकल आ, बे! गया तेरा बुड्ढ़ा!" बाबू जी ने जंगले से नीचे झाँका तो वहाँ गन्दे नाले के अन्दर से गिरगिट की तरह सिर निकल वह बाहर को झाँक रहा था।

धीरे-धीरे मुन्ना को गटर-नालियों में जा छिपने की जरूरत भी नहीं रही : बाबू के टँगे हुए कोट से रुपया-दो रुपया साफ कर जाना और चाट-खोमचों को घेर कर टिक्की खाना, गोल गप्पे गपकना। दोस्तों में सिगरेट गुटखा भी चलने लगा था। प्रोग्राम बनाकर सिटोली जंगल या 'देवाल' या ऐड़ी डाँडा की तरफ निकल जाते।

इम्तहान तो अपने समय पर होने ही होते थे। तब किसी शाम स्कूल से कोई खैरख्वाह दुकान पर आ पहुँचता : "लड़का फेल हो रहा, हो ठाकुर साहब! देख लेना आकर!" बाबूजी अगले ही रोज दौड़ पड़ते और किसी तरह काम सुलटा आते, दर्जा बदल हो जाती—छटी से सातवीं, सातवीं से फिर आठवीं, आठवीं से फिर नवीं, नवीं से फिर—नहीं, अब आगे नहीं चलेगा ठाकुर साहब! आगे बोर्ड खड़ा है। वहाँ तो खुद ही पास होकर पहुँचना होगा। वहाँ धक्का नहीं चल सकता। सचमुच वहाँ धक्का नहीं चला, मुन्ना नवीं में ही अटका रह गया—एक साल, दो साल, और बस! तीसरा साल नहीं होने दिया बाबूजी ने, उठे एक रोज और उसे वहाँ से हमेशा के लिए निकाल लाने को चल पड़े।

राजू। उनका बड़ा बेटा। घर की पहली सन्तान। उसके होने पर कितनी खुशी हुयी थी। कितने लाड़ प्यार से उसे पाला-रखा गया। कितनी उम्मीदों से पढ़ाया लिखाया गया। मगर यह क्या नियति रही कि वह अपने एक-एक कृत्य में उनकी आकांक्षा, उनकी भावना के खिलाफ पड़ता गया। हर बात में जाने-अनजाने उसने उनका दिल ही तोड़ा, उन्हें चोट ही पहुँचायी : वे उसे पटवारी-अर्जीनवीस कुछ बनाने की लौ में रहे, वह अंडरएज होकर रह गया। वे उसे बीटी कराना टीचर बनाना चाहते थे, वह एम ए के मनसूबों में भाग रहा था। डरा धमका कर बीटी करायी भी, मास्टर लगाया भी, तो वह साल डेढ़-साल में अपनी उसी एम ए की जिद में लगी लगायी नौकरी को लात मार आया। शादी करने का इरादा बनाया तो वहाँ भी तीन साल पुरानी मँगनी तोड़ डालने को हो आया—उनकी इज्जत को मिट्टी समझ लिया उसने! तो फिर उन्हें भी कपट से काम निकालना पड़ा। खैर शादी भी हो गयी, एम ए भी हो गया, नौकरी भी लग गयी, पर उसे तब तक चैन कहाँ जब तक बाप को वह एक और जबर चोट न मार दे। सो वह काम उसने नौकरी पर जाते न जाते कर डाला—बीवी बच्चों को भी साथ उठा ले गया। लोग पूछते हैं पीछे से, "चाचा, क्या राजू बच्चों को भी साथ ही ले गया है?" "चाचा तिलमिलाकर रह जाते हैं। गाँव-समाज की परम्परा है, देश परदेश वाले लड़के कभी जाड़ों में महीने दो महीने कें लिए अपने बच्चों को ले जाते हैं तो फिर फसल पानी का समय आते ही वापस पहुँचा जाते हैं। हमेशा अपने साथ रख लेने की बेशर्मी कोई नहीं करता। मगर उनका कपूत कर गया। दौड़ा ले गया लुघाई को! लुघाई भी किसी गिरे खानदान की रही होगी—निर्लज्ज! सास-ससुर, ननद देवर सबको छोड़ खसम के साथ दौड़ गयी। वाह रे कलयुग! मनस्ताप में झुलसते रहते हैं बाबूजी।

तो भी परिस्थितियों के मुताबिक ढलने की अकूत क्षमता बाबू जी में थी। वे

जानते थे किससे कहाँ कितनी सख्ती से पेश आना चाहिए। उनका बेटा ही सही, पर है तो वह एक अलग इन्सान! नौकरी उसकी अच्छी खासी लग गयी है। बीवी उसे मिल गयी है। अब अगर थोड़ी भी सख्ती का तेवर दिखाया तो वह साल दो साल में कभी-कभार जो घर का रुख करता है, वह भी बन्द कर देगा। उसे यहाँ आने की कौन सी गरजपड़ी है। भाई, गरजवान वह नहीं है, गरजवान हम हैं। हमें बेटा चाहिए, उसे बाप नहीं चाहिए। और महीने दो महीने में जो थोड़ा सा पैसा कभी-कभी वह भेज देता है—और इस पर भारी अहसान जताता रहा है, वह भी बन्द कर देगा। कौन सा पुलिस का कानून है, जिससे वह बँधा है? बेशर्म हो जाने में कितनी देर लगती है, इन्सान को? इसलिए सब्र से काम लेना ठीक है। और बाबूजी सब्र से ही काम ले रहे थे—और सब ठीक चल रहा था। लेकिन उस आदमी को बाबूजीवाला यह 'ठीक चलना' शायद ठीक नहीं लगा। इसलिए उसने आ बैल मुझे मार की तर्ज पर आज फिर एक चोट देकर उनकी मानसिक शान्ति को भंग कर डाला है : आरती से यह बात पता हुयी है कि उसने तो वहाँ लड़कियों को अँग्रेजी स्कूलों में पढ़ाना शुरु कर दिया है! यह बात सरासर उनकी बर्दाश्त से बाहर जा निकली...लड़कियों को इसाई शिक्षा! वह आखिर चाहता क्या है? उसने अपने घर में इसाइयों वाले भाँड़े बर्तन जोड़े, उन्होंने बर्दाश्त कर लिया। उसने बीवी को पलंगनशीन कर खुद भी और उनके बच्चों से भी उसके जूठे बर्तन धोए धुलवाए, उन्होंने वह भी बर्दाश्त किया। यह सब घर के अन्दर की बातें थीं, घर में ही रह गयीं। पर लड़कियों की क्रिस्तानी पढ़ाई! यह कहाँ छिपनेवाली है? वह क्यों उनका बैरी बना हुआ है? क्या पुत्र के रूप में वह उनके घर में कोई शत्रु घुस आया है? अरे भाई, मत ऐसा कर! जीने दे मुझे।

"जमाने के सिर आग लगी है!" पत्नी बोल गयी, "अब सभी अपने बच्चों को अँग्रेज़ी स्कूलों में पढ़ाने वाले बन रहे हैं।"

"चुप हो जा, ओ डोमणी! बिल्कुल खामोश!" विस्फोट कर गए बाबूजी, "यह तेरी ही लगायी आग है! चोरी-चोरी लड़कियों को पढ़ानेवाली बन रही थी ना? अब देख नतीजा। कोई डोम भी तेरी लड़कियों के लिए आ जाए, तब कहना!"

और अब रात के सन्नाटे में लालटेन के आगे बैठे और आवेग से भरे-भरे बाबूजी उस आदमी को चिट्ठी लिखना चाह रहे हैं। नोटिस की तुर्शी के साथ, वकीली तर्ज पर कि प्वाइन्ट एक! प्वाइन्ट दो! प्वाइन्ट...कि हम लोग ऐरे गैरे नहीं, ऊँच जात के असली छत्री हैं। छोटी जात का छुआ पानी भी नहीं पीते। दूसरी बात कि जो लड़की अँग्रेजी स्कूल में पढ़ी होती है उसकी अपनी तो क्या—उसके पूरे कुल खानदान की भी किसी लड़की की शादी हमारे समाज में नहीं हो सकती। वह पूरा घर जात-बिरादरी के बाहर हो जाता है। तीसरी बात, तुम्हारी इस करतूत से तो मेरी बाकी लड़कियों की शादी भी अब खटाई में पढ़ जाएगी लगता है। चौथी बात...

सोच में रुक-रुककर प्वाइन्ट उतरते जाते हैं।...लेकिन अब उनमें छेद भी होने लगे हैं—जहाँ-तहाँ से प्रकट होकर विरोधी प्रसंग झपटने और उन प्वाइन्टों को तहसनहस करने लगे हैं : कि राय साहब के पोते पोतनी नैनीताल के एक बहुत बड़े अँग्रेजी स्कूल में पढ़ते हैं, जहाँ बड़े-बड़े राजा-महाराजाओं के बच्चे पढ़ते हैं। यह बात खुद रायसाहब के मुँह से पता हुयी थी। उनके बताने में बड़प्पन और गर्व का अहसास था। तब बाबूजी के दिल में एक धक् सी हुयी थी। मगर फिर उन्होंने अपने को समझा लिया था—रायसाहब बड़े आदमी हुए, उनके नाती-पोते अँग्रेजी स्कूलों में पढ़ सकते हैं। उनसे किसी की क्या बराबरी?...इसी तरह एक दफा हरिदत्त जी वकील साहब जाने किस मूड़ में अपने अन्दर की तकलीफ उन्हें बता गए कि उनकी बड़ी बेटी का एक ऊँचे घराने में रिश्ता लगभग तय हो चुका था। लड़का विदेश में किसी नामी कम्पनी में ऊँचे पद पर था। जब ऐन वक्त उसने इस एक आधार पर रिश्ता ठुकरा दिया कि उनकी लड़की फर्राटे' से अँग्रेजी नहीं बोल सकती। ''यह क्या जमाने का सिर फूटा!'' अफसोस में बाबूजी अचानक बोल गए थे, ''इतनी गुणवन्ती बच्ची से रिश्ता ठुकरा दिया! कलयुग और किसे कहते हैं?'' लेकिन वकील साहब ने एक अजीब तर्क दे डाला, ''गलती मुख्य रूप से मेरी ही रही, सब्बल सिंह जी! मैं ही देशभक्ति के पागलपन में आ गया और उसकी अँग्रेजी पढ़ाई रोक दी, वर्ना लड़की तो पढ़ने में अव्वल थी। गलती मैंने ही की, जो जमाने की तासीर को नहीं समझ सका।'' बाबूजी की बोलती बंद हो गयी। इसी तरह की 'उलटबाँसी' उन्होंने अफसर क्लब के चपरासी गुलाब सिंह के मुख से एक दफा और सुनी कि उनके कलक्टर साहब हैं पांडे जी! ऊँची जात के देशी ब्राह्मण। उनकी मेम जो है, वह है इसाइन। और यह सब को पता है कि मेम ऐसी इसाइन है जिसके माँ-बाप कभी लुहार रहे हैं। पर मेम फट-फट अँग्रेजी बोलती है और क्लब में सबके सामने उसी तरह फर-फर नाचती है। और उसके नाच पर क्लब के सारे अफसर ताली बजाते हैं। जिनमें कलक्टर साहब सबसे आगे होते हैं।...विनाशकाल में विपरीत बुद्धि यही हुयी है।...आवेग की हवा निकल चुकी है। प्वाइन्टों में कोई दम नहीं रह गया।

कलम डाल दी है बाबूजी ने। तह की हुई रजाई पर सिर को ढीला छोड़ दिया है।

रात के सन्नाटे में लालटेन जलाकर आवेग भरे मन से चिट्ठी लिखने का प्रसंग आज फिर उठ खड़ा हुआ...कितने वर्षों बाद! तब भी राजू ने एक संकट खड़ा कर डाला था : तीन साल पुरानी मँगनी को तोड़ने—उनकी इज्जत को मिट्टी में मिला देने को हो आया था वह। आज लगभग वही हालत फिर खड़ी कर दी है उसने। लगता है अपने इस बेटे से उन्हें दिली शान्ति कभी नहीं मिलेगी। जैसा बच्चे को होना चाहिए, जैसा मुन्ना है—अपनी उद्दंडता के बावजूद उनके सामने छोटा-नादान,

बेवकूफ-सा... ऐसा राजू कभी नहीं लगा। वह हमेशा उन्हें हरकत सिंह घटवार की तरह अपना प्रतिद्वन्द्वी ही लगता रहा। उनका बड़ा होना, उनका पितावाला व्यक्तित्त्व जैसे उसके लिए कुछ था ही नहीं। याद आता है, बचपन में किस तरह वे उसे अपने सामने तख्ती में लिखवाते थे और कहते थे, "सुन्दर-सुन्दर अक्षर बनाना, अच्छा? फिर इनाम में लड्डू देंगे।" या—"शाबाश बेटे, तुम तो बहुत होशियार हो, अब तख्ती के दूसरी तरफ भी भरो।" —तो जैसे उनकी तारीफ या प्रोत्साहन उसे कुछ लगते ही नहीं, वह निरपेक्ष भाव से लिखता चला जाता।...एक और रोज का किस्सा याद आता है : तब वह रहा होगा कोई दस साल का। बोला, "अपने नाम के साथ खुद 'श्री' या 'ठाकुर' नहीं लगाया जाता। यह असभ्यतावाली बात होती है।" यानी वह अपने बाप को सभ्यता सिखा रहा था! इस तरह की छोटी-छोटी बातें होती रहती थीं, जिनसे उनका कद बौना पड़ जाता, राजू का उठ जाता। बाप-बेटे के रिश्ते का सन्तुलन डगमगा उठता था। इसमें कई बार गलती उनकी खुद की भी हो जाती थी—कह लो, मूर्खता! राजू का तब एम ए था। फाइनल साल के पेपर चल रहे थे। ठीक उन्हीं दिनों उन्होंने तिराहे की दुकान से अपने एक किराएदार के साथ मिलकर यह अफवा उड़ा दी कि उनकी डर्बी की लौटरी खुल गयी है। एक लाख की! "हल्ला होने दो। लोगों में हलचल रहेगी—थोड़ा मजा आएगा।" उन दो यारों ने आपस में मिस्कौट की, लेकिन यह नहीं सोचा कि इतनी गरम अफवा अगर राजू के कान में पड़ गई तो...? इस वक्त वह सिर पर कफन बाँध अपना एक सबसे मुश्किल इम्तहान दे रहा है, जिस पर उसकी जिन्दगी का सारा दारोमदार टिका हुआ है—इस अफवा से अगर उसका ध्यान भंग हो गया? और जब उनकी यह बेवकूफी आयी गई हो गई—अफवा हवा में गायब हो गयी तो वे खुद शर्मसार हो उठे। काफी समय तक राजू के सामने पड़ने की हिम्मत नहीं हुयी उन्हें।

पिता-पुत्र का यह सम्बन्ध शुरु से ही एक गहरी विडम्बना की गिरफ्त में आ चुका था। उनकी खुशियाँ परस्पर दो-फाँक थीं। ठेठ हाईस्कूल से एम ए तक—बल्कि उससे भी पहले, जब बेटा तितली की तरह उड़ना, मृग छौने की तरह कूदना भागना चाहता था, बाबूजी को खेलने के नाम पर उसके तनिक हिलने से भी वैर था। हाईस्कूल से एम ए तक बेटे की खुशियों में जहाँ पूरा समाज शामिल था, बाबूजी छिटककर दूर पड़े हुए थे, बिल्कुल अकेले! उसका धड़ाधड़ पास होते जाना उनके लिए 'आफत' बना हुआ था! और जब वह प्रोफेसर बन गया—मुहल्ले का पहला लड़का था जो प्रोफेसर बना था : प्रोफेसर आर एस बिष्ट! तो वे लोगों के द्वारा 'प्रोफेसर साहब के पिताजी' नाम से पहचाने जाने और इज्जत पाने लगे। तब थोड़ा सा गर्व लगता था, तो ज्यादा (अपने नाम से नहीं बल्कि) उसके नाम से पहचाने जाने का टकोरा महसूस होता था। 'सोलह साल के बाद पुत्र मित्र समान हो जाता

है'—जाने कितनी बार राजू को सुनायी-समझायी यह सच्चाई अब बार-बार उनकी मुट्ठी से फिसल जाती थी। उसके उत्कर्ष में अपना उत्कर्ष लगता ही नहीं। दूरियाँ लगती हैं, विषमताएँ लगती हैं : कहाँ वह एम ए फर्स्ट डिवीजन और ये जिन्होंने कभी स्कूल की शक्कल नहीं देखी। वह इतना विद्वान कि तीन लोकों का ज्ञान रखता है और इन्हें यह तक नहीं पता कि हिन्दुस्तान से विलायत किस तरफ, कितनी दूर हुआ। जावा की रौसर (चीनी) को तो ये जानते हैं, पर जावा कहाँ हुआ, नहीं जानते। बच्चे लोग बता रहे थे राजू की तनखा डेढ़ हजार है। कोई हद है! डेढ़-हजार, यानी पन्द्रह-सौ-रुपया! होगा राजू उनका बेटा, पर हर माने में वह इनसे बड़ा है—बुद्धि में, पद में, इज्जत में...अब तो दौलत में भी उसे इनसे बड़ा हो जाना है। अपने इस चौतरफा बौनेपन पर रोना जैसा आता है। तब बुढ़ऊ अक्कल समझाती है, अरे वह तुम्हारा बेटा है, तुम्हें उसके बड़प्पन पर गर्व होना चाहिए। पर ऐसा होता नहीं। वहाँ दो व्यक्ति हो जाते हैं, एक दूसरे के टक्कर में खड़े। राजू उनका बेटा नहीं, उनसे टक्कर लेनेवाला कोई अपर व्यक्ति है। और वह जो भी टक्कर में आ खड़ा होता है, वह ठाकुर सब्बल सिंह राना बिष्ट को बर्दाश्त नहीं होता—फिर चाहे वह हरकत सिंह घटवार हो या राजेन्द्र सिंह प्रोफेसर! वह तो प्रतिद्वन्द्वी हुआ।

प्रतिद्वन्द्विता के रिश्ते में आते ही बाबूजी उद्दण्ड हो उठते हैं : ठीक है, प्रोफेसरी कोई छोटी चीज नहीं है, पर बिजनेस उससे बड़ी चीज है। हम आज भी यह मानते हैं और चार आदमियों के बीच ताल ठोंककर कह सकते है कि हमारी बात न मानकर तुमने गलती की। मान गए होते तो इन पन्द्रह बीस सालों में तुम कहाँ से कहाँ पहुँच गए होते...अजी, करोड़पति हो चुके होते! अभी तुम एक छोटे-से दो ढाई कमरे के मकान में किराए पर रहते हो और मुश्किल से तुम्हारे पास एक स्कूटर है। बिजनेस में होते तो अब तक कोठियाँ खड़ी हो चुकी होतीं। दो-तीन जाने कितनी कारें तुम्हारे पास होतीं। रायसाहब के बेटों को देखो—उनकी माली हालत देखो। और ये बात हम आज ही नहीं, जिन्दगी के आखिर तक भी कहेंगे कि हमारी बात न मानकर तुमने गलती की। ज्यादा से ज्यादा, तरक्की करते-करते क्या बन जाओगे तुम? प्रिंसिपल? डाइरेक्टर? बस! और फिर पेन्शन में आ जाओगे। तो उस वक्त तुम्हारे पास एक मामूली सा मकान और एक पुरानी सी गाड़ी होगी। बिजली-पेट्रोल की फिजूल खर्ची के लिए तुम अपने बच्चों को डाँट-फटकार रहे होगे। यह होगा तुम्हारी पूरी जिन्दगी का लुब्बे लुआब!

मगर अपने इस अनर्गल प्रलाप में उन्हें कोई तत्त्व नजर नहीं आता, बड़बोलापन लगता है। बिजनेस में हर आदमी करोड़पति नहीं हो जाता, उन्हें पता है। राजू का पक्ष ही उन्हें सही-सच्चा लगता है। वह हमेशा चाहता रहा कि उनकी दुकान फीकी अपेक्षित न हो रहे, दूसरों की तरह वे भी अपनी दुकान को सजा-धजा कर रखें। इसमें

वह क्या गलत चाहता रहा? मगर जब से बाबूजी गाँव इलाके के कार्यों और स्थानीय राजनीति में दिलचस्पी लेने लगे, दुकान की तरफ उनका ध्यान कम हो गया था। जो अंततः ठीक नहीं रहा। न वे राजनीति में ही आगे बढ़ पाए न बिजनेस में ही। तो भी राजू के पक्ष को उन्होंने कभी उचित नहीं ठहराया। वह खूब पढ़ना चाहता था, बहिनों को भी पढ़ाना चाहता था। मगर बाबूजी राजू और उसकी माँ से इस बात पर हमेशा कुढ़े रहे कि मुन्ना को स्कूल भेजने की आड़ में उन लोगों ने लड़कियों को भी स्कूल भेजने की चाल चल दी। लेकिन मुश्किल यह है कि इन दुर्जनों ने जो कसूर किया है उसे वे किसी को बोल-बता भी तो नहीं सकते। वह खुद की ही हँसी उड़वानी ठहरी!

ऐसे में जब कि उसका पूरा जीवन क्रम ही बाबूजी की भावनाओं के खिलाफ पड़ता है वह नौकरी से अपनी माँ के लिए शाल के साथ उनके लिए पूरी बाँह का स्वेटर लेता आया है...''अरे यह क्यों ले आया? मेरे पास हैं स्वेटरें। मुझे नही चाहिये, ले जा इसे ले जा। तू पहन लेना।'' जैसा लोगों को लगता है कि बेटा कोई चीज लाया हो, उससे दिल इतना गदगद हो उठे कि दूसरों को दिखाते-बताते जी न थके कि बच्चा लाया है, अपनी नौकरी से, खास मेरे लिए! वैसा उन्हें नहीं लगता। जी उमगता ही नहीं उसकी लाई हुई चीज से। पता नहीं यह क्या है...क्यों है? पत्नी ने उन्हें डाँटा, ''वह इतनी दूर से इतने शौक से खरीद कर लाया है, क्यों वापस कर रहे हो? इतना भी नहीं सोचते कि उसके दिल को चोट लगेगी! फिर कौन सी बहुत सारी स्वेटरें हैं तुम्हारे पास? एक है, वह भी घिस-घिसकर अब छलनी बन गई है। रख लो, उसका मन मत दुखाओ।'' तो झख मारकर स्वेटर उन्होंने रख ली। बस रख ही ली, बाकी एक अरसे तक उसे पहन नहीं सके। मन में ऐंठन थी कि उसने ही उनकी कौन सी बात सहज भाव से कभी मानी? हमेशा ही तो उन्हें दुख दिया। फिर वे उसकी क्यों परवाह करें? लगता था अगर उसकी लाई स्वेटर पहन ली तो उनकी ऐंठ, उनका स्वाभिमान मारा जाएगा।

लेकिन यह दुर्धर्ष स्वाभिमान उनका, उम्र के साथ-साथ धीरे-धीरे शिथिल पड़ता चला गया। काफी शिथिल। जब ऊलन शर्टिंग की दो कमीजों का कपड़ा राजू उनके लिए खरीदकर ले गया तो वे गदगद हो उठे थे : ''अरे बेटे, मैं खुद कब से सोच रहा था कि यहवाला कपड़ा तेरे से मँगाऊँगा। फौज वाले इसी कपड़े की तो कमीज पहनते हैं। खूब गरम रहता है कहते हैं। रंग भी कैसा सुहाना है। मुझे अच्छा लगेगा। यह तूने बहुत अच्छा किया। बस मेरे यह साल-दो साल आराम से चल जाएगा।'' राजू

के लिए यह रास्ता खुलने की तरह की बात हो गई थी। अगले साल वह उससे मिलते-जुलते कपड़े के कुर्ते-पजामे खरीद ले गया उनके लिए। उन्होंने शौक से पहने।

लड़के से तो रिश्तों में धीरे-धीरे सुधार आ रहा था, लेकिन बहू से रिश्ते टस से मस नहीं हो रहे थे। जो डाँसपन उसके लिए बन गया था, वह अक्षुण्ण बना हुआ था। हालाँकि अपनी समझ से वह उन्हें खुश करने की लाख कोशिश करती। महीना दो महीना वे लोग छुट्टी में जब आते तो तब वह सीधे पल्ले की धोती पहने रहती, माथे तक पल्लू डाले रहती, पाँव दबाकर चलती। तड़के सबसे पहले उठकर नहा डालती और मन्दिर में धूप बत्ती कर बाबूजी के उठने तक, जैसे वहीं दरवाजे के पास खड़ी इंतजार करती हो—चाय लेकर पहुँच जाती : "सौरज्यू, चहा खा लो। बाहर अभी ठंड है। मैं यही सगड़ लगा देती हूँ।" दबे स्वर में वह कहती। "नहीं। सगड़ की जरूरत नहीं है।" वे खड़ी जबान में बोल देते, हालाँकि धीमे से। "तमाखू भर लाती हूँ, तब तक आप चहा खा लो। ठंडी हो जाएगी।" इसी तरह वह उनको खाना खिलाती तो पतली-पतली चपाती उतारती और घी चुपड़कर धीरे से थाली में डालती। कम्बख्त सब्जी-दाल जाने कैसे इतने जायकेदार बनाती है, बाबूजी सोचते। रात बिस्तरा बिछाती उनका तो बड़े कायदे से। उनकी जरूरत की सारी चीजें वहाँ रख देती—पानी, टार्च, उनके बदलने के कपड़े, सुबह ओढ़ने की शाल, सिर का टोपा...थूकने का बर्तन, माचिस मोमबत्ती और दूध का गिलास, चम्मच, टौनिक की शीशी। बाबूजी को यह सब एक अवांछित सुख की प्रतीति कराता : यह औरत क्यों इतना सब करती है, जो वे उससे कतई नहीं चाहते? तिरिया चरित्तर है, और क्या! उनसे उनके बेटे को लूट ले गई, नाती-पोतों को हड़प गई, उनके सुख सपनों को चाट गई। अब यह नाटक क्यों करती है, काहे के लिए? वे उसे इस जिन्दगी में तो माफ करने से रहे!

मगर एक बात उन्हें अजीब लगती थी कि उसी बहू के साथ राजू की माँ पूरे बहनापे के ढब से बोलती-बतियाती है। जबकि कभी वह उस औरत से ज्यादा घायल थी, कहीं ज्यादा जहर उसके अन्दर उसके लिए उफनता था। अब यह उसी से हँस-हँसकर बतिया लेना! जैसे कभी कोई बात ही हुई न हो! बाबूजी को तब पत्नी के चरित्र पर भी शक होने लगता...औरत कौम होती ही बेहया है, वे निष्कर्ष निकालते।

मुन्ना यानी भइया को दुकान में ला बैठाने का ख्याल, यह बाप-बेटा दोनों के लिए माफिक रहा। व्यर्थ जाने कहाँ-कहाँ भटकते-टकराते रहे दोनों। बरसों किस मृगछलना

में घिरे रहे। बाबूजी ले जाकर उसे क्लास की खूँटी से बाँध आते, वह वहाँ से छूट निकलता, विक्रमादित्य के बेताल की तरह। दरअसल यह बुनियादी तौर पर न भइया की आस्था की बात हो रही थी न बाबूजी की आस्था की। फिर भी बाबूजी किसी मिथ्या मोह में पड़े उसे उस पढ़ाई से बाँधे जा रहे थे, बार-बार बाँधे जा रहे थे। एक विचित्र बात यह हो रही थी। जबकि दोनों को खूब लग रहा था कि यह खींचा खींची इसी तरह चलती रही—कोई विराम नहीं आया, तो जरूर कभी कोई बड़ी वारदात हो जानी है। भइया दाढ़ी-मूँछवाला हो चुका था और बाबूजी अब भी उससे बच्चे की तरह डाँट फटकार, जिद जबर्दस्ती से पेश आ रहे थे। वह कई बार कह चुका था—वह पढ़ेगा नहीं, भले ही हल चला लेगा, पत्थर तोड़ लेगा, जूठे बर्तन घिस लेगा। मगर यह मोटी सी बात बाबूजी की समझ में नहीं चढ़ रही थी। दरअसल वे बड़े बेटे के छद्म में पड़े हुए थे कि उसकी तरह यह छोटा भी (मार पिटाई से ही सही) कॉलेज प्रोफेसरी तक नाप ले जाएगा। तो अब दिन ब दिन यह खतरा दिखाई देने लगा था कि बाबू कभी आपा खोकर उस पर अपना खसिया गुस्सा फोड़ दें और वह जवान मर्द ताव खा जाए—उसकी आँखें मुँद जाएँ—और तब उसका एक ही जबर हाथ पड़ने पर बाबूजी मर मरा जाएँ... लड़के को जेल हो जाए। यही होने जा रहा था...तभी भगवान ने लाज रख दी : एक इलहाम की तरह बाबूजी की जिद छूट गई—वे चुपचाप उठे और भइया को क्लास से निकाल लाने चल पड़े।

मगर क्लास से निकालने की जहमत उन्हें उठानी नहीं पड़ी, यह काम तब तक वह खुद ही कर चुका था : वे जब वहाँ पहुँचे, वह वहाँ से गायब हो चुका था। कहाँ गया? जहाँ-तहाँ सूँघते टटोलते हुए उन्होंने आखिर उसे खोज ही निकाला : मालरोड बस अड्डे के पास 'राधे राधे चाट भण्डार' के बाहर वह एक गन्दा सा तहमद बाँधे बेंच पर पालथी मारे बैठा आलू छील रहा था और मुँह में बीड़ी सुलग रही थी। पीछे से जाकर बाबूजी ने अपने हाथ से उसकी बीड़ी मुँह से अलग की और वहीं हाथ पकड लिया : "चल उठ, चल यहाँ से।" यह कैसी अनहोनी? न डाँट न फटकार! भइया नर्वस हो गया : "नहीं, अब नहीं भागूँगा। मेरा नाम लिख दो...अब मैं मन लगाकर पढूँगा।"

"अरे, अब हमें पढ़ना नहीं है। जितना पढ़ना था पढ़ लिया। अब हमें दुकान करनी है। चल, दुकान में चल।" बहुत शान्ति सज्जनता से पेश आ रहे थे बाबू!

उसने गहरे असमंजस की आँखो से—आँखें, जिनमें दीनता, याचना, जाने क्या-क्या उथल-पुथल हो रहा था—बाबूजी की ओर निहोरे से देखा, "बाबू..." बाबूजी ने उसका दाढ़ीवाला चेहरा सहला दिया, "उठ बेटे, चल उठ।"

जैसे कच्चे धागे में बँधा, बेटा उठा और चल पड़ा।

लाकर बाबूजी ने उसे गद्दी की बगल में छोटी गद्दी डालकर बैठा दिया। यही

जगह थी जो दोनों के लिए सही-सटीक थी। एकदम दोनों की आस्था, सुकूनवाली परम पावनी जगह।

"यार हम तो पैदायशी बिजनिसमैन हुए, लिखाई-पढ़ाई से हमें क्या मतलब?" खिलखिल लहजे में बाबू बोले, "कहाँ मूरखपने में पड़े रहे इतने दिन!" वे गजब निहाल थे इस क्षण। उस निहाल अवस्था में उन्होंने चाय का पानी चढ़ाया और उसमें चीनी चाय डाली, जो ज्यादा डल गई। "थोड़ी इस्टौन बन गई है।" चाय ढालते वे बोले, "चलो कोई बात नहीं।" उनका ध्यान कहीं और था। राजू को चाय पकड़ा अपना गिलास उठा लिया : "तो मैं कह रहा था..." बोले और रुक गए : वे क्या कह रहे थे? फिर चाय पीते-पीते कहना शुरु कर दिया, "कहते हैं देर से आए पर दुरुस्त आए। कोई बात नहीं। अब आ गया है, बेटा हमारा बिजनिस करेगा। देखना, चार साल में कहाँ पहुँच जाता है। पढ़ाई-लिखाई में क्या धरा है? गया तो है एक पढ़ाई करके। देखते हैं कितने खजाने जोड़ता है। तब तक तो डोम-इसाइयों वाले दो चार कप प्लेट ही जोड़ रखे थे।" अचानक खिलखिला पड़े। फिर तसल्ली से चाय खत्म करने में जुट गये।

मगर तसल्ली इतनी आसान और सुखकर रहनेवाली नहीं थी।

बाप-बेटा दोनों गद्दियों में आमने-सामने जमे रहते। दिन में कई बार झड़प होते-होते बचती। दोनों की दो भिन्न सख्सियतें थीं। दो भिन्न पीढ़ियाँ और रूचियाँ। झड़प के मुद्दे दोतरफा चलते रहते। बाबूजी की तरफ से : दूध उबाला तो बिना उसे 'बिक्री' का बनाए धड़ाधड़ बेचना शुरु हो गया। यह क्या तरीका है? आठ सेर दूध था, कम से कम डेढ़ सेर पानी खपाने की गुँजाइश तो उसमें हुई ही!...जलेबियों का थाल तो लगा दिया, पर गुलेल नहीं टाँगी। कौआ पूरे छँटाक भर की जलेबी झपक ले गया है!...वो जो पाव भर दही उधार गया है, उसके पैसे अभी तक रोजनामचे में नहीं टीपे हैं। दिमाग से उतर गया तो फिर उतर ही गया! बाबूजी की सुबह से शाम तक चक-चक चलती रहती। भइया का दिमाग खराब हो जाता, जिसे वह कहता था—"माइंड साला वैसे ही 'औट' है!"

इस 'औट' माइंड के रहते भइया के भी कई मुद्दे थे झड़प के : वह दुकान को नए फैशन में डालना चाहता था, यानी 'माडर्न स्वीट हाउस' के स्टाइल में, जिसमें गैस चूल्हे हों, टेबल चेयरवाला चमकता फर्नीचर हो, ट्यूब लाइटों की चमचमाहट हो, मिठाइयों के काँचदार ऊँचे-ऊँचे शोकेस हों। मगर यहाँ अब भी मिट्टी की भट्टियाँ सुलगती थीं। धुआँधार! बैठने के लिए लम्बी-लम्बी तख्तनुमा बेंचें ठोंक दी गई थीं। टेबलों का कोई मतलब नहीं! पहले तो बिजली भी नहीं थी। कैरोसिन का लैम्प था

लटकनेवाला। उसका नाम ही था 'लटकन'। बाबूजी शाम होते ही आवाज देते, "लटकन लाओ, भाई!" "लटकन की चिमनी साफ करो।" "लटकन में तेल भर दिया?" मगर एक रोज लोगों ने हल्ला बोल दिया कि तमाम मार्केट में बिजलियाँ लग गई हैं, बीच में यही एक दुकान रह गई है, खंडहर जैसी! तो दो मँजले के परिवार से डोरी खींचकर एक कच्ची लाइन ले ली गई, बिना मीटर की और गिनती की चार बुझी-बुझी बत्तियाँ जोड़ दी गईं।.... इससे तो लैम्प ही ठीक था। कहने को तो हो रहता कि बिजली नहीं है।

दुकान के तीन चिरस्थाई तकरार भी थे : एक कि दही देते समय पानी वहीं क्यों छोड़ देते हो? दूधवाला तो इस पानी के भी पैसे ले गया है। दूसरी कि कढ़ाही में अभी आधा दूध बचा हुआ है, मलाई पूरी साफ हो गई। अब बिना मलाई का दूध पीनेवाला कौन आएगा, बोलो! हम बेचते थे दूध, तो पूरी कढ़ाही बेचकर भी गिलास भर मलाई बचा लेते थे। ढाई रुपए की होती थी। तीसरी तकरार कि लाख दफा कह रखा है तोल पूरी करने के लिए समूची जलेबी मत तोड़ो, पीछे जो बासी टुकड़ों का ढेर है उसमें से लिया करो। उस ढेर को इसी तरह खपाना है। पर तुम्हारी बुद्धि में नहीं चढ़ता।... इन्हीं बारीक-बारीक बातों से हमने पैसा कमाया, बेटे! वर्ना ग्राहक तुम्हें जेब उलटकर तो नहीं दे जाएगा।

तकरार के ये तमाम मुद्दे बड़े बेटे के समय भी चलते थे, मगर चूँकि दुकानदारी में उसकी कोई दिलचस्पी नहीं थी, इसलिए बात बढ़ती हुई उग्रता तक नहीं पहुँचती, बीच में ही ठंडी पड़ जाती थी। अब जब कि मुन्ना को तो दुकान ही करनी थी, यही अब उसकी जिन्दगी थी, इसलिए मामूली सी कहा सुनी तुरन्त उच्च बिन्दु तक पहुँच जाती थी, जिन्दगी का सवाल फन उठा देता था।

लेकिन बाबूजी बहुत घिसे हुए आदमी थे। खूब जानते थे कि भइया यानी मुन्ना उनका आखिरी तुरुप का पत्ता है जिसे किसी भी हालत में गँवाना नहीं है। बहुत सम्हाल कर खेलना है इस पत्ते को। इसलिए दुकानदारी को लेकर उनके और भइये के बीच जब भी टकराव की स्थिति बन आती, उसे वे एक हद तक ही बढ़ने देते, जहाँ तक भइये का क्रोध भड़क न उठे—और इस हद के छूने से पहले चुप्पी साध जाते। वैसे बाबूजी को इस छोटे बेटे में यह बात बड़े बेटे से अच्छी लगती थी कि वह दुकान में किताब नहीं पढ़ता। किताबों से उसे वैसे ही बैर था। पर कभी-कभी उन्हें उसके चूतड़ तले कोई चुटकुलों की चौपतिया दबी हुई मिल जाती। कतई गुस्सा पी जाकर वे चौपतिया को इधर-उधर कर देते।

"लगते तो आप एक नम्बर के पाजी हो!" चुटकुले की किताब इस तरह गायब कर दी जाने पर मुन्ना भड़क उठता और अपनी वर्नाक्यूलर जबान में आ जाता।

"अरे नहीं! वो किताब तो तेरी सम्हालकर घर रखी है मैंने। वो अल्मारी के

ऊपर। यहाँ गद्दी में सौदे के कागजों के बीच कभी फटफटा न जाये—उस वक्त ध्यान थोड़ा ही रहता है। मेरे से ही गलती हो सकती है।" वे विस्तृत सफाई देते और पाते कि उसका तमक उठा चेहरा ढीला पड़ रहा है।

मुन्ना के फूहड़ असभ्य बर्ताव और दिनभर की खींचतान से कभी-कभी मन इतना तल्ख हो उठता था कि जी करता, बंद कर दें अब दुकान में आना। मगर जिन्दगी भर की आदत हुई—सुबह उठे और दुकान को पाँव खुले। वहाँ जाकर कामों के रेले में पिले पड़े। गद्दी पर आते ही जाने कहाँ की फुर्ती चढ़ आती थी—दो-दो आदमियों का काम भी खेल सा लगता। हमेशा की आदत ठहरी। कहाँ छूटती है।

मुन्ना को भी उनका दुकान में आना अब पसन्द से बाहर हो रहा था। वह चाहने लगा था, बाबूजी उसे अपने ढंग से दुकान चलाने दें। वे आते हैं तो हर काम में अड़ंगा डालते हैं। उन्हें लोगों के हँसने से भी गुरेज है। मन को दिनभर घोंटकर भला कोई कैसे रह सकता है? ऐसे में काम के लिए न दिल खुल पाता है न हाथ। इस तरह के माहौल में ग्राहक तुम्हारी दुकान में झख मारने को आएगा?...पिछले चौमासे में वे अचानक बीमार पड़ गए थे। दो-ढाई महीने उनका दुकान में आना बन्द रहा। तो ग्राहकी में सुधार आने लगा था। नई उम्र के बुलबुल-सैंट पाउडर वाले ग्राहकों समेत हर तरह के लोग अब दुकान में आने शुरु हो गए। दुकान का चेहरा बदलने लगा था। अचानक बिक्री बढ़ गई। मुन्ना खुद भी उत्साह अनुभव करने लगा था। उसने दुकान का काम बढ़ा लिया। नई मिठाइयाँ, समोसे-पकौड़े। तो नौकर भी बढ़ाना पड़ा। एक कारीगर रखने की बात भी सोचने लगा था वह।

मगर बाबूजी ठीक हो गए—दुकान के पुराने दिन लौटने लगे। द्वन्द्व फिर शुरु हो गया। अब के द्वन्द्व उग्र था। आपस में बोलते नहीं, बोलते तो चिनगारियाँ झड़तीं। बाप कोई अपनी पसन्द का काम करना चाहता तो बेटा गद्दी से उठ जाता। दुकान छोड़ इधर-उधर हो जाता। शाम तक अकेले बैठे-बैठे बाबूजी उकता जाते, थक जाते और चुपचाप उठकर घर को चले आते।

"तो जाते ही क्यों हो? जब वह तुम्हारा जाना पसन्द नहीं करता तो मत जाओ। पैरों में खुजली मची रहती है क्या?" माँ झिड़कती।

"हाँ खुजली ही मची रहती है।" वे खिजला उठते हैं, "जनम भर जाता रहा हूँ, अब कैसे न जाऊँ?"

"हाँ आँ, खटाई-मिठाई की चाट जो लगी ठहरी!" माँ ने चिकोटी भरी।

"अब तू यही कह ले।" वे गहरी चिन्ता में थे, चिकोटी ज्यादा लगी नहीं: "पूरे दिन में एक फीकी चाय मिल जाए, बहुत है। कभी दो टुकड़े सेवइये के उसने हाथ में नहीं धरे होंगे...खैर उसे छोड़। तेरे को नहीं पता, मेरे पीछे से वहाँ क्या होता है? दुकान गुंडों का अड्डा बन जाती है। जाने कहाँ-कहाँ के लुच्चे-लफँगे आ पहुँचते

है। तमाम वक्त ठाठा-ठीठी! इज्जतवाला गराहक ऐसे माहौल में फटकेगा भी नहीं। मेरे जाने से उस आजादी को बिरेक लग जाता है। बस यही असल बात है, जो मेरा जाना अब उसे पसन्द नहीं! अपने हाथों जमाई हुई दुकान ठहरी। उसकी हालत खराब होते देखा नहीं जाता।''

अक्सर रात में दुःस्वप्न घेरे रहते हैं कि मुन्ना ने उनके देखते न देखते दुकान में अपनी मर्जी से रद्दो बदल शुरु कर दिए हैं : दिवाली की तरह पूरी दुकान झलमालकार हो रही है। यहाँ से वहाँ तक स्वीट हाउस का बोर्ड रात में चमक रहा है। कढ़ाहे दूध से भरे हुए हैं पर मलाई गायब हो चुकी है। रेडियो ग्रामोफोन जोर शोर से दहाड़ रहे है। फालतू के लोग उन्हें घेरकर जमे हुए हैं और ताली बजा रहे हैं। जब अचानक वे सबके सब दुकान के अन्दर भाँगड़ा करने लगे...दुष्टों ने बाबूजी को भी खींच लिया–

आँख खुल जाती है। दिल डूबा हुआ हो रहता है।

कभी-कभी ख्याल में मुन्ने को लेकर एक दिल हलकान कर देनेवाली कल्पना जग आती है : कोई क्रुद्ध बौहड़ा (या नया नवेला साँड़) है–उन्होंने उसकी नकेल कसकर पकड़ रखी है। बौहड़ा फुंकारे मारता, उछालें भरता, कभी आगे तो कभी पीछे, कभी दाहिने तो कभी बाएँ! गरज यह कि वह बाबूजी के कब्जे में रहना नहीं चाहता। उसके साथ वे भी खिंचते घिसटते जा रहे आगे पीछे, दाहिने बाएँ। मगर नकेल नहीं छोड़ रहे! उनकी हालत खराब है–यह बौहड़ा उन्हें इसी तरह फनफनाता हुआ मार डालेगा। मगर उनसे उसकी नकेल नहीं छोड़ी जाएगी! चाहते हैं बाबू कि कोई उपाय हो, बौहड़ा वह बधिया जाये–बैल बन जाये, बैल की तरह हल के जुए में जुत जाये। लीक पर चलना सीख जाये। बूढ़े हलवाहे के (शिबू होटी के) इशारों टिटकारों को समझने लगे। बहुत चाहते हैं।

सोचने में आता है, यह आफत उनकी खुद की जोड़ी जुटाई है। अच्छा खासा राजन इस दुष्ट को अपने साथ ले चला था। उसके डर और लिहाज से यह सुधरने भी लगा था। मगर उन्होंने खुद बिघनबाजी कर डाली : उसे वहाँ से उठा लाये और अपने लिए फोकट में आफत ले ली। कम्बख्त ने दाढ़ी मूँछ ही कितनी डरावनी कर ली हैं! गुस्से में आँखें तान दे तो और भी खूँखार लग उठता है। बुढ़िया कहती है, ''बहुत मत बाँधो, छोड़ दो। खुद ही ठीक हो जाएगा।'' अरे खाक ठीक हो जाएगा! छोड़ दिया तो दो दिन में दुकान गुंडों का अखाड़ा बन जाएगी–तीसरे दिन यह आदमी किसी इलजाम में हवालात में पहुँचा रहेगा। न सीधी अँगुली इस पर चलती है न टेढ़ी। क्या किया जाएँ?

मगर बाबूजी अपने इस तुरुप के पत्ते से ज्यादा गरम मिजाजी से भी तो पेश नहीं आ सकते। एक चाय बनाते हैं, उसके दो अद्धे करते हैं : ले घूँट लगा ले।

नमकीन का टुकड़ा भी ले ले। अरे, ले ले! फीकी चाय ठीक नहीं होती। और चाय की घूँट के साथ बात का कोई सिरा उठा लेते हैं—"मैदा इस बार जाने कैसा आया है, खमीरा ही ढंग से नहीं उठ रहा। छंतरे में डालो तो टूट जाता है। जाने कैसा है।"

"कैसा क्या है? आप सस्ते के चक्कर में छुन्नामल के यहाँ से सामान लेते हो जब कि टैनीमल का माल बढ़िया रहता है, रुपया- आठ आना महँगा जरूर देता है।" मुन्ना मूड में आ जाये तो शुरु हो जाता है, "ऐसी ही चीनी लाये हो। वह चीनी है? सल्फर है, सल्फर! उससे चाशनी ही सही नहीं बनती। चाशनी तो खाखर जैसी साफ चमकदार बननी चाहिए। तब माल में भी चमक आती है।"

"बात तो तेरी सही है।" बाबूजी ने टेप दी। उन्हें लगा, मूड़ इस समय सम पर आया हुआ है। जितना भुनाना है भुना लो : "ऐसा है बेटे, अब से सामान लाना हो तो तू मुझे मत भेजा कर, तू खुद ही चला जाया कर, बस थोड़ा तोल-काँटा ठीक से देख लेना चाहिए।" आखिरी घूँट खींचकर गिलास उन्होंने एक तरफ रख दिया और मुख्य बात पर आ गए : "हम लोग दो-एक रोज में थोड़ा भाबर की तरफ जा रहे हैं, मुन्ना! तेरी माँ भी चल रही है। तब तक तू यहाँ अकेला ही रहेगा।"

"अचानक भाबर क्या जा रहे हो? कोई खास काम आ पड़ा है क्या?"

"अब खास ही समझ, बेटे!" बाबूजी ने मुँह पोंछ लिया। 'ला, थोड़ा-सा तमाखू भर लूँ। "कहते हुए वे गद्दी से उतरे, हुक्का चिलम लाये। तमाखू भरा और चिमटा लेकर भट्टी के नीचे से छोटे-छोटे अँगारे चुनने लगे :" "दुनिया की रीत हुई..." वे चिलम में अँगारे रखे जाते थे, बोलते जाते थे, "वहाँ एक सुशील लड़की बता रहे हैं...शरीफ परिवार की बता रहे हैं। मैंने तेरी माँ से कहा, चल फिर देख आते हैं, क्या मालूम संजोग आ ही गया हो। लड़की अगर हमारे लड़के के आनमान की हुई तो बात कर आएँगे। जनम पत्री भी ले आएँगे। हमें तो योग्य सुशील लड़की चाहिए।"

मुन्ना आँखों में कान और कानों में आँख गड़ाकर सुन रहा था। बोला, "लेकिन ज्यादा पढ़ी-लिखी नहीं होनी चाहिए।"

"अरे नहीं! वह तो मैं जानता हूँ। हमें पढ़ी-लिखी से क्या मतलब? कामवाली चाहिए।"

"लाओ मुझे दो—" उसने फट से उनके हाथ से चिलम ले ली। खुद नीचे उतर आया और हुक्का-फर्शी साफ कर, उसका पानी बदल दिया और उस पर कागज का टुकड़ा लपेट चिलम लगाकर फर्शी उनके सामने कर दी। जिन्दगी में यह पहली बार उसने बाबूजी की चिलम भरी, फिर वहाँ से जूठे गिलास बटोर नीचे रख दिए : "पढ़ी-लिखी तो बदमाश होती है।" उसने अपनी बात साफ कर दी।

"और क्या!" बाबूजी ने उसकी बात पर अपनी सहमति का अँगूठा टेक दिया

और हुक्के की पहली गुड़गुड़ी खींची। वह भट्टी के सामने बैठ गया था ताकि उनकी बारीक से बारीक मुख-भँगिमा भी साफ नजर आ सके। सुनने का तत्पर भाव वहाँ उसके चेहरे के एक-एक हिस्से से फूट पड़ रहा था।

इस घटना के साथ ही मुन्ना में अप्रत्याक्षित बदलाव दिखाई पड़ने लगे। पहली बात यह कि उसने अपनी जंगली सूरत साफ कर डाली–बस थोड़ी सी मूँछें रख छोड़ीं। दूसरा यह कि जहाँ पहले वह बाबूजी की बात को अनसुना कर देता था या केवल चेहरा चढ़ाकर देख लेता या लक्कड़तोड़ ढंग से बोल डालता, "क्या है?" अब तुरन्त "हाँ बाबू" "अच्छा बाबू" के साथ पूरी तवज्जो में आ जाता है। बाबूजी के किफायत वाले सिद्धान्त पर जाने कहाँ से उसने गड़ रखा था 'हमारे बाबू के तीन बन्दर–दूध में मलाई कम, दही में पानी ज्यादा, जलेबी में बासी टुकड़े।' अब वह खुद इन तीन बन्दरों को पूरी निष्ठा से मानने लगा था, बल्कि कभी-कभी बाबू को टोकना भी पड़ता था–"तुम जो कर रहे हो बहुत सही कर रहे हो। पर यार बेटे, कभी-कभी अति ठीक नहीं होती। अगर हम दही में पानी ज्यादा मिला देंगे या जलेबी में बासी टुकड़े ज्यादा भरने लगेंगे या दूध पीने वाले को जीभ में जरा भी मलाई नहीं लगेगी तो इस तरह गराहक भड़क नहीं जाएँगे क्या? उससे तो दूकान की गराहकी ही टूट जाएगी, नहीं? कह भी रखा है–अति को भलो न बर्खना, अति की भली न धूप, अति को भलो न बोलना–"

"अति की भली न चूप!" मुन्ना ने खुद पूरा कर दिया। दोनों खिल उठे।

जो बात अभी तक सारी जोर अजमाइश से नहीं बन रही थी वह एक चुटकी में हल हो गई। कल तक का वह झपट पड़ने को हो आनेवाला बघेला आज बधियाया बैल हो गया–बूढ़े हलवाहे शिबू होटी के टिटकारों पर लीक-लीक चलनेवाला। बाबूजी इस चमत्कार को देख रहे थे और बाग-बाग थे।

लड़की और लड़की का परिवार सबकी पसन्द के निकले। सिर्फ ससुरालवालों के जिम्में यह काम बच गया था कि वे उसके तौर तरीकों, एक-एक कमी वेशी पर नजर रखें। मुन्ना इस मामले में माहिर था..."अरे मुझसे कोई क्या छिपाएगा?" वह कहता। उस रोज वह बहुत त्वरित-स्फूर्त हो रहता-बोलने में, चलने में...काम करने में। एक अतिरिक्त ऊर्जा उसमें उफन रही होती।

लेकिन बाबूजी इस अर्थ में मुन्ने से भिन्न थे। उस रोज उनसे ध्यान नहीं लगता। पूजावाली कोठरी में बैठा नहीं जाता। उस रोज वे दूकान में भी देर से जाते या जाते ही नहीं। कहीं और को निकल जाते या चुपचाप छत पर बैठ रहते। उनसे न कोई काम होता न कोई गपशप। जाने कैसा एक उचाट अन्दर तन गया होता।

ऐसा नहीं हैं कि उन्होंने अपनी गिरस्थी में कभी ताड़ना की ही नहीं। कई बार की है, मगर ऐसी बेदिली से नहीं। डराने भर के लिए एकाध छोटी सी धक्का-मुक्की कर दी, या एकाध चपत दे दी...। चलो, धीरे से लात ही छुला दी, गुस्से में जोर-जोर से पाँव ही बजा डाले। दो एक छोटी-मोटी गाली गलौज ही कर डाली या एकाध टाइम का खाना ही छोड़ दिया। इतना तक तो गुस्से में खप सकता है। मगर इससे ज्यादा फिर नहीं हुआ...वह औरत-आदमीवाला लड़ाई-झगड़ा नहीं हुआ। अरे, भूलो मत वह तुम्हारी घरवाली है। डोली में बैठाकर लाये हो तुम उसे, भगाकर नहीं लाये हो। तुम्हारें बच्चों को नौ महीने अपनी कोख में पालती है वह। तुम समझते क्या हो उसे! उसके बगैर तुम आधे भी नहीं हो, मिस्टर! मकान बनाकर गृहप्रवेश करोगे तो तब घरवाली चाहिए। सत्यनारायण भगवान की कथा में बैठोगे तो बगल में घरवाली चाहिए। लड़की की शादी पर कन्यादान करोगे तो घरवाली चाहिए, बहू ढूँढ़ने जाओगे, तब भी साथ में लड़की को देखनेवाली घरवाली चाहिए। समझने की बात है...अग्नि की परिकरमा करवा के लाये हो तुम उसे। फेरे लगाकर। तब कुछ बचन भी दिए होंगे तुमने उसे—पंडितजी की पोथी को पलटकर देखो ना, क्या बोल रही है वह? दुनिया में अकेला तुम्हारा ही राज नहीं रह गया, जो चाहोगे कर डालोगे। नहीं कर सकते, मैं कहता हूँ नहीं कर सकते तुम! बाबू जी का रक्तचाप बढ़ने लगता है।

उमर के दिनों में उन दोनों में भी आए दिन झगड़ा-फसाद खूब चलता था... ऐसे वक्त बाबूजी को याद आने लगता है। झगड़ा, यानी ठेप-ठेप, यानी शुद्ध तू तू-मैं मैं। बहुत मामूली से किसी मुद्दे पर—कि माँ ने अपने लिए अलग से अदरक काली मिर्चवाली 'इस्पेसल' चाय बनाई, उनके लिए बेस्वाद 'कद्दू का जैसा पानी' उबालकर रख दिया। या, प्याज मसाले माँ ने पीसे, घंटों तक मीट वह भूनती रही और खाते समय सारा मीट बाबूजी और उनका 'कुनबा' ही चट कर गया, भड्डू (पतीले) में एक टुकड़ा भी नहीं छोड़ दिया माँ के लिए! या, सिरदर्द की वजह से माँ थोड़ा देर तक क्या सोती रह गई, इसी बात पर बाबूजी ने सुबह-सुबह थूकना पाँव पटकना शुरु कर दिया। या, "अपना तो ठोंक-ठोंक के खा लिया, ठीक मेरे खाते समय बदबू मारना शुरु कर दिया," "अरे अब आ जाती है तो कोई क्या करे?" "हाँ आ जाती है! ठीक उसी समय कैसे आ जाती है? मैं इतनी उल्लू नहीं हूँ, सब जानती हूँ। लोग धरम का काम करते हैं, मगर जो पापी होते हैं वे यही करते हैं। सीधे नरककुंड में जाओगे, देखना!" या, रात बाबूजी दुकान से थककर लौटते हैं, फिर लालटेन जलाकर दो-दो भैंसों के लिए ड्रम भर पानी भरना पड़ता है... "दो एक कनस्तर दिन में तुम लोग भी नहीं भर सकते क्या? भैंसें अकेली मेरी ही हैं? उनका सारा दूध मैं ही पी

जाता हूँ? सोचना चाहिए।" "मैं भी कोई तोस-तकिए लगाकर सोई नहीं रहती। पूरे दिन तुम्हारे खेतों की गोड़ाई करती हूँ तुम्हारे बच्चों की रोटी-पानी करती हूँ, फिर तुम्हारी भैंसों के लिये कुट्टी काटती हूँ। उन्हें नहलाना भी पड़ता है। उनका गोबर निकालना पड़ता है सो अलग। हरी घास काटकर लानी पड़ती है सो अलग! मैं भी इनसान हूँ। एक पानी भी नहीं भर सकते तो बेच दो सालों को! उनके दूध का पैसा कोई मेरी जेब में आ रहा है?" "अरे वाह! तो ये हुई बात! दूध का पैसा मेरे जेब में आता है इसलिए पानी भरने का ठेका भी मेरा ठहरा! आ हा हा...ये हुई बात!" "मैं ये कह रही हूँ क्या?" "तू क्या कह रही है, मैं सब समझ गया हूँ।" "कहाँ की बात कहाँ ले जाते हो...तुमसे तो काल का बेटा भी नहीं जीत सकता!" "तुझसे भी काल की बेटी नहीं जीत सकती!" वाक्‌युद्ध भयंकर रूप ले चुका होता। कभी-कभी भयंकरता इतनी बढ़ जाती कि गिरस्थी के काम ठप पड़ जाते। उस रोज माथे को धोती के पल्लू से कसकर माँ अन्दरवाली कोठरी में अँधेरा करके सो जाती और बाबूजी पाँव धमधमाते, गालियाँ बड़बड़ाते, बिना खाये ही दुकान को चले जाते। दो-दो, तीन-तीन दिन तक घर में तनाव रहता और बच्चे मायूस हुए रहते। अब आज लगता है, कितने बेअक्ल थे वे दोनों। एकदम जंगली!

सूँघने में आ रहा था कि मामला कुछ उल्टा चल रहा है : राजू लोगों का परिवार छुट्टियों में आया है, कल परसों लौटनेवाला है। इस बार देरानी-जेठानी दोनों के कुटुम्बों में अच्छी घुट रही है—कुछ ज्यादा ही अच्छी! खाने के बाद देर-देर तक उधर बैठकें चलती हैं। कभी पर्दा लगा होता है, कभी किवाड़ उढ़काए होते हैं। कभी ठहाके तो कभी खुसर फुसर-खुसर फुसर! बाबू जी को यह माहौल अच्छा नहीं लग रहा। साल दो साल में आते हो... बच्चों के आने का माँ-बाप को कैसा इन्तजार रहता है। लेकिन आते ही यह दरवाजे उढ़काकर खुसरफुसर-खुसरफुसर! यह सब क्या चल रहा? ऐसे कौन पुए पक रहे, भाई? कौन सी खिचड़ी तैयार हो रही इस घर के खिलाफ? बूढ़े माँ-बाप के खिलाफ? तो फिर ऐसी क्या बात हो सकती है जिसमें माँ-बाप से, खासकर बाबू जी से पर्दा-रखना जरूरी हो। यह तो साफ-साफ जाल रचनेवाली बात लगती है। छि-छि! एक-एक, दो-दो साल बाद आते हो—और जाल रचने लगते हो! ऐसे वक्त शक अपने बेटों पर कम, उन धूर्ताओं पर ज्यादा जाता है जो उल्टे सीधे घरों से आ-आकर जमा हुई हैं यहाँ। ऐश भी करना चाहती हैं और घर में दरार भी डालना चाहती हैं। भूतनियाँ! अपने बेटों से कोई डर नहीं, वह अपना खून है। मगर इन दुष्टाओं का क्या भरोसा? जो भी चाह रही होंगी, भला तो नहीं ही चाह रही होंगी। यह तो चोर घातवाली बात हुई। उधर जाने क्या घालमेल चल रहा है, यहाँ बाबूजी

आकुल व्याकुल हुए जा रहे, परेशान हुए जा रहे। जी करता है एकदम घुस पड़ें : 'क्या गपशप हो रही, भाई? हमें भी तो सुनाओ!' और निर्लज्ज हो बैठ ही जाएँ। या इधर से मुन्ने को किसी काम के बहाने आवाज देकर बुला डालें। असल में प्रोफेसर के चालढाल पर बहुत यकीन नहीं होता। औरत की बुद्धि पर चलेगा तो यकीन कैसे होगा? जाने क्या कूट बुद्धि चलाती रहती है वह औरत?

बाबूजी को नींद नहीं आ रही। कई बार उठकर वे अपने कमरे से बाहर निकल पानी पेशाब के बहाने उन लोगों के उढ़काए किवाड़ के पास चक्कर लगा चुके, खाँस खखार चुके। बल्कि पत्नी ने अपनी खटिया पर पड़े-पड़े पूछ लिया, "क्या बात है—सो नहीं रहे। तबियत तो ठीक है न? अफारा हो रहा हो तो अजवायन की फंकी मार लो, गरम पानी के साथ। मैं तो यही करती हूँ।"

"तू सो जा! क्यों बड़बड़ कर रही है बेमतलब!" उन्हें पत्नी पर गुस्सा चढ़ आया : कहती है अफारा हो रहा...घाघ डोकरी! खुद सो जाकर उस चांडाल चौकड़ी को खुल्ला छोड़ दें? देखना है कितनी लम्बी चलती है यह मिस्कौट।

मगर मुन्ने को बुलाना नहीं पड़ा, वह खुद ही चला आया। बोला, "बाबू, सुबह हम दद्दा के साथ जा रहे हैं, ये चाबी रख लो दुकान की।"

"कहाँ जा रहा है?" बाबू जैसे आसमान से गिर पड़े : "क्यों जा रहा है?"

"नहीं बस जा रहे हैं—"

"बैठ!" बाबू उसे ऐसे ही नहीं निकल जाने देंगे। "हाँ तो बात क्या है? पूरी बात बता बेटे! मुझ भी तो मालूम हो! आखिर मैं तेरा बाप हूँ। हाँ—बात क्या है?"

"बात कुछ नहीं है बाबू! मुझसे यहाँ की दिन रात की दबाइश नहीं सही जाती और ज्यादा। मैं जा रहा हूँ। वहाँ कम से कम पढ़ाई तो कर लूँगा। हाई स्कूल इंटर भी हो जाऊँगा तो बैंक में क्लर्क बन जाऊँगा। किसी की धौंस धपट तो नहीं रहेगी। लोग सोचते है फोकट का खा रहे हैं, इन्हें पीस दो, तेल निकाल डालो इनका। पूरे घर में मरनेवाला सिर्फ एक जना, वही तीन-तीन टाइम चूल्ह में खटे, वही दो-दो तीन-तीन टाइम जूठे बर्तनों का ढेर साफ करे, वही पूरे घर की झाड़ा-पोंछी करे, वही दुनिया भर के कपड़े धोए। चार दिन चलनेवाला आदमी भी दो दिन में टें बोल जाये। किसी का क्या जा रहा है, गिरस्थी तो मेरी ही टूटेगी ना?" वह आँसू पोंछता-पोंछता बोल रहा था। बोलते-बोलते उठ लिया : "कल सुबह दद्दा लोगों के साथ चले जाएँगे। पक्का कर लिया है।"

"तो तेरा दद्दा तुम दोनों को फोकट का खिलाएगा और तुझे पढ़ाएगा? जैसे पहले भी खिलाया पढ़ाया था उसने...?"

"उसमें उनकी क्या गलती थी? वह चिट्ठी तो मैंने ही झूठ-मूठ में आपको लिखकर भेजी थी।"

"और अगर अब भी वैसी चिट्ठी लिख भेजी, तो?"

"अब क्यों लिखूँगा? पागल हो रहा हूँ क्या? अब तो पढ़ूँगा, आदमी बनूँगा।"

"हूँ–तो प्रपोसर साहब ने बुद्धि तेरी पलट ही दी। शाबाश!" बाबू बोले, "मैं तो कुछ और ही मनसूबों में लगा हुआ था..."

"क्या?" सम्हलकर मुन्ना ने पूछा।

"अब क्या बताऊँ?" एक अफसोस में बाबू बोले, "मैं सोचता था कि बड़ा तो चला ही गया, पीछे से मुन्ना अकेला रह जाएगा इस पूरी थाती का भोग करनेवाला। लाखों की लटी पटी हुई यह मेरी, जिन्दगी भर की कमाई। जाने कितनी जमीन है, कितने जंगल है, कितने खेत हैं, दुकानें हैं, मकान हैं...अपनी सारी थाती सब तेरे नाम कर जाने की सोच रहा था–"

"क्यों, दद्दा ऐतराज नहीं कर देगा क्या?"

"नहीं करेगा, दद्दा-फद्दा कोई नहीं करेगा ऐतराज! हक ही नहीं बनता तो ऐतराज कैसे कर सकता है?"

"हक कैसे नहीं बनता?"

"हक ऐसे नहीं बनता कि यह सारी जमीन जायदाद जो है, वह मेरी अपनी है, यानी मेरी जोड़ी हुई। तुम्हारे बूबू की दी हुई तो बहुत थोड़ी है–चार खेत एक हिस्सा जंगल का और एक दर दुकान। वह अपने बूबू के हिस्से के आधे पर क्लेम कर सकता है, बाकी आधे पर तेरा क्लेम हुआ। और जो मेरी जोड़ी जायदाद है उस पर न तेरा क्लेम हो सकता है, न तेरे दद्दा का। उसे तो मैं चाहे जिसे दे दूँ, जिसे देने से मना कर दूँ। तुम लोगों का कोई ऐतराज नहीं हो सकता।"

मुन्ना के तेवर एकदम ढीले पड़ गए, नजर झुक गई।

"और, अभी एक विचार और चल रहा था मेरे दिमाग में–कि तेरे लिए एक तिमँजला मकान बना जाऊँगा, जिसमें कुल नौ सैट होंगे। पर अब तू कह रहा है–"

"नहीं! वह तो दद्दा ने कहा है, मैंने थोड़ी ही कहा है।" बेसाख्ता वह बोल गया। उसकी भंगिमा एकदम दृप्त हो उठी थी।

"मार गोली दद्दा को! उसका तो अब वही कोढ़ी कलंकीवाला किस्सा हो चुका ठहरा, जो चाहता हो सब उस जैसे ही बन जाएँ।"

"तो मैं नहीं जा रहा।"

"ऐसे फुसलाने-बहकाने वाले दुनिया में बहुत हैं, आदमी को अपनी बुद्धि से काम लेना चाहिए। नहीं जाना है तो साफ-साफ उससे बोल दो। डरना किस बात का? तुम कोई उसकी कमाई खा रहे हो? तुम्हें डर किसका है?"

सुबह उठा मुन्ना और हिम्मत बाँधकर राजू से बोल आया, "मैं नहीं आ रहा, दद्दा!" "क्यों क्या हो गया? बाबूजी ने भर दिया क्या?" "नहीं...मैं यहीं ठीक हूँ।

अब पढ़ थोड़े ही सकता हूँ। फिर एक लड़का घर में भी तो चाहिए। मैं यही रहूँगा।''

''कोई बात नहीं।''...राजू उसे लौटकर जाता हुआ देख रहा था और एक खेद का अनुभव कर रहा था।

बाबूजी की जीवन दृष्टि सामन्तवादी थी। जातीय ऊँच-नीच का भेद वहाँ घोर था, अमीर गरीब का भेद घोर था। दुकान में नौकर गाँव में हलिए-मजदूरों की जरूरत पड़ती रहती थी। उन लोगों को बकायदा तनखा या मजदूरी तय करके रखा जाता था। उसमें किसी प्रकार की धाँधली नहीं की जाती। इतने गिरे हुए बाबूजी नहीं थे कि उन गरीबों की मेहनत की कमाई मारें। गिरावट कहीं और थी—वे लोग भी वैसे ही इन्सान हैं जैसे वे खुद हैं, यह बात बाबूजी के गले नहीं उतरती। शुरु-शुरु में राजन से इक्के-दुक्के उनकी इस बात पर बहस हो उठती थी जो झड़प की हद तक पहुँचते-पहुँचते रह जाती। सारे तर्क राजन के पक्ष में होकर भी बाबूजी उन्हें मानने से इन्कार कर देते। वे कायल होना अपनी हेठी समझते थे : ''कहती होगी तुम्हारी पढ़ाई लिखाई, तुम्हारी विद्या ये सारी बातें। हर आदमी की अपनी मानता है—हम नहीं मानते। बस बात खतम हो गई।'' उन्होंने बात ही खत्म कर दी तो फिर किसे काटना था, किसे पुष्ट करना था? मतलब यह कि एक बूढ़े शिबू होटी को छोड़कर न कभी कोई मजदूर-हलिया उनके यहाँ ज्यादा रुका, न कोई नौकर उनकी दुकान में ज्यादा टिका। शिबू होटी का मामला थोड़ा अलग था। वे मोसेरे भाई थे। शिबू होटी की तरफ से सगे, लेकिन बाबूजी की तरफ से दूर के। इस घर में उनकी शुरुआत हलिए के बतौर हुई थी। सब्बल सिंह का मकान बनते दिनों एक बड़ा पत्थर उनके घुटने पर आ गिरा, वे हमेशा को लँगड़े हो गए : ''अब मेरे लिए एक जोड़ा लँगड़े बैल ढूँढ़ दो।'' उन्होंने हँसी में कहा तो बाबूजी बोले, ''नहीं, अब तुम्हें हलिए से पिलसन कर देता हूँ। घर के छोटे-मोटे टूट-फूट, खोदा-खादी के काम करते रहो।'' बरसों हो गए, शिबू होटी टूट-फूट, खोदा-खादी की पिलसनी में लगे रहते हैं। धीरे-धीरे, आराम-आराम। उन पर कोई जोर जबर्दस्ती नहीं है। दिन में दो बार माँ उन्हें चाय दे देती है। बीच-बीच में वे तमाखू पीते रहते हैं। इस तरह उनका मामला थोड़ा अलग है। वहाँ न ऊँच-नीच की टकराहट है न अमीर गरीब की जोर आजमाइश! मगर बाद में जो नया हलिया रखा, उससे झड़प चलती रहती थी। बाबूजी उस आदमी को कई बार निकाल चुके थे। और वह खुद भी कई बार मार गुस्से के काम छोड़ चुका था। पर वह एक ही निर्लज्ज जीव था : चौथे-पाँचवें खुद ही हल बैलों की तरफ जाता हुआ दिखाई दे जाता। और बाबूजी भी फिर ऐसे हो जाते जैसे कुछ हुआ ही न हो।

मगर दुकान का नौकर तो सीधे उनकी रूद्र दृष्टि में रहता था, पूरे समय। उसके कपड़े तेल-धुएँ से चीकट रहते और बाल बढ़े और गन्दे। उसे देखकर कोई भी कह सकता था कि सब्बल सिंह हलवाई का नौकर होगा। वह लगभग अपनी मनुष्य पहचान खो चुका होता। बाबूजी उसे आटा दे देते, वह अपने टिकड़े सेंक लेता। दिन की बची हुई दाल या बदबूदार दही के पानी के साथ खा लेता और फिर सोने चला जाता...जब वह अपना गूदड़ वहाँ मोरीवाली अल्मारी से उठाता, इधर से बाबूजी तकतका आए होते : ''हिला मत सुअर के बच्चे! हिला मत!'' वे चिंघाड़ जाते, ''चुपचाप से उठा ले जा!'' वह कभी सही सलामत गद्दा भी रहा होगा, कह नहीं सकते। अब वह गूदड़ था, खटमलों से लदा हुआ। उसके हिलते ही खटमल झड़ने लगते। इसलिए बहुत ही हौले से उसे उस गूदड़ को वहाँ से उठाकर कोयले की कोठरी में ले जा, फट से दरवाजा बन्द कर देना होता। परमात्मा की यह कैसी गजब की मेहरबानी उस पर थी कि गूदड़ पर लुढ़कते ही वह अगली सुबह तक के लिए बेहोश बेखबर हो जाता। छट्टे-छमासे लोक लाज के दबाव में आकर बाबूजी उसे कपड़े वाले साबुन की बट्टी दे देते, और घंटे-भर की छुट्टी। उस रोज वह नहा-धो डालता और कुछ दिन के लिए इन्सानी हुलिए में लौट आता। कभी-कभी जब नौकर मौका पाकर भाग निकलता—दूसरा कोई नौकर मिल नहीं पाता तो बाबूजी थके-सुस्त हो आते। तब ऐसा लगता था कि उन्हें नौकर की सख्त जरूरत है ताकि 'भूत उतरवाने' के लिए कोई उनको मयस्सर रहे।

मानव समानता का आदर्श बाबूजी की समझ से परे था। यह कैसे हो सकता है? जबकि सारे मनुष्य अलग-अलग तरह का आचरण करते हैं, अलग-अलग माँ-बापों से जनमे होते हैं। भाँति-भाँति के रूप रंग, गुण बुद्धि। कोई नरम कोई गरम, कोई ढेढ़ा कोई बाँका। जीव-जन्तुओं को ही देख लो, हजार नमूनों के हैं—कोई चींटी के बराबर तो कोई हाथी के बराबर। तब तो उन सबको भी समान ही मान लो! ऐसा हो सकता है क्या? उनका तर्क होता : एक हाथ की पाँच अँगुलियाँ, सब बराबर नहीं होती, या होती है? एक बाप की सन्तानें तक समान नहीं होतीं। यहीं पर ले लो—मेरे दो बेटे, दोनों में कितना फरक है देख ही रहे हो। इसी तरह हम तीन भाई रहे, तीनों अलग-अलग किसम के, बेमेल! चौरासी लाख योनियाँ कही गई हैं। अगर सब समान होते तो इतनी बड़ी भीड़ खड़ी करने की जरूरत क्या थी, बोलो! बैलों को ही ले लो—हमारे कोई भी दो बैल कभी समान नहीं रहे। सबके रूप अलग, गुण अलग : लाल रंग का रतिया तेज तर्राट, सफेद रंग का हँसिया सीधा शान्त...थे कि नहीं? अब तुम कहोगे मेरा नौकर जिसे न नाक पोंछने की तमीज न चूतड़ धोने की, वह मेरे बराबर का हुआ, हम दोनों समान हुए—तो इससे बेहूदा बात और क्या हो सकती है? मैं समाज के बड़े-बड़े लोगों के बीच उठता बैठता हूँ, कोर्ट कचहरियों में

वकीलों से अच्छी खासी जिरह कर लेता हूँ कभी-कभी। एक अँग्रेज जज ने तो मेरी पीठ तक थपथपा दी थी एक बार। हमारे गाँव के मुख़्तार साहब, जो कहते थे (हालाँकि जब कभी वे पीनक में होते थे), ''सब्बल भइया, तेरे को टीकू चाचा ने मैट्रिक या मिडिल तक भी पढ़ा दिया होता तो तू डिप्टी कलक्टर से कम नहीं होता, वो खोपड़ी है तेरे अन्दर!''—तो मैं अपने गाँव के भुरुवा लुहार की बराबरी का कैसे ठहर गया, यारो? मुझे बस इतनी सी बात समझा दो, मैं मान जाऊँगा। बेफालतू की बकवास करते हो—'सभी आदमी समान होते हैं'... हुच्चे कहीं के!

उनके सवाल का पलटा दे मारनेवाला उनका ही छोटा भाई चतुरिया निकल आता था कभी-कभी, जब वह अपने दद्दा से खार खाए होता—वैसे वह अपने दद्दा से जिन्दगी भर खार ही खाए रहा, जिसका एक बड़ा कारण यह था कि बकौल वह—उसके दद्दा ने बेटा पाने के लिए अपनी तो दो-दो शादियाँ कर डालीं, मगर उसकी दूसरी शादी से साफ मना कर दिया। अरे कर देता, उस आदमी का क्या जाता? इस वक्त मेरा भी एक बेटा हो रहता, बुढ़ापे का सहारा। मारे खार के चतुरिया बाबूजी के तर्क पर कोड़ा सा दे मारता था, ''अरे जरा उस भले आदमी से ये पूछो कि तू भी भूख लगने पर जो रोटी खाता है, सबकी तरह मुँह के रास्ते ही खाता है या किसी और रास्ते? और टट्टी करता है तो सबकी तरह चूतड़ झुकाकर ही ना? कोई तान कर दे मारे, तो तेरी बत्तीसी भी झड़ेगी कि नहीं? फिर तू सबसे अलग कैसे ठहर गया? ओछा इन्सान! फालतू तोप बन रहा!'' चतुरिया झींककर बात खत्म करता, ''अरे यह अमीरी गरीबी तो मुकद्दर का खेल हुआ, वर्ना कौन चाहता है कि वह गरीब ही बना रहे। बोलो, कोई चाहता है? पर भाई मेरे, भाग्य के इस रेखड़े को कोई कैसे बदल दे? बस इतनी सी बात ठहरी।'' और वह हथेली पर थूक देता।

पैसा बाबूजी के लिए भगवान रहा। कभी उन्होंने उसकी बेकद्री नहीं की। जीभ से जरूर नहीं उठाया, पर बेकद्री भी नहीं की। पैसे की कीमत को वे जानते थे। वह दिन भी था जब आठ साल की उम्र में दो रुपया महीना तनखा पर जाने कितनी अलंघ्य दूर उड़ती रेत-गलगलाते ऊँटों के मुल्क में अपने देश की हरियाली और मीठे पानी की तरस और ऊँट-सवारी के आतंक को जीते रहे वे। फिर वह दिन भी आया जब मेले त्योहारों में घोड़ों और नौकरों की फौज पर माल लादकर चलते थे तो हफ्ता दस दिन में बक्सा भर रुपया कमाकर लौटते थे। व्यवसायी थे, भाव-ताव में एक-एक पैसे के लिए जान लड़ा देते थे...मावेवालों, लकड़ीवालों से कैसी खींचतान कर डालते थे। अब भी यही गुण है—डोटियाल से सामान उठवाना होता है तब दो-दो पैसे की खींचतान में कैसे पिल पड़ते हैं। पालक मूली की गड्डी खरीदते हैं तो वहाँ भी

पैसे-पैसे के लिए दिमाग खाली कर देते हैं। यह स्वभाव बन गया है, एक-एक पैसा बचाने के लिए मर मिटना। चमड़ी जाए पर दमड़ी न जाए!

मगर पैसा उनका आखिरी इमान नहीं रहा। ज्यों-ज्यों उम्र बढ़ती गई, बाल-बच्चे बड़े होते गए, जमीन जायदाद-धन सम्पत्ति जुड़ती गई, त्यों-त्यों पैसे से ऊपर एक और भाव पैदा होता गया, सम्मान का भाव। जिस तरह पैसे का भाव, उसी तरह सम्मान का भाव भी : जैसे पैसे का लोभ या लालच, उसी तरह सम्मान का लोभ या लालच भी। कि चार लोग तुम्हें हाथ जोड़ें, तुम्हारा अदब करें, चार लोग तुम्हारें साथ चलें, तुम्हारी बात सुनें...जैसे गाँधी जी थे, कहीं को निकलते तो किस प्रकार भीड़ की भीड़ उमड़ पड़ती थी। लोग उनकी बात पर जान देने को तैयार हो रहते। अँगेज तक उनके सामने झुकते थे। दुनिया में अमर हो गए। मगर बाबूजी का सम्मान का अपना थोड़ा अलग आदर्श था। दरिद्र, निर्धन बेइज्जत किस्म के लोगों की नजदीकी से वे परहेज रखते थे। ऊपरी बोलचाल अलग बात है, पर दाँत काटी रोटीवाला सम्बन्ध उन्हें वहाँ रास नहीं आता। चाहे फिर वह सगा भाई ही क्यों न हो...''गए गुजरों से, दलिद्दरों से नजदीकी—यानी प्रेमभाव कभी मत बढ़ाओ। उनका दलिद्दर छूत की तरह लगता है। यह एक आजमाई हुई बात है। तुम्हारा ताऊ था, पहले 'देवाल' के बेड़ियों-हुड़कियों से बहुत यारी बाशी रखता था, उनके पास ही पड़ा रहता था। बाद में उन्हीं की तरह बनकर रह गया—निहंग दलिद्दर! लक्ष्मी तो एक मिनट के लिए भी घिनौनी गलीज हालत को बर्दाश्त नहीं करती, छटक से छोड़ जाती है। ठीक है कोई बहुत दयनीय हालत में हो तो उसकी थोड़ी बहुत मदद कर दो, रोटी पैसा जो देना है दे दिलाकर बात खत्म करो। बहुत घालमेल रखने की जरूरत नहीं। हमारे यहाँ इसीलिए डोम शिल्पकारों से दूरी रखी गई है—अपने से हटाकर बसाया गया है उन्हें। घर के अन्दर उन्हें नहीं बैठाते। बाहर पखौलिए से भी नीचे वे बैठते हैं और वहीं उन्हें चाय खाना डाल दिया जाता है, और जब वे उठ जाते हैं तो उस जगह को गोंत छिड़ककर शुद्ध कर लिया जाता है, है कि नहीं? ये सब बहुत सोच समझकर बनाए हुए रिवाज हैं। यूँ ही एक दिन में नहीं बन गए। इनका कुछ मतलब होता है। और मतलब यह होता है कि ये नीच, दरिद्र बेइज्जत लोग भाग्य से ही खोटिल होते हैं, तभी तो नीच घर में जनम पाते हैं। उन खोटे भाग्यवालों से नजदीकी भली नहीं होती। उनका खोट सरता है—साथ रखने से अपने ग्रह भी नीच हो जाते हैं। समझे तुम?'' वक्तन-फक्तन बाबूजी घर के बच्चों को इस प्रकार का ज्ञानोपदेश देते रहते थे।

खुद उनका अपने समाज के जिन लोगों के साथ उठना बैठना, मेलजोल था वे चुन-चुनकर उनकी दृष्टि में इज्जत वाले लोग थे। मुख्तार साहब को ही ले लो : बाप दादाओं के जमाने से ही ऊँचे खानदानी आदमी हुए। अँग्रेज हाकिमों के साथ

रहे ठहरे। वही चाल ढाल, वही रौब दाब! रिटायर होकर भले ही गँवई गँवारों की खाने-पीने की सोहबत में पड़कर पगला जैसे गए थे, पर उजड़ गई तो फिर भी दिल्ली! गुस्से में चढ़ गए तो सीधे अँग्रेजी ही भड़भड़ाने लगते थे। जिस तरह बाबूजी उनके बड़प्पन को पहचानते थे।... वे भी गाँव में अकेले थे जो अपने सब्बल भइया की काबिलियत को समझते थे, इसी तरह अब सुन्दर सिंह ठेकेदार हुए : वे भी अपने गाँव के सभापति रहे ठहरे। जंगलात की ठेकेदारी में अच्छी कमाई करके बैठे हैं। गाँव में दो-दो मकानों के अलावा बाजार में दुकानें हैं, किराए पर लगी हुई। उधर लड़का फौज में लप्टन है। पढ़ना-लिखना वे भी बाबूजी की ही तरह ऊपर से सीखकर ठीक-ठाक कर लेते हैं। हालाँकि उनके घास के ठेके में तुलाई वाले से मिलकर चोट मार गए, दोस्ती में दगा कर गए—वो भी इसलिए कि न्याय पंचायत के चुनाव में बाबूजी ने ग्यारह वोटों से लँगड़ी मार दी थी। उसी की खुन्नस हुई। वरना हुए आदमी इज्जतवाले।... फिर हुए एक ठाकुर सिंह फोरेस्टर, एफ ए पास आदमी। अँग्रेजी पढ़ लिख लेते है। दिमाग के बहुत तेज। कल तक फोरेस्ट गार्ड थे, कइयों को पटकी देकर फोरेस्टर बन गए। चतुराई में उनका क्या मुकाबला? आदमी का दिमाग फिरा कर रख दें। इसीलिए बाबूजी उन्हें अपना 'गुरु' मानते हैं। उनका एक गुरु-उपदेश है—"आदमी तरक्की करता है तो उसकी वह तरक्की छलाँग मारकर नहीं होनी चाहिए, दाँत टूट जाएँगे। सूत-सूत बढ़ते हुए होनी चाहिए। मसलन, तुम अपढ़ देहाती किसान हो, तो तुम्हारा बेटा मैट्रिक करके कहीं दफ्तरी लग जाये। बस इतना ही काफी है। फिर उस दफ्तरी का बेटा एफ ए या बी ए हो जाये और कहीं छोटा मोटा बाबू बन जाये। फिर उस बाबू का बेटा किसी दफ्तर में हैड क्लर्क या हैड साहब हो जाये। फिर हैड साहब का लड़का गजटेड अफसर बन जाये। और तब जाकर—बिल्कुल तब जाकर उन अफसर साहब का बेटा एस डी एम या कॉलेज का प्रिंसिपल हो। इतनी पीढ़ियाँ लगती हैं ठाकुर साहब! वही तरक्की ठोस होती है, उसे कोई पटकी नहीं दे सकता। वर्ना ऐसे उछाल मारने पर अगर कोई बीच में टाँग डाल गया तो...? दाँतों का ध्यान रखना चाहिए।" यह उनका उन दिनों का 'गुरु उपदेश' था जब राजन मास्टरी छोड़कर प्रोफेसर या प्रिंसिपल बनने के इरादे से एम ए कर रहा था और वे खुद अभी हाल में फोरेस्ट गार्ड से उछाल मारकर (दो-एक सीनियरों के सिर से होकर) फोरेस्टर बने थे।...इसी तरह एक खीम सिंह रावत भी हुए। बातों के करैया। 'जागृत राजपूत' अखबार में मैनेजर। सिरश्तेदार साहब (बाबूजी के समधी) के लँगोटिया यार! सो मजाक का छोटा-मोटा रिश्ता मानते थे। बाबूजी के पीछे पड़े थे, दुकानदारी छोड़कर नेतागिरी में आ जाओ। एसेम्बली का मेम्बर बना देने का जिम्मा उनका! "लगता है, मेरी चाय फीकी लगने लगी है अब आपको!" बाबूजी करारा जवाब मारते। "अरे बाप रे!" खीम सिंह दाँतों तले जीभ दबा लेते,

"ये क्या बात कह दी आपने? आपकी चाय और फीकी? ऐसा कभी हो सकता है क्या? मारो गोली नेतागिरी को, चाय फीकी नहीं पड़नी चाहिए, समधी साहब! हम तो लड़की वाले लोग ठहरे!"

इन सभी इज्जतदार लोगों से याराना बाबूजी को ताकत देता था। अगर ये चन्द लोग नहीं होते तो गाँव के 'ततैये' उन्हें घेर घेरकर अब तक मार ही डालते। उन गँवारों से मिल क्या रहा था सिवा हताशा, चिन्ता और परेशानियों के। आदमी सुख की एक रोटी निगलने के काबिल न रह जाए। कभी साले एक दूसरे का सिर फोड़कर जेल पहुँच जा रहे हैं, कभी अस्पताल दौड़ा रहे हैं। कभी उनके गाय बछड़ों को दूसरों के गोठों से छुड़ाकर लाओ...कभी दूध में पानी मिलाकर पकड़े जा रहे हैं, वहाँ से बचाकर लाओ। कभी किसी की लड़की ससुराल से भाग आ रही है तो कभी किसी की बहू अपने मायके को दौड़ी जा रही है। अब उनमें इसी बात को लेकर मान मनौवल, राजीनामा करते कराते रहो—इसके हाथ जोड़ो, उसके पाँव पड़ो। यह सब क्या पागलपन हो रहा रे? क्या इन्हीं अलाय बलायों के लिए वे जिन्दा रह गए हैं? अपने करने धरने को कुछ नहीं रहा उनके पास? फाँके जोगी हो गए वे? बाल बच्चे अकेले उन सालों के ही रह गए हैं? अब आए कोई अपना टंटा लेकर—धक्के मारकर बाहर कर दो ससुरो को! इन लोगों ने खरीदा हुआ गुलाम समझ लिया है क्या रे? चिढ़ जाते थे बाबूजी कभी-कभी। बेतरह बौखला उठते थे। तब एक बात यह राजू की माँ से बुद्धिमानी की करवा ली उन्होंने कि गाँव ही छुड़वा दिया। उस समाज से सुबह शाम, दिन रात की हत्या ही कट गई, जिससे सिवा परेशानी, चिढ़ और फजीहत के और मिलने को क्या था? दिन रात की यह कचोट कि तुम अब भी वही हो, वही पिछड़े, गँवई गँवार! जो सिर्फ मनोबल को तोड़ने, हिम्मत पस्त करने में ही मदद करता था।

राजू की माँ और वे खुद...कहाँ से दोनों ने मिलकर जिन्दगी शुरु की : बाबूजी याद करते हैं : सत्रह-अठारह साल के रहे होंगे वे, और वह महज आठ साल की। न जिन्दगी का मतलब समझती थी न शादी का। मायके को दौड़ भागती, जहाँ से मना-फुसलाकर लाना पड़ता था। एक बार सासू के साथ घर की बहुएँ मेला देखने गई थीं—तो यह इतनी अबोध थी कि लपककर उनकी दुकान पर जा पहुँची बोलती हुई कि "दुकानदार ज्यू, दो डबल की जलेबी दे दो।" पीछे से सासू ने झिड़ककर खींच लिया : "क्या पगला रही है यह लटवाल की लड़की! किससे माँग रही है जलेबी?" साथ की बहू बेटियाँ मुँह दबाकर खिलखिला गई थीं। उस मुकाम से जिन्दगी शुरू हुई। बौज्यू के जमाने के छोटे-छोटे तीन मकान थे। थोड़ी-सी जमीन।

भाई अलग हुए तो सब बँट-बँटा गया। इतने से क्या होना था। ढंग से जीने के लिए ठीक-ठाक जमीन भी चाहिए थी, ठीक-ठाक मकान भी। सो अपना एक अलग मकान बनाना पड़ा और रफ्ता-रफ्ता जमीन भी बढ़ाई। इसमें खासकर वह तलाऊ जमीन थी जिसकी मालिक मुख्तारी पड़ोस के गाँव के एक शराबी-कवाबी निरंबसिए के पास थी। और भी लोग इस जमीन की ताक में थे। लेकिन बाबूजी की निगाह इस पर तब से थी जब उनकी शादी भी नहीं हुई थी। तभी से इस निरबंसिए भाई को उन्होंने घेर लिया था, उसके शराब-कवाब के लिए थोड़ा-थोड़ा पैसा देते रहकर—और जब वह मरने के करीब लगने लगा तो एक रोज चुपचाप उससे रजिस्ट्री लिखवा ली। चौदह बोरा धान उपजता है पक्का! ऊपर नीचे जाते लोग देखते रह जाते हैं। कहते हैं जमीन नहीं सोने की खान है। बाबू का हिसाब-किताब ऐसा ही रहता है—चलते यहाँ हैं, निगाह जाने कितनी दूर होती है। उनके बौज्यू अपने बुढ़ापे में जिस बंजर बेनामी जमीन की घेराबन्दी कर गए थे, बाकी दोनों बेटे उस जमीन के अपने-अपने हिस्से फूँकते उड़ाते चले गए और बाबूजी उन हिस्सों को पैसे जोड़-जुगाड़ कर बिना चूके खुद खरीदते रहे, प्रकटतः इस भावना से भी कि वह जायदाद घर से बाहर न बह जाए। आज वह इतना लम्बा चौड़ा इलाका उनका अपना है। हर साल सैकड़ों रुपए की घास होती है। साथ में एक तरफ जंगल भी खड़ा हो रहा है। शहर के सेठ रईस कहते हैं, बेच दो। बाबू जी हँस देते हैं—अभी मुहूरत नहीं आया है।...

पैसा कमाने के लिए क्या नहीं किया, कहाँ-कहाँ तक दौड़ नहीं लगाई : धुर बचपन में मारवाड़ के अलावा बाद में जागेश्वर, देवीधुरा, बागेश्वर...एक-एक मेले वाले तीर्थस्थान! जहाँ भी बड़े मेले लगते, दुकान लेकर पहुँच जाते। ग्राहकों की भीड़ टूट पड़ती थी उनकी दुकान पर। 'अलमोड़िया हलवाई' करके मशहूर थे वे। बिक्री की पाँच-पाँच गद्दियाँ लग जातीं—हफ्ते-हफ्ते, दस दस दिन तक। मेले के बीच में जब मावा खत्म हो जाता था, कच्ची शक्कर में दूध पानी और कुछ बूँदें केवड़े की छोड़कर थोड़ा खाने का हरा पीला रंग घोल बर्फी के थाल के थाल ढल जाते, लड्डुओं के ढेर खड़े हो जाते। अलमोड़िया हलवाई की उस हरी पीली मिठाई पर मेलार्थी टूट पड़ते। बारह आने सेर की शक्कर ढाई रुपए सेर की होकर बिक रही थी। लेकिन उसमें पाप क्या था? अधर्म कहाँ था? वह मिठाई करके बेची जा रही थी और मिठाई करके खाई जा रही थी, खुशी-खुशी! अब अगर, फर्ज करो, इस बात पर कि मावा खत्म हो गया है, हलवाई दुकान समेटने लगे तो क्या मेले वाले लोग उसे ऐसा कर लेने देंगे? वे दूर गाँवों से मेले में आएँ हैं। और उन्हें मिठाई उपलब्ध न हो, खाली हाथ लौटना पड़े...वे हलवाई का सिर फोड़ देंगे : 'हम नहीं जानते तुम्हारा क्या खत्म हो गया, हमें मिठाई चाहिए... हर हाल में हमें मिठाई चाहिए! हम तुम्हें ऐसे भागने नहीं देंगे।' वह उन्हें हर हाल में मिठाई उपलब्ध करा रहे थे। तो इसमें पाप कहाँ

था, अधर्म क्या था? खुशी-खुशी वह मिठाई खरीदी-खाई जा रही थी। इस तरह जब वे मेले से लौटते थे तो नोट-रेजगारी से लोहे का बक्सा ठसाठस भरा होता था।... इसी तरह एक बार, तब वे राशनिंग के दिन थे—जोड़-तोड़ लगाकर वे गाँव में राशन की दुकान मंजूर करा लाए अपने नाम। दो साल रही। उसमें भी ठीकठाक कमाई हो गई। चौथाई राशन तो ब्लैक में खप जाता था, डेढ़ गुना-दो गुना रेट पर। उसी में लोग सिर डाले रहते। गंगा की हिलोर आई हुई थी, थोड़ा बहुत कमा लिया। कोशिशें तो पैसा पीटने की और भी कीं : एक बार टमाटर सप्लाई करने का काम शुरु किया। अलमोड़े से पेटियों में भर-भरकर टमाटर इलाहाबाद भेजा जाता। लेकिन घाटा खा गये। टमाटर बीच में ही खराब हो जाने लगा। एक और बार सिटोली जंगल में घास का ठेका लिया जिसमें उनका दोस्त और प्रतिद्वन्द्वी सुन्दर सिंह तोलने वाले से मिलकर उन्हें नुकसान कराता रहा। बाबूजी मानने लगे थे, वे सिर्फ दुकानदारी के लिए बने हैं, बाकी के काम उनके बस के नहीं हैं।

कहने को हजारों लाखों की जमीन-जायदाद जुड़ गई, महल जैसा मकान खड़ा हो गया, मगर इस वजह से जिन कठिन अनुभवों से होकर गुजरना पड़ता था—कभी-कभी तो भुखमरी बेइज्जती की हद तक पहुँच जाते थे। जिस साल नया मकान बना था परिवार कर्ज में आ गया था। कोढ़ में खाज की तरह तभी बाबूजी बीमार पड़ गए। तेल नमक के भी लाले पड़ गए। वह कोई त्यौहार का दिन था—बच्चे जिद में आ गए कि हलुवा खाएँगे। हलुवा? मगर सूजी कहाँ थी? घी कहाँ था? चीनी कहाँ थी? गोला-किशमिश की बात छोड़ दो। छोटे बच्चे पाँव पटकने लगे। तो बाबूजी ने आटा निकाला। कढ़ाही चूल्हे में रखी। वहीं दो डली गुड़ का घोल तैयार किया और खाली डिब्बे से चार बूँद तेल कढ़ाही में झटकार कर आटा भूनने लगे। बच्चे चारों तरफ से घेर कर बैठ गए थे। आटा जब बादामी हो गया तो गुड़ का घोल उड़ेल दिया और ऊपर से ढेर सारा पानी। और वह हलुवा-पानी बच्चों ने बड़े स्वाद और चटखारों से सुड़पा। जरूर छोटा मुन्ना और गप्पू कम मीठा होने की बात पर वापस मचलने लगे थे। लेकिन जब उन्हें बता दिया गया—हलवे में इससे ज्यादा मीठा नहीं होता, तो वे भी तुनकते-खुनकते मान गए।

जितना भी कमाया, सब दुकानदारी से। मगर दुकानदारी से पैसा कमाना बहुत आसान काम नहीं है। जान लगानी पड़ती है—उससे भी पहले दिमाग लगाना पड़ता है। जिसके पास दिमाग न हो, जो निरा भोलाभंडारी हो या संत महात्मा, जैसे हमारे

रज्जू महाराज! दुकानदारी उनके बूते की बात नहीं। पहले ग्राहक को पहचानना पड़ता है कि दिलेर है या कंजूस, बुद्धू है या तेजतर्राट...उस हिसाब से उसके साथ बर्त्ताव करना पड़ता है। यह दिमाग का खेल है। तब दो पैसे लगाकर चार पैसे बनते हैं। बाबूजी ने दिमाग लगाकर मेहनत की और पैसा कमाया। झूठ भी किया, धंधे की बेइमानी भी की, नाम भी कमाया...बस इतना ही। इससे आगे किसी का सरे आम गला नहीं काटा। फोकट के पैसे को गऊ का खून समझा।

मेले का वह आखिरी दिन था। बिक्री परवान चढ़ी थी। दो बोरे शक्कर से दोपहर को ही लड्डू-बर्फी के ढेर खड़े हो गए थे। पाँचों गद्दियों को कहीं देखने की फुर्सत नहीं थी। भीड़ पिली पड़ती थी। ऐसे में किसी ग्राहक ने ध्यान खींचा, "दुकानदारजी, वो नीचे आपका बटुवा गिरा है।" चमड़े का कत्थई रंग का खासा मोटा बटुवा, वहाँ जमीन पर पड़ा था। फुर्सत कहाँ थी—बाबूजी ने बटुवा उठाया, बर्फी के थाल पर रख ऊपर से एक अखबार से ढक दिया और मेले की बेफुर्सती में लौट गए। पूरा दिन निकल गया, भीड़ छँट गई। इक्के-दुक्के ग्राहक रह गए थे। चाय बनकर आ गई थी। तो जाकर बटुवे की बात पर ध्यान गया। बाबूजी ने उसे खोला, नोटों से ठँसा हुआ था। हजारों में होंगे। और उसी तरह बंद कर वहीं रख, चाय पीते रहे। लड़के लोग बोले, "रुपया गल्ले के बक्से में डालो, बटुवा नदी में फेंक आते हैं।"

"नहीं!" बाबूजी ने सख्ती से बोल दिया, "धरम स्थान में आए हैं, ऐसा अधरम कैसे कर सकते हैं? जिसका भी होगा, वह जरुर आएगा, ढूँढ़ता हुआ।"

"छै घंटे हो गए, अब आएगा?" ये चाचा थे, बाबू जी के छोटे भाई।

"छै घंटे नहीं छै दिन भी हो जाएँ, आएगा वह जरूर! इतनी बड़ी रकम को ऐसे ही कौन छोड़ सकता है? कौन जाने यह पैसा उसका अपना है भी या किसी की अमानत है?"

पर चाचा को चैन नहीं था : "इसे रख लेने में क्या दोष है? कोई हमने किसी को लूटा है क्या? गराहक के वेश में जागनाथ जी खुद आकर बटुवा डाल गए और बोल भी गए। इससे ज्यादा क्या चाहिए?"

"चुप हो जा रे! फालतू की बात मत कर!" बाबूजी ने डपट दिया, "काम करो सब अपना!"

"अंधों के लिए कोई क्या करे?" चाचा बुड़बुड़ाए।

बाबूजी ने अनसुना कर दिया। बहस बढ़ाना बेमतलब था।

तब ठीक दियाबत्ती के समय आ गया वह। बिल्कुल थका-लिथड़ा। हाथ में मिठाई का रुमाल लिए। हुलिए से दूर से ही पहचान लिया बाबूजी ने। दुकान के सामने आकर खड़ा हो गया और बहकी-बहकी नजर से दुकान को देखने टटोलने लगा..."क्या चाहिए?" "क्या बताऊँ सेठ जी, चाहिए तो कुछ भी नहीं...ऐसा ही

है," "क्या बात है? परेशान जैसे लग रहे हो।" "हाँ...हूँ तो परेशान ही, क्या बताऊँ..." "क्या परेशानी है? मिठाई के लिए पैसे नहीं है?" जान बूझकर बाबूजी बोले।

"नहीं-नहीं, मिठाई तो ले रखी है यह। आपने ही दी थी।" "तो?" "मेरा बटुवा कहीं गिर गया है..." और वह तड़तड़ाकर रो पड़ा : "मेरे भाई साहब के लगान के रुपए थे उसमें, खजाने में जमा करने को रखे हुए थे। बटुवा जाने कहाँ गिरा दिया मैंने–आधे रास्ते में पहुँचकर होश आया। सब ढूँढ़ डाला, हो महाराज! सारे संगी साथी लगा दिए, पर नहीं मिला। रुपयों से भरा बटुवा कौन वापस करेगा? सरकारी अमानत...अब सीधे हथकड़ी लग जाएगी...।"

तो बाबूजी ने बर्फी के थाल पर से कागज हटाया और इशारा कर कहा, "ये तो नहीं है?"

एक चीख के साथ वह उछल पड़ा : 'यही है, यही है! दुकानदार जी, यही है मेरा बटुवा!

"ये लो!" बाबूजी ने बटुवा उठाकर उसके सामने डाल दिया, "गिन लो।"

"अरे महाराज, कैसी बात कर रहे हैं! आप तो साक्षात जागनाथ हो गए मेरे लिए। गिनूँगा क्या?"

"नहीं नहीं! गिनने और सम्हालने तो आपको पड़ेंगे ही। हमें भी यह किसी ग्राहक ने बताया, वहाँ नीचे पड़ा हुआ था। गिनकर मन को ठोंक लो। अमानत की चीज है।"

बहरहाल उसने बाबूजी की बात की खाना पूरी सी कर ली और उसमें से पाँच सौ रुपए निकाल बाबूजी के सामने रख दिए।

"ये क्या है–ये क्या कर रहे हैं आप?"

"कुछ नहीं महाराज, आपने मुझे बचा लिया। आपके चरणों में एक छोटी सी भेंट है–मैं आपको दे ही क्या सकता हूँ..."

"महाराज, आप इन्हें उठा लो। हमें लेना होता तो पूरा ही माल रख लेते। हटाओ, हटाओ। हमें भी जागनाथ जी ही आकर बता गए। भेंट ही करना चाहते हो तो सौ-पचास भगवान के दरबार में भेंट कर आओ, जाओ।"

बार-बार बाबूजी के पाँव छूता, उनके अहसान तले दबा जाता हुआ वह आदमी विदा हुआ। बटुआवाला विदा हुआ, पीछे से चाचा कारीगरों–नौकरों पर झल्लाने लगे, "तुम सालों की तकदीर फूटी है–पाँच सौ रुपये तो वह अपनी खुशी से दे रहा था, वह भी मना कर दिया! उसे ले लेने में क्या गलत था? वह तो अपनी खुशी से..."

"चुप हो जा रे! बहुत खुशी खुशी मत कर। पराए धन में नीयत डालनेवाला

नहीं हूँ मैं। होता तो यहाँ मजदूरी करने नहीं आता। वह पराई अमानत में से दे रहा था, जिसमें फिर उसे ही जाकर अपनी जेब से भरना पड़ता। भरना पड़ता या नहीं, रे लोंडो?"

लौंडों ने मरे मन से सिर हिला दिया : "हाँ...भरना पड़ता..."

चाचा ऐसे तिलमिला गये थे, जैसे उनके हाथ से उनकी गाढ़ी कमाई के रुपए छीन लिए हों।

बाबूजी को इस बात का सकून है कि जिन्दगी में उन्होंने जो मेहनत की, उससे जो पैसा कमाने में आया, वह उनकी अकेली कमाई नहीं थी। बच्चों की माँ ने भी उसमें बराबर का साथ दिया। उसने अकेले दम गाँव का कारोबार सँभाला। छोटे-छोटे बच्चे, गाय, भैंस, इतनी लम्बी-चौड़ी खेती...कौन सँभालता? वह तो प्रेम-भाववाली औरत थी, गाँव के लोगों को अपना बनाकर रखा था उसने : खिला-पिलाकर, नाज-पानी की मदद करके, इजा-बबा की बोली बानी बोलकर। गाँव में उसने सँभाला, तभी वे भी बाजार की दूकानदारी कर ले गए। तभी इज्जत भी बनायी। अब याद आता है किस तरह रात में बच्चों को सुलाकर, जुनाली में वे दोनों घास काटने निकलते थे और एक-एक गट्ठर काटकर लौटते। रात में ही फिर कभी उस घास के 'पूले' बाँधते और रात में ही उनके 'लूठे' खड़े किये जाते थे : बाबूजी छत या पेड़ पर चढ़ जाते, नीचे से माँ एक-एक पूला उछाल-उछालकर उन्हें पकड़ाती जाती। बाबूजी उन पूलों को जमाते जाते। इस तरह स्तूपाकार लूठा खड़ा हो जाता। एक बार बीच में लूठा खुल गया और पूलों समेत बाबूजी जमीन पर आ गिरे। थोड़ी चोट भी खा गए। इन कामों के लिए दिन में कहाँ फुर्सत थी—सुबह होते ही एक दुकान को दौड़ता था, दूसरी खेतों को।

कमाई के अलावा भी बच्चों की माँ ने कदम-कदम पर साथ दिया। वह नहीं साथ देती तो वे गाँव से निकल सकते थे क्या? अब तक उन खसियों के बीच गारत हो चुके होते। राजू की माँ ने हिम्मत दिखाई और एक झटके में गाँव छोड़कर शहर आ गए। दिखाई देने में ठेठ गँवार और कुछ-कुछ भूरख अड़ियल भी, पर समय पड़ने पर जाने कहाँ से साक्षात देवी या दुर्गा का रूप आ जाता था उसमें!

बच्चों की जिम्मेदारियों से निकलकर थोड़ा सुख चैन से जीने के दिन आ रहे थे, तभी उसे रोग लग गया। अब उसके इलाज के लिए भटक रहे हैं। काफी समय झाड़ फूँक, भभूत पानी, पूजा पाठ के साथ-साथ हकीम वैद्यों की पुड़ियाँ बाँधने खोलने में ही लगे रहे। फिर डॉक्टरों को दिखाना शुरु किया। अलमोड़े का एक-एक डॉक्टर देख लिया। फिर नैनीताल पहुँचे। वहाँ भी अस्पताल, डॉक्टर सब टटोल लिये। और

अब हलद्वानी आ गए हैं। एक-एक कर सभी डॉक्टर, अस्पताल, नर्सिंग होम, टेस्ट सेन्टर खगाल डाले हैं। दवाएँ चलती हैं, टैस्ट चलते हैं, एक्सरे, अल्ट्रासाउंड...मगर रोग किसी की पकड़ में नहीं आता। और अब डॉक्टर कहने लगे हैं कैंसर या ट्यूमर में कुछ है। जिसे बरसों वह वायुगोला मानकर जीती रही और उस वायु गोले को काटने-दबाने के लिए जनमत के निर्देश पर तमाखू पीती रही—आज उसे डॉक्टर ट्यूमर या पेट का कैंसर बताने लगे हैं और ऑपरेशन की बात करने लगे हैं। लेकिन साथ में यह भी राय देने लगे हैं कि ऑपरेशन निरापद नहीं है। एक तो माँ इतनी कमजोर हो चुकी है कि वह ऑपरेशन झेल भी पाएगी, इसमें संदेह है। दूसरा खतरा, ऑपरेशन के समय अगर गोला फट गया तो उसी में मौत हो सकती है। इसलिए हमारी राय है कि कुछ मत करो। जितना जी लेती है इसी तरह जीने दो। आखिरी समय नेचुरल मौत ही ठीक है।

क्या करते? उठाया बुढ़िया को और लौट आए।

घर में वे आखिरी कुछ दिन उसके बेहद यातनापूर्ण होकर गुजरे। तकलीफ अब इतनी असह्य हो गई थी कि एक जगह स्थिर नहीं बैठ पाती थी। दिन-दिनभर, रात-रातभर बैठी-बैठी घिसटती रहती थी। बेचैन बेकरार, तड़पती हुई। इतनी घोर यंत्रणा के बीच एक डॉक्टर अलमोड़े में ऐसा मिला जिसने जाने किस आधार पर माँ को टी बी करार दे दिया। उसी मुताबिक उसका पारिवारिक बहिष्कार हुआ और नया इलाज शुरु हुआ : जो व्यसन तमाखू का वायुगोले के धोखे में मुद्दत से उसे चढ़ चुका था वह बन्द कर दिया गया। और जिस अंडे को उसने जिन्दगी में कभी हाथ नहीं लगाया, अपनी रसोई में जिसे पहुँचने नहीं दिया, वह अंडा उसे हर रोज खाना पड़ा। इस तरह इन तिहरी सजाओं में माँ एक अकल्पनीय यातना भँवर में पहुँच गई। जहाँ जल्द ही एक रोज जब शाम का समय था, ढलते सूरज की पियराई धूप खिड़की के रास्ते ठेठ उसकी चारपाई तक, उसके चेहरे तक पहुँच रही थी। आज एकादशी का दिन था, तुलसी एकादशी का, जिसे वह हर साल मनाती थी, तुलसी भइया का पूरा श्रृंगार करती थी, उस तुलसी एकादशी की शाम—माँ ने बाबूजी की गोद में सिर रखे-रखे प्राण त्याग दिए।

कुछ समय के लिए बाबूजी को कुछ भी महसूस नहीं हुआ। उस वक्त उनके हाथ माँ को सहला रहे थे। जब अचानक वे फटी आँखों से उस को देखते रह गए और सहज ही उनके मुँह से निकला, "ये तो चली गई।" तब जाकर एक झटका सा लगा—उन्हें महसूस हुआ, वे ध्वस्त हो गए हैं, लुट गए हैं। गले के पास कुछ आकर ठहर गया और वहीं उनके एक जोर की फफकी छूट गई :"राजू की माँ..!"

अगले रोज से 'कोने का दिया' जला। राजू की गैरमौजूदगी में क्रियाकर्म में मुन्ना बैठा। उसी माँ वाले कमरे में। राजू की अनुपस्थिति बाबूजी को खास कर खली

थीः ऐसे वक्त बड़ा बेटा न हो...उनके वक्त भी यही होगा। तब भी समय पर नहीं पहुँच पाएगा वह। तार पहुँचने में टाइम लगता है। तीसरे दिन राजू पहुँचा। बाल उतार कर मुन्ना के बगल में बैठ गया। बाबूजी भावुक हो आए थे। लोगों का आना शुरु हो गया था। दीवार के सहारे दरी-चटाई, चुटके-गलीचे बिछा दिए गए थे। लोगों के बैठने पर एक तरफ बाबूजी भी बैठ जाते। उन्होंने धोती कुर्ता पहना हुआ था, सिर पर टोपी। शाल डाल लिया था। लोग धीरे-धीरे शोक संवेदना प्रकट करते, ''बड़ा बुरा हुआ, ठाकुर साहब! अभी कोई ज्यादा अवस्था भी नहीं थी।'' ''हाँ...बासठ हो गये थे।'' ''बासठ क्या ज्यादा होते हैं। सत्तर अस्सी तँक आम उम्र चलती है।'' ''हाँ...निरोगी के लिए। वो यही पर थोड़ी कमजोर भाग्य की निकली। शरीर रोगी हो गया। क्या करें? बाकी तो भाग्यशाली ही थी।'' ''लड़के बच्चों की जिम्मेदारी तो सब...?'' ''सब साहब, सब! सबकी जिम्मेदारी पूरी होते देख गई अपनी आँखों से। अब तो नाती पोतोंवाली थी। स्कूल कौलेज जाने वाले नाती पोते।'' ''तब तो अच्छे भाग्य की रही ठहरी।'' ''बहुत अच्छे भाग्य की साहब! कहीं कोई कमी नहीं। लड़के बच्चे सब अच्छे पोजीशनों में हैं। बड़ा लड़का प्रपोसर है। छोटे की मिठाई की दुकान हुई, 'राना बिष्ट स्वीट हाउस' करके। लड़कियाँ सब अच्छे घरों में गई हैं। दामाद सब गौरमेन्ट सर्भेन्ट हुए। बल्कि तीसरी लड़की के जेठ ऐसडियम रहे ठहरे! कहीं कोई कमी नहीं।''

''जीवनसाथी वृद्धावस्था में बिछुड़ जाए तो विशेष दुख की बात हो जाती है।'' प्रसंग को दुखद बनाने के इरादे से उनमें किसी ने कहा। बाबू जी को वह ज्यादा रुचा नहीं : ''हाँ...अब वो सब भाग्याधीनवाली बात ठहरी। आदमी को सारी खुशी ही खुशी मिल जाए तो जीवन स्वर्ग न बन जाए! पर क्या किया जाये, जनम-मृत्यु का विधान तो विधाता ने आदमी के हाथ में दिया ही नहीं ठहरा, अन्न-धन, बाल-बच्चे, इज्जत आबरु सब कुछ दे दिया, पर जनम-मृत्यु को अपनी मुट्ठी में दबा लिया। यहीं पर तो मनुष्य की जीत में भी हार ठहरी। नहीं तो मनुष्य भी भगवान नहीं बन जाता?'' बाबूजी शुरु से ही औरों से ज्यादा प्रगल्भ चल रहे थे। अचानक अपनी प्रगल्भता उन्हें खुद लग उठी, वे चुप हो गए।

''आपकी उम्र कितनी हो गई होगी ठाकुर साहब?'' ''हो गए होंगे सत्तर-इकहत्तर! उम्र बीतने में क्या लगता है।''

''आखिर समय उनको कोई विशेष दुख तकलीफ?''

''रही ही थोड़ी बहुत! सभी को रहती है, किसी को कम किसी को ज्यादा। सब भाग्य के मुताबिक होनेवाला हुआ।'' बाबूजी को दुख के प्रसंग माफिक नहीं पड़ रहे थेः ''वह भी अपने भाग्य का भोग कुछ दिन भोग ले गई, कौन रोक सकता है उसे। वर्ना डौक्टरों ने अपनी तरफ से कोई कसर छोड़ी ठहरी क्या? कहाँ अल्मोड़ा, कहाँ

नैनीताल, कहाँ हल्द्वानी! आइसीयू तक में भर्ती रही! पर जो भाग्य में लिखा होता है उसे कौन मिटा सकता है, साहब!...लाओ रे, चाय ले आओ।'' उन्होंने अन्दर को आवाज दे दी।

''नहीं-नहीं, चाय नहीं।'' और लोग उठ लिए : ''तो फिर...हम सब की यही प्रार्थना है कि दिवंगत आत्मा को शान्ति मिले और भगवान उनके परिवार को इस दुख को सहन करने की शक्ति दें।''

दिन भर शोक-संवेदनाओं से ही घिरे रहते हैं बाबूजी! बहुत सोच समझकर, थोड़ा संयम रखकर बोलना पड़ता है। आखिर गमी में है।...रात जब घर के ही लोग बच रहते हैं तो तब वे मन की हवस को हौले-हौले निकलते चले जाने से नहीं रोकते : ''राय साहब, कोट साहब, हरिदत्त जी वकील साहब...एमेले बिष्ट साहब...सभी आ रहे है बेटे! बड़े भाग्य की थी। तभी तो इतने बड़े-बड़े लोग आ रहे हैं। अड़ौस-पड़ौस वाले खिड़की दरवाजों के पीछे से देखते रहते हैं कि कौन-कौन आ रहा है...कि इतने बड़े-बड़े लोगों से परिचय है सब्बलसिंह लोगों का! यह कोई कम इज्जतवाली बात हुई बेटे? बड़े भाग्य की थी, तभी तो अखबार तक में नाम आया है। ये देखो—'' अखबार का वह पन्ना उन्होंने मोड़कर रखा हुआ था। खबर पर कौपीइंग पेंसिल से थूक लगाकर लाइन डाल रखी थी : 'प्रोफेसर राजेन्द्र सिंह बिष्ट की माताजी का निधन' ''वह प्रपोसर हुआ, उसी के नाम से जानने वाले हुए। नाम जाति, मुहल्ला तारीख, उम्र सब खुलासे से छपा है। हजारों लाखों लोगों ने इसे पढ़ा होगा—घर-घर जानेवाला ठहरा अखबार! यह कोई छोटी बात हुई बेटे? कितना अच्छा लग रहा यह सब देखकर! एक दिन का किस्सा याद आ रहा है आज, बल्कि इन बड़े बच्चों को भी याद होगा—जाने किस बात पर मैंने उसकी हँसी उड़ाते हुए कह दिया, 'तेरा नाम तो इतिहास में छपने लायक हुआ!' तो उस पर वह बोली, 'इतिहास क्या चीज हुई, मेरा नाम तो अखबार में भी छपने लायक हुआ' और हँसने लगे। ''तो लो, उसका नाम आज सचमुच अखबार में भी छप गया!''

''आपका नाम नहीं आया अखबार में? आना चाहिए था। पति हुए आप!'' यह अचानक बीच में आरती (तीसरी लड़की) के ससुर बोल गए।

''चाहिए तो था,'' जैसे बाबूजी पकड़ लिए गए हों, ''पर अब.... अखबारवालों ने जरूरी नहीं समझा होगा, नहीं दिया।'' कुछ थमकर बोले, ''वैसे लोग पता तो लगाते ही रहते होंगे कि किसकी पत्नी थी। कहने-सुनने में तो पति का नाम आ ही जानेवाला ठहरा।'' फिर वे श्रोताओं के मन को तसल्ली कराने की जरूरत में रफ्ता-रफ्ता खुलासे के द्रौपदी चीर को चुन्नट दर चुन्नट खोलते चले : ''अब यहीं पर यह एक समझने की बात हुई कि इतने बड़े-बड़े लोग जो ये आ रहे हैं—यह तो सही है कि भाग्य की वह श्रेष्ठ रही इसलिए आज उसके शोक में इतने बड़े लोग

शामिल हो रहे हैं। पर यह भी तो एक समझनेवाली बात ठहरी कि ये लोग आखिर किसकी पहचान से आ रहे हैं। उसके साथ तो इनमें से किसी की पहचान ठहरी नहीं। पहचान तो सबकी मुझसे ही ठहरी, मेरे नाम से ही ठहरी कि ठाकुर सब्बल सिंह राना बिष्ट की धरम पत्नी गुजर गई है करके। उनकी धरम पत्नी है तब तो जाना ही ठहरा शोक मनाने। वो इसलिए कि जिन्दगी में दो चार अच्छे काम—थोड़ी यादगारी के काम करके दो पैसे की इज्जत कमाई ही ठहरी मैंने। इसे दुनिया जानने ही वाली ठहरी। तभी इतने बड़े लोगों से जान पहचान, भाईचारा हो गया ठहरा। डिप्टी साहब हैं किरपाल सिंह जी, पुलिस विभाग के इतने बड़े अफसर! घोड़े पर सवार होकर जिधर निकल जाते हैं लोग थर-थर काँपने लगते हैं। वे तक सगा भाई करके मानते हैं। आज भी कभी बंगले पर जाता हूँ तो अन्दर ही बुला लेते हैं। अपने बगल में तखत पर बैठा लेते हैं। वहीं रसोई से दोनों के लिए चाय आ जाती है। मेम साहब आकर 'सबलसिंह जी' करके बोलती हैं, बच्चों की आसल-कुशल पूछ जाती हैं। ये कोई छोटी बात हुई?

"इसी तरह एक राय साहब भी हैं। उन्हें तुम मामूली आदमी समझते हो? अँग्रेजों की दी हुई राय साहबी ठहरी। एक-एक बेटा उनका करोड़पति हुआ। कपड़े का सारा थोक बिजनिस हुआ उन लोगों के पास। ऐसे वे राय साहब बिल्कुल बेटे की तरह मानते रहे हैं। हर अच्छे बुरे काम में राय-मशवरा देते रहते हैं। एक साल मैं हल्द्वानी दुकान खोल बैठा और भाबर के घाम लग गए। आकर डाँटने लगे कि बुरे गरह तेरे को खींच लाए हैं यहाँ, वर्ना तेरे लिए क्या कमी थी! बच्चों को वहाँ छोड़कर यहाँ घाम लगाने चला आया और साथ में एक काणे को और ले आया है। उसके हाथ की रोटी खा रहा है! बहुत डाँटा और तुरन्त वहाँ से उठा लाए! ये कुछ अच्छे करम किए ठहरे बेटे, जो सुख-दुख, नेकी बदी में ये सब लोग मानते हैं, आकर इज्जत दे जाते हैं। बर्ना हम क्या हुए? राजन की शादी गाँव से हुई थी। तो भी सभी लोग शादी में शामिल हुए थे। डिप्टी साहब खुद बीमार थे तो बेटे को, जो वकील है उसे भेज दिया। रायसाहब धरमकुटी तिराहे तक पहुँच गए थे आशीर्वाद देने। मसी डॉक्टर साहब खुद आकर राजन को अपने धरम की किताब भेंट कर गए थे। एमेले साहब बिष्ट जी तो पूरी बरात में मौजूद ही थे। लड़की के घर रात में उन्होंने एक छोटा-मोटा लेक्चर ही दे डाला कि 'हमारे सबलदा हमारी पाल्टी के खास, इज्जतदार मेम्बर हुए, इसलिए हमें तो अपने भतीजे की शादी में जरूर ही आना हुआ। पूरी पाल्टी की तरफ से हाजिरी लगानी ठहरी।"

दो साल पहले बागेश्वर में पाल्टी का महासम्मेलन हुआ तो लोग उसमें भी खींच ले गए। मेरे कोट पर भी पाल्टी का बिल्ला लगा दिया। खुद बोरा साहब जो बाद में मिनिस्टर हुए, वे आकर लगा गए। बोले थे, "आप कोरे कैसे रह गए सबल सिंह

जी? आज तो बिल्लों का त्यौहार हुआ!" पीछे से आकर किसी कार्यकर्त्ता ने मेरे नाम की 151 रु. की पर्ची काट दी–"सम्मेलन का चन्दा।" "जरूर-जरूर! यह तो देना ही ठहरा।" जेब से बटुवा निकाल मैंने भी तुरन्त 151 रु. दे दिए। तब से लोग पाल्टी का एक छोटा-मोटा नेता जैसा मानने लगे हैं। चुनाव के दिनों तो प्रचार की ड्यूटी ही लग जाती है।

बाबूजी का चेहरा शोक से मुक्त हो चुका था और उसमें नेताई चिकनाहट आ गई थी : "इसी तरह बाद में लीलाधर जी से परिचय हुआ, चुनाव की एक रैली में, जहाँ हम लोग उनका स्वागत करने गए हुए थे। बोरा साहब ने वहीं परिचय करा दिया :" जोशी जी, पाल्टी के एक समर्पित सदस्य से आपका परिचय करा दें। ये सब्बलसिंह जी हैं, राती गाँव के। खास पर्जा पट्टी में पड़ता है। इनका वहाँ कई गाँवों में अच्छा प्रभाव है। सभापति भी हैं। पंचायती अदालत के सरपंच भी हैं।" तो लीलाधर जी ने मुझे बाँह में ले लिया। बोले, "कभी घर आइए, यहाँ तो सब पागलपन मचा हुआ है। वहीं बैठकर ढंग से बात करेंगे।" और तब से बड़ी-बड़ी सभाओं, सम्मेलनों में जहाँ भी मुझ पर नजर पड़ी, वहीं से आवाज दे डालते हैं, 'अरे ठाकुर साहब! वहाँ कहाँ छिपे हो? मेरे पास आकर बैठो।' उस वक्त बड़े-बड़े लोग देखते रह जाते हैं मेरी तरफ! बाद में वे पाल्टी के अध्यक्ष ही हो गए और बोरा साहब राज्य के मंत्री। अब इतने लोग इसलिए आ रहे हैं कि सबसे जान पहचान, मेल मुलाकात रही ठहरी। यही जिन्दगी की कमाई ठहरी बेटे! आने को वे लोग बुढ़िया के शोक में आ रहे हैं, पर घरवाली का नाम भी तभी होनेवाला हुआ जब उससे पहले आदमी का नाम हो। आदमी ही गया गुजरा निकला तो घरवाली की पूछ कौन करेगा? इतने मौजीज लोग क्या हर जगह गमी में पहुँच जाते हैं? दो पैसे की इज्जत कमाई ठहरी मैंने जिन्दगी में, तभी आज वे भी आ रहे हैं।

"पर सबसे मूल बात यह ठहरी बेटे कि बुढ़िया के गरह ऊँचे रहे ठहरे जो हमारे घर उसका नाता रिश्ता हुआ। उसी समय उसका भाग्य खुल गया जिस समय हमारे घर में उसकी कुंडली का मिलान हो गया। बर्ना तुम सोचो, हमारे ही गाँव में कितने घर परिवार हैं। क्या उनकी इज्जत है, क्या उनकी गत है? कौन पूछता है उन्हें, कौन जानता है? कीड़े-मकौड़ों जैसी जिन्दगी हुई–कितने पैदा हुए, कितने मरे! कष्ट तो तेरी माँ को भी काफी उठाने पड़े। खेती-बाड़ी, गाय-भैंस, बाल-बच्चे...सभी कुछ ठहरा। अकेले सारा काम उठाना हुआ। पर मुख्य बात देखने की यह हुई कि कष्ट उठाने का सुफल भी मिला या नहीं? मिला तो समझो सारे दुख कष्ट सब सुख में बदल गए। इसी घर नें यह हुआ कि लड़का प्रपोसर हुआ और वह एक प्रपोसर की माँ बनी! इतने अच्छे-अच्छे घरों में उसकी बेटियाँ गईं–सारे के सारे जवाँई सरकारी नौकर! और कितनी औरतों को मिलता है ऐसा भाग्य? गाँव में कितना बड़ा

मकान—महल जैसा— उसके रहने के लिए बना, सोचो! जिसमें नहाने-धोने तक का इंतजाम अन्दर ही अन्दर ठहरा! और यह सब तब हुआ जब पति कमाऊँ हुआ। शहर में वह दुकानदार हुआ, गाँव में सभापति और आधी पट्टी की न्याय पंचायत का सरपंच! गाँव से लेकर—बल्कि नीचे सुयाल नदी से लेकर गाँव, धरमकुटी तिराहा और फिर अल्मोड़ा बाजार तक जिसकी सम्पत्ति फैली ठहरी। ऐसा पति मिलना भी तो उसके नसीब से ही हुआ। कहावत भी है—

राधा तू बड़भागनी कौन तपस्या कीन?
तीन लोक चौदह भुवनों के पति तेरे अधीन।''

चाय आ गई थी। सूखे गले को तरी देने घूँट भरने लगे। ताजा हो गए तो फिर से बोलना शुरु हो गए, ''सारी बातें तो कह सुन लीं : एक बात पर किसी का ध्यान नहीं गया—कह लो, सबसे खास बात पर! जिसे कह रहे हो भाग्यवाली थी—भाग्यवाली थी। पर किसी के सोचने में नहीं आया कि वह भाग्यवाली खासकर इसलिए थी कि वह इस घर में सुहागिनी होकर आई और जैसी कि उसकी हमेशा मनोकामना रही कि उसकी मृत्यु सुहागिनी रहकर ही हो—जाते समय भी वह सुहागिनी ही गई! भरपूर सुहाग से सजधजकरः कैसे माथे पर टीका, माँग में सिन्दूर, गले में मंगलसूत्र चरेऊ, हाथों में चूड़ियाँ... कैसी सज रही थी, जैसे नई दुल्हन होगी, अहाहा! कैसा कंचन का जैसा रूप खिल आया था बुढ़िया का! यह होती है भागवान औरत! हमारे घर में पहले कोई सुहागिनी नहीं मरी—न इजा, न भाभी, न बहू। क्या रूप सिंगार होना था फिर उनका। वैसे भी विधवा रूप तो भूतनी का हुआ। सुहागिनी जो हुई वह तो देवी भगवती रूप हुई। उसके दर्शन से पुन्य मिलनेवाला हुआ। शुभ कामों में तो सुहागिनी ही शामिल हो सकनेवाली हुई। फिर यहाँ यह सोचने की बात भी हुई कि यह सुहागिनी रूप भी औरत को तभी मिलनेवाला हुआ जब सिर पर उसके पति की मौजूदगी हो। तभी तो पति को परमेश्वर कहा गया है। जिसके सिर पर पति नहीं, वह तो चुड़ैल ठहरी...यानी भूतनी! राजू की माँ इसलिए खासकर भाग्यशाली हुई कि उसके सिर पर उसका पति मौजूद था और पति की गोद में सिर रखकर उसकी मौत हुई!''

''मैं अपनी बड़ाई नहीं कर रहा हूँ। अपनी बड़ाई करने का मौका भी नहीं ठहरा यह। मैं तो उसके भाग्य की बड़ाई कर रहा हूँ। वह भाग्य में मणि लेकर आई थी, मणि! सारे सुख, सारी सम्पदा सब उसी मणि ने उसके सामने परोस दिए। कोई आसान बात है? मकान उसे जो भी मिला, जहाँ भी मिला, तिमँजला ही मिला : यह गोपालपुर का मकान, तिमँजला। धरमकुटी तिराहे का मकान, पाँच दरोंवाला तिमँजला। गाँव का मकान भी तिमँजला ही हुआ—तीसरी मंजिल नाज-पानी, काठ-कबाड़ के लिए ठहरी। पर एक पूरे परिवार लायक जगह ठहरी उसमें भी! रास्ते

का मकान वह, कितने बूढ़े बच्चे औरत आदमी ऊपर नीचे आते-जाते उसके हाथ का चाय-तमाखू, रोटी-पानी खा पीकर जाते थे वहाँ पर। दिल की तो वह कुबेर थी। भई, घर में जब भरपूर खजाना होगा खाने-पीने का, तभी तुम कुबेर भी होगे। गलत तो नहीं कह रहा हूँ? परिवार के परिवार उसके दिए हुए नाज-पानी, लत्ते-कपड़ों से पले! अन्नपूर्णा होकर रही वह गाँव में, तभी तो गाँव छोड़ते समय सारी बिरादरी सामने खड़ी हो गई थी उसके। उत्तम नसीबोंवाली थी वह बेटे! आखिरी समय अखबार भी पढ़ने लगी थी। सुबह उठते ही रेडियो की खबरें शुरु हो जाती थीं उसकी। मैंने ही रेडियो खरीद कर दिया था उसे। बोला था, तेरे ही नसीबों से जोड़-कमा रहा हूँ, उसी का यह रेडियो भी है, कोई अलग से थोड़ी दे रहा हूँ। पैसा भी, इज्जत भी सब उसी के प्रसाद से था। तब मेरे घर में लक्ष्मी का वास था। अब क्या रह गया? हमें छोड़कर चली गई वह। घर को खाली कर गई। कल तक यहाँ सब झलमलाकार होता रहता था। आज से सब अँधेरा हो गया...घर का आधार चला गया..."

वे सरसराते हुए रोने लग गए।

तेरहवीं की सुबह बाबूजी फिर से बच्चों की तरह रुआँसे हो उठे थे। शिकायत करने लगे थे कि "अरे, वह बड़ी अमागन रही जो ऐसे घर में आई! जहाँ पीछे से फिर कोई पूछनेवाला भी नहीं! अच्छे घर में आई होती तो क्या आज तलक—मरे हुए के इतने दिन बाद तलक कोई उसकी फोटक बनाकर कमरे में नहीं टाँग देता? कैसे गए गुजर घर में भी तीसरे रोज टँग जाती है फोटक! तब शोक में आने-जाने वाले लोग भी दर्शन कर जाते हैं, हाथ जोड़ जाते हैं, अपनी सिरधांजली दे जाते हैं। वह तो अब स्वर्गवासी हो गई ठहरी, सब की पूज्य हो गई ठहरी! उसकी एक तस्वीर तो उसके कमरे में जरूर ही लग जानी चाहिए थी अब तलक! एक माला तो उस पर अब तक चढ़ जानी चाहिए थी। पर यहाँ किसे पड़ी है? कौन है पूछनेवाला? वे तो उसी दिन से उसे भूल गए! फूटे नसीबवाली ठहरी न! ऐसा ही अभागा मैं भी ठहरा! मेरे ही समय कौन सी मेरी फोटक लग जानेवाली हुई? इस बात की तो अब मुझे भी पूरी ग्रान्टी हो गयी ठहरी!" रुआँसे हुए जा रहे थे बाबूजी और शिकायतें सुनाते जा रहे थे।

लोगों का पीपल पर पानी चढ़ाने का क्रम जारी था। लौटते हुए लोग उन्हें भी दो शब्द सान्त्वना के देते जाते कि "चाची बहुत भाग्यशालिनी थी। इतना भरा-पूरा घर परिवार छोड़कर गई है।"

"हाँ-हाँ...सो तो हुआ ही, जरूर-जरूर!" वे फीके ढंग से बोल देते।

घरवालों के लिए मुश्किल यह हो रही थी कि माँ की कोई पुरानी फोटो मिल नहीं रही थी। एक फोटो बड़े साइज की मिल तो गई थी, माँ-बाबू की साथवाली, पर पता नहीं किसी लड़ाई-झगड़े के समय उन लोगों ने उसे फाड़कर दो टुकड़े कर दिया

था (गुस्सा भी तो दोनों को ऐसा बेढब आता था!)उसमें माँ की नाक से फोटो टेढ़ी चिर गई थी। अब आधी ही शक्ल दिखाई देती थी। अगर यह इस बेढंगे से फटी हुई नहीं होती तो फोटोग्राफर इसमें से एक अलग फोटो बना सकता था। गुस्से ने फोटो का नाश मार दिया।

"अरे अब हो गया! हमारी पुरानी जिन्दगी को मत उधेड़ो! बन सकती है तो बना दो, नहीं तो अभागन को भूलना तो है ही, भूल जाएँगे।" बाबूजी दुख और अफसोस में डूबे हुए थे : "वैसे भी जो आने वाले थे आज पीपल-पानी के दिन तक आ गए। इसके बाद कौन आ रहा है उसकी फोटक देखने?... फिर भी फोटक तो याददाश्ती के लिए चाहिए ही। वैसे भी अच्छे बुरे वक्त पर आने-जाने वाले देखते ही हैं। लोगों के यहाँ तो चार-चार, पाँच-पाँच पुश्त पहले की फोटकें रखी होती हैं। पर वह भाग्यशाली लोगों की बात है। फोटक ही रह जाती है बाद में देखने के लिए, आदमी तो गया! पर अब क्या हो सकता है। बहाना कुछ भी कर लो। अभागों के साथ ऐसा ही होता है।"

मगर अगले ही रोज छोटी लड़की गप्पू अपनी सहेली के यहाँ से किसी शादी-उत्सव के समय का एक फोटोग्रुप ले आई जिसमें एक तरफ माँ भी थी। लो बन गई बात! उसी में से फोटोग्राफर ने 'टेक' करके इन्लार्ज कर लिया। बल्कि उसे कलर्ड भी कर दिया जिसमें माँ कुछ-कुछ फैशन-पसन्द बन गई, जैसी वह कभी नहीं थी। देर तक फोटो के सामने खड़े बाबूजी उसे टकटकी बाँधे देखते रहे थे, लगभग हाथ जोड़ी मुद्रा में।

चोरी-चोरी उन्हें कहीं यकीन लग रहा था कि तेरहवीं की खबर भी छपेगी और इस बार उसमें उनका भी नाम होगा (पिछली बार नहीं था तो इस बार तो होगा ही): 'अमुक सिंह की धर्म पत्नी अमुक देवी' करके। हजारों-लाखों लोगों के पढ़ने में आनेवाली चीज ठहरी! फोटो लग जाने से उनकी बुझती उम्मीद पुनः जाग उठी थी कि बिगड़े-रुके काम बनने का संयोग चल पड़ा है। तो अब के तेरहवीं की खबर में पति का (छूटा हुआ) नाम जरूर होगा। घर में आने वाले अखबार में दो तीन रोज तक वे टटोलते रहे...छपना तो चाहिए था। कायदे से पति का छूटा हुआ नाम तो जरूर...! क्या बात हुई होगी? एक हताशा मरती हुई तितली की तरह दो-एक रोज फड़-फड़ करती रही, फिर धीरे-धीरे शान्त पड़ गई।

अगली टकराहट बाप-बेटे के बीच मकान को लेकर शुरु हुई। मकान बन रहा था। जो मुन्ना के बुढ़ापे के लिए बन रहा था। ख्याल यह था कि जब बड़ा बेटा अपनी पेन्शन खाएगा तो उस वक्त छोटे बेटे को भी तो कोई सहारा चाहिए। दुकान तो

हमेशा रहेगी नहीं। तो उस समय मुन्ना, मुन्ना के बच्चे अपना किराया खाएँगे। दो मँजला (भविष्य में तीसरी मंजिल के इरादेवाला) मकान बन रहा था। एक-एक मंजिल में दो-दो कमरों के तीन सेट। हर गाहे बगाहे जतलाया जा रहा था कि पैसा मुन्ने का है—उसकी कमाई का। पता नहीं यह हिसाब बतलाने की क्या जरूरत लग रही थी जबकि बेटियाँ ससुराल जा चुकी थी, और अपने कुल हालात में, जैसे भी वह थे, बिना किसी गिलाशिकवा के वे आत्मतुष्ट भाव से जी रही थीं। माँ कहती थी, "मेरी बेटियाँ तो गऊ हैं, कभी पलट के नहीं कहेंगी कि मायके से उन्हें क्या मिला क्या नहीं मिला।" बड़ा बेटा भी अपनी स्थितियों से निश्चिंत, बेटियों को पाल पढ़ा रहा था। इतनी तनखा उसे मिल जाती थी कि जिन्दगी में शायद ही उसे किसी का मोहताज होना पड़े। वैसे भी वह इतना खुद्दार था कि कई दफा बोल चुका था—लड़कियों की शादी में 'बना तो हजारों खरच देंगे, न बना तो एक रुपया टीका पर बेटी को विदा कर देंगे, हमें कोई शर्म नहीं।' खैर! तो जो मकान मुन्ने के बुढ़ापे के किराये-पानी के लिए बन रहा था, उसको लेकर बाप-बेटे में आए दिन तकरार हो उठती। बल्कि ज्यों-ज्यों मकान बड़ता जाता था तकरार भी बढ़ती जाती थी। शाम को जब मुन्ना दुकान से लौटकर पहुँचता, सबसे पहले टार्च लालटेन लेकर वह मकान के दिन भर के काम का मुआयना करता। तब घमासान मचता : किचन की खिड़की इस तरफ कैसी रखी गई? दरवाजे इतने कोने में क्यों डाले गए? खिड़कियाँ इतनी ऊँचाई में किसके कहने से पड़ीं? ये बाथरूम लैट्रिन अलग-अलग करने के लिए किसने कह दिया? ये रोशनदान हैं या चिड़ियों के घोंसले? मेरे मकान में शीशा पूरी खिड़की में लगेगा, यह मेरे बड़ बौज्यू के जमाने का मकान नहीं बन रहा!... वहाँ दो पीढ़ियों और रूचियों की भिडंत चल रही थी। रोज कोई न कोई चिनाई टूटती, फिट किया हुआ चौखटा उतरता...बावेला मचता। रोज अल्टीमेटम दिए जाते, "आगे से मेरा काम देखने की कोई जरूरत नहीं है!" "हमें भी नहीं पड़ी है किसी का काम देखने की! फालतू के नौकर नहीं लगे हैं किसी के!" फिर भी बेशर्म की तरह मकान थम नहीं रहा था : बाबूजी सुबह होते ही मजदूरों के बीच जा पहुँचने से रुक नहीं रहे थे। मुन्ना बाबूजी से अगले रोज के सामान की लिस्ट माँगने से चूक नहीं रहा था।

मकान जब बन गया, किरायेदार आने लगे तो एक नये संकट की शुरुआत हो गई। किरायेदारों के चुनाव को लेकर। रोज बखेड़े होने लगे। मुन्ने की निगाह किराये पर रहती, बाबूजी की किरायेदार पर। किराया चार पैसा कम हो, पर किरायेदार ढंग का आदमी हो—सज्जन, इज्जतवाला! अपने ही जात धरम का। हमारा बहू-बेटियों का घर है, किरायेदार भी ऐसा ही होना चाहिए। किरायेवाले को देखते ही बाबूजी उल्टे सीधे सवाल दागने शुरु कर देते : "किस जात के हो? हमारे यहाँ

पीने-खानेवाला आदमी नहीं चलेगा। पहले ही बता देना ठीक रहता है। रात देर तक जागने की आदत तो नहीं है? आजकल टी बी का फैशन क्या चल पड़ा है, लोग न खुद सोते हैं, न दूसरों को सोने देते हैं। और हाँ, कुछ लोगों को कूटने की बहुत बुरी आदत होती है, दिन रात जाने क्या-क्या कूटते रहते है, मसाले दवाई..." तब तक किरायेवाला खुद ही उठकर चल देता। तब पीछे से दोनों का महाभारत मच उठता कि इतना अच्छा किरायेदार मिल रहा था। भगा दिया! इस मकान में तो देखना, आखिर में इन्हीं के जैसे बूढ़े कंडम लोग रह जाएँगे आने को! और बात बढ़ते-बढ़ते यहाँ तक पहुँच जाती, "मकान मेरा है, मैं चाहे जिसे दूँ, कौन है मुझे रोकनेवाला!" इस 'मकान मेरा है' की शेखी के सामने बाबूजी कायल पड़ जाते—क्या कहें? कैसे कहें कि कहाँ का तेरा मकान? बड़ा मकानवाला बन रहा है! दुनिया को तो यही जतला रखा है कि मकान मुन्ने का है, उसकी अपनी कमाई से बना है..। तभी उन्हें एक नायाब तर्क सूझ जाता : "मकान की शेखी में मत रहना रे!" झपट पड़ते बाबूजी, "ये बौंडरी मेरी हैं! इसके अन्दर की जमीन भी मेरी है! जैसा मैं कहूँगा वैसा करना पड़ेगा, हाँ! मैं किसी के अंटशंट किरायेदारों को नहीं घुसने नहीं दूँगा अपनी बौंडरी के अन्दर, समझ लिया? किराये के बहाने शराबिए कबाबिए घुस जाएँगे, अरे वाह!" वे ताव खा बैठते। इस के बीच भी रफ्ता-रफ्ता मकान में किरायेदार भरते गए। वे बहुत उल्टे-सीधे लोग तो नहीं थे, बाबूजी जैसे बहुत बूढ़े 'कंडम' लोग भी नहीं थे। ठीक-ठीक थे, जैसे ज्यादातर होते हैं—किराये से भी, रहन-सहन, खान-पान से भी।.... लगता था, घर का 'शान्ति पर्व' शुरु हो गया है।

धीरे-धीरे बाबूजी का पौरुष घटता चला गया। पहला धक्का तो उन्हें माँ की मृत्यु से लगा था। वह एक ऐसा साथ था जिसे उन्होंने कभी कबूल नहीं किया, पर जो था। दुनिया भर से उनकी जो टक्कर थी, जग जीतने का जो खम था, वह उसी के बूते था। कभी कबूल नहीं किया, अब साफ-साफ लगता है, कितना तत्काल, कितना जीवन्त था वह साथ। वह साथ नहीं, संजीवनी बूटी था—दुख तकलीफ में, विपत्ति में, नैराश्य और असहायता के घटाटोप में कंधे पर आ लगे उस दुर्बल हल्के हाथ का तसल्ली भरा स्पर्श...वह वहाँ होता था, वह संजीवनी स्पर्श! स्पर्श था, स्पर्श की तरह बेआहट ही निकल भी गया। कभी सोच का रन्ध्र खुलता है तो तन-मन सब कुछ को डुबा ले जाता है...रात का पता ही नहीं चलता!

हालाँकि छोटे बेटे और उसके घर-कारोबार के मोह ने उन्हें एक बार फिर से उठाकर खड़ा कर दिया, लेकिन अब यहाँ क्षेत्र दूसरे का था, वे अनधिकृत रूप से जैसे घुसपैठ कर रहे थे। यहाँ—उस दूसरे के क्षेत्र में हजार बवाल थे। उस तरह

स्वैच्छिक छूट नहीं थी। इसलिए काम, वह कोई भी हो, थकाऊ हो जाता था। स्वाधीनी का सुख कुछ और ही होता है जो यहाँ के मालपुओं में भी नहीं हो सकता। उम्र भी होती चली गई। घर से बाजार तक जाना श्रम साध्य हो चला था। पन्द्रह दिन में, महीने दिन में कभी जब बहुत सारे काम इकट्ठे हो जाते : बाल कटाना—अपने भी, नन्दू (मुन्ना के लड़के) के भी, बच्चों के पेंसिल रबर, किताब-कॉपी, बिस्कुट-नमकीन, टॉफी-चॉकलेट, साथ ही आम केले सन्तरे जैसे दो एक फल...और फिर बूचड़ की दुकान से मीट भी जरूर ही ले जाना ठहरा। सभी तकतकाए रहते हैं कि बाबूजी बाजार गए हैं तो आज मीट आएगा। थोड़ा-थोड़ा कर पूरा बोझ बन जाता है जिसे वे कंधे पर उठा लेते हैं। अब तो लाठी की जरूरत भी पड़ने लगी है। नजर भी कमजोर होने लगी है—शुगर बताने लगे हैं डॉक्टर लोग...और परहेज ही परहेज! कि चावल मत खाओ, चीनी मत खाओ, मिठाई मत खाओ, आलू मत खाओ...फिर खाने को रहा क्या? डॉक्टरों की मत कहो, वे तो परहेज ही परहेज में आदमी को मार डालें। ज्यादा परवाह नहीं करते बाबूजी। बहू से बोलकर चुपचाप कटोरा भर भात भी मँगा लेते हैं। खाली सूखी रोटी कहीं निगली जाती है भला इस उमर में? उनका खाना अब कमरे में ही आ जाता है। कहाँ तो पहले कभी बाकायदा धोती लपेटकर रसोई में चौके पर बैठ दाल-भात खाया करते थे। पत्नी उधर चूल्हे के पास बैठी बारी-बारी से परोसती जातीः कभी दाल कभी भात, कभी टपकिया, भंगीरे की प्याज कटी चटनी... हरी मिर्च। उपरांग खुला होता जिसमें हृष्ट-पुष्ट कंधों से जनेऊ लटकी रहती। उनका गोरा माँसल बदन खुद उन्हें ही मोहित करता था। जब वे खाने के बाद कुल्ला करके डकार छोड़ते हुए अन्दर को लौटते तो अनायास ही लोटेवाला हाथ जनेऊ को तानता हुआ ऊपर को उठ जाता और सामने शीशे में बाँह की मछलियाँ झलक पड़ती थीं। उनकी थाली चौके के सामने ही पड़ी रहती, जिसमें बाद में पत्नी अपने लिए खाना लेकर बैठ जाती। "बाहर गमले में से एक मिर्ची तोड़ लाना तो।" वह उन्हें वहीं से आवाज देती। तो वे मिर्ची तोड़कर ला देते : बहुत मिर्ची खाना सीख गई है, बुढ़ापे में इकट्ठे ही निकलेगा।" वह खाते-खाते हँस जाती : "कहाँ? मेरी मिर्ची तो तुम खा गए—मेरे लिए एक पित्तिल-पित्तिल छोड़ गए।" और अब सब जूतों समेत ही चल रहा है, रोटी भी भात भी, कच्चा भी पक्का भी! कोई फर्क नहीं रहा। पता नहीं होटल में वह परोसनेवाला कौन होता है—बामन बनिया कि चूड़ी चमार? कोई नहीं देख रहा। सब शुद्ध है। बुजुर्गों की चलाई लीक ठहरी कि जनेऊ कर दो, बेटा रसोई में बैठकर खाएगा भात। होटलों में बड़े-बड़े लम्बी धोती वाले मीट भात खा रहे हैं। क्या हो जा रहा है? कहने की बात हुई। यहाँ तो फिर भी अपना घर हुआ, अपने बच्चे पका रहे हैं, वही परोस भी रहे हैं...सब साफ-पाक! बाबू तसल्ली से खाना खाते।

लड़कियाँ बीच-बीच में मिलने आती हैं। जैसा रिवाज है, मिठाई लेकर आती हैं। बाबूजी के लिए कभी-कभी अलग पुड़िया में सिंगौड़ी या कलाकन्द। जिन्दगीभर खाया-पिया ठहरा, मन करता होगा। बुढ़ापे का मन हुआ। सब समझती हैं वे लोग। बाल चौकलेट अब चबाए जाने वाले नहीं ठहरे, इसे भी समझती हैं। जब से शुगर हुई है, मुन्ना की नजर से सब छिपाकर रखना पड़ता है। लड़कियाँ भी अपनी पुड़िया चुपचाप सिरहाने दबा जाती हैं, "मुँह ढककर खा लेना बाबू! कुछ नहीं होता।" फुसफुसाकर वे कह जाती हैं, "हाँ बेटी, हाँ!" वे पुड़िया को टटोल लेते हैं —और मुन्ना और मुन्ना के बच्चों की, खास कर लड़के की —वह बहुत बदमाश हो रहा है, ब्लैकमेल करने में बहुत तेज है अभी से!—सो उसकी नजर बचाकर खाते रहते हैं बीच-बीच में, मुँह बंद रखकर और खुद को दिलासा देते रहते हैं—कुछ नहीं होता! पर गिरती हुई नजर बता रही है कि होता हैं, हो रहा है! डॉक्टर कहते हैं, इन्सुलिन के इंजेक्शन शुरु करने पड़ेंगे।

मुन्ना बीमारी का पूरा ध्यान रख रहा है, खासकर उनके खान-पान का। पत्नी को ताकीद करते रहता है कि कुपथ्य ने होने पावे, खबरदार! पत्नी भी भीत दृष्टि से देखती हुई कहती है, "हाँ...नहीं होगा।" डॉक्टर शुगर नापने घर में ही आ जाते हैं। इन्सुलिन शुरु कर दी है। चाय में बहुत थोड़ी सैक्रीन डाल दी जाती है। मकान, जब से नयावाला भी बन गया है—अब बड़ा हो गया है, तो बच्चे दूर-दूर पड़ जाते हैं। रात विरात कोई बात हो जाए, उस वक्त के लिए उनके सिरहाने घंटी का बटन लगा दिया है। इसी तरह कई बार डॉक्टर को हालत बतानी पड़ती है, इसलिए मुन्ना ने टेलीफोन का कनेक्शन ले लिया है। एक कनेक्शन दुकान में भी लगा लिया है। सब उनकी पूरी देखभाल के लिए।

आलमारी खोलकर उसमें दवाइयाँ सम्हाल रहा था मुन्ना, जब वहाँ उसकी नजर टॉफियों पर पड़ी...कई किसम की, बहुत सारी। ओह! तो ये हाल हैं! इन्हें कौन बचा सकता है—इतनी टॉफी खाने वाले को?...."अरे भाई, मैं कोई अपने लिए थोड़ी ही लाया हूँ। बच्चे माँगते हैं। जब अल्मारी खोलता हूँ तो दौड़ आते हैं। बच्चों की जात हुई। उस वक्त एक-एक टौफी हाथ में रखनी पड़ती है। मैं अपने लिए क्यों रखूँगा इतनी टौफी? मैं कोई बच्चा हूँ?"

"हाँ.... बच्चों के साथ उस वक्त बच्चा बनकर एक टौफी मैं भी खा लेता हूँ।" मुन्ना ने उनकी नकल में बोल दिया तो सबके साथ वे भी हँस पड़े, "ये तूने सही पकड़ा। उस वक्त एक टौफी मैं भी खा लेता हूँ जरूर! झूठ क्यों बोला जाए।"

बच्चे बहुत पाजी हो गए हैं। दादा की हँसी उड़ाने में जाने क्या मजा आता है। गर्मी में सब इकट्ठे हो जाते हैं—यहाँ के दो, राजस्थान के तीन, तीन चार लड़कियों के। पूरी भीड़ हो जाती है। इन शैतानों की सरदारन बनी रहती है वह राजन की दूसरी

लड़की। नाम तो बाबू उसका भूल जाते हैं, 'वो चश्मेवाली, वो मास्टरनी' (चश्मेवाली है इसलिए मास्टरनी भी हो गई वह!) यही याद रहता है। वही दादा को बुद्धू बनाने में लगी रहती है सबसे ज्यादा! वैसे वह खिदमत भी खूब करती है। उनके हाथ-पैरों के नाखून काट जाती है, दाढ़ी बना जाती है...दाढ़ी तो खैर यहाँ की वह बड़ीवाली भी बनाती रहती है, वह संध्या! अगर गुस्सा नहीं आया हो तो! वरना मुँह फुलाकर बोल देगी, ''नहीं बनाता साले! तेरी दाढ़ी मैं नहीं बनाता, ज्जा! तूने मुझे 'ऐ लड़की' क्यों कहा?'' उन दिनों बाबूजी उत्सव में जीते हैं या कुहराम में। खुद भी शोर मचाते रहते हैं उनके साथ! हर गर्मी मैं जब वे लोग जमा हो रहते हैं, एक दो बार वे उन 'मेहमानों' की दावत जरूर कर देते हैं : सबको रुपए बाँटकर कुल्फी खाने भेज देते हैं...''नन्दू की कुल्फी घर में ही लाना, वह वहाँ नहीं जाएगा।'' मुन्ना का बेटा नन्दू उन्हें सारे बच्चों से प्यारा है, इसीलिए वे उसे सारे लोगों से बुरे—सबसे बुरे लगते हैं। फिर एक बार दावत घर में भी होती है। दो बड़े रज्जू के, एक बड़ी मुन्ना की—ये तीन लोग रुपए लेकर दुकान में जाते हैं और वहाँ से पूरी एक किलो गरम जलेबी और दो किलो दही घर में ही मँगा लिया जाता है। फोन पर बोल दिया जाता है कि सामान नौकर के हाथों भेजा जाए, बच्चे गिरा देंगे। बाबूजी अपने कमरे में ही कटोरे चम्मच मँगा लेते हैं और अपने हाथ से दही-जलेबी बाँट-बाँटकर देते हैं जिसमें बच्चे 'चीटिंग' कर जाते हैं। इस पर बड़ा झगड़ा मचता है, और इस पर भी कि दादा जी का हिस्सा होना चाहिए या नहीं...''अरे वाह! उनका पैसा लगा है, उनका हिस्सा क्यों नहीं होगा?'' ''वो इसलिए नहीं होगा कि वो बीमार हैं—उन्हें डायबिटीज है। समझे?'' ''और वो बुड्ढे भी हैं। बुड्ढे दही जलेबी थोड़े ही खाते हैं।'' ''ऐसा मत करो यारो, ऐसा अन्याय! थोड़ा तो मुझे भी जरूर दे दो।'' ''अच्छा दे दो।'' नन्दू बोल उठता है, ''एक ही बार!'' ''हाँ एक ही बार!'' उस उत्सव के रोज बच्चे काफी समय दादाजी के कमरे में बने रहते हैं और उनके हाथ पैरों की खुश्क मालिश और सिर की खुजली करते हुए आपस में गप्प करते हैं। बीच-बीच में दादा जी भी अपने जमाने के किस्से चुटकुले सुनाते हैं।

''मुझे भी आलू के पराठे दो! मर जाऊँगा तो मर ही जाऊँगा—दो मुझे भी आलू के पराठे!'' बाबूजी कभी भी विद्रोह कर सकते हैं, रोटियाँ परे फेंक सकते हैं। तब घरवालों को झख मारकर पराठे देनें पड़ते हैं। भात को लेकर तो, मुन्ना जब घर में मौजूद हो, रोज ही झंझट मचता है। मीट आता है तो जिद में ज्यादा खा जाते हैं, फिर कई दिन तक पेट खराब रहता है और अशक्त पड़ जाते हैं।

इस अशक्त अवस्था में पड़े-पड़े उन्हें ख्याल आते हैं। कभी कोई लड़की याद

आ जाती है, कभी कोई रिश्तेदार। एक बार जाने क्या सूझा, उन्होंने गाँव से बिरादरी के पन्द्रह बीस जितने भी 'दस दिनी' (सूतक सम्बन्ध वाले) बिरादर थे, सबको खाने पर बुला लिया। मुन्ना को यह खब्त लग रहा था। तिस पर उन्होंने साफ कर दिया, "यह खान-पान मैं अपने पैसों से कर रहा हूँ। तू उन्हें बुला दे, इतना भर कर दे। वे मेरे बिरादर हैं, जिन्दगीभर उनके साथ रहा हूँ। अब छोड़कर यहाँ शहर में आ गया हूँ तो क्या वे मेरे सगे नहीं रहे? तू उन्हें एक-एक के नाम से सबको बुला दे। सामान सारा मेरी तरफ से भेज देना, बहू पका देगी।"

"बहू क्या-क्या करेगी—बच्चों का जो करेगी या तुम्हारे बिरादरों का जो करेगी?" मुन्ना झुँझला गया।

"ठीक है, तू किसी पकाने वाले को लगा देना—मैं उसकी मजदूरी दे दूँगा, तू चिन्ता न कर।"

तब के वे लौंडे छोकरे अब अधेड़ बुजुर्ग हो चुके थे...बाल सफेद, चेहरे पर झुर्रियाँ। दरी बिछा दी थी और सब दीवार के सहारे कतार में बैठ गए थे। चाचा सामने चारपाई पर थे। वहाँ उनके गन्दे पुराने कपड़े, बिवाइयों फटे जर्जर घिनौने पंजों वाले पैर! झलक भर को बाबूजी का चेहरा ठस और नजर कसी हुई हो गई। तो उन्होंने तुरन्त अपने को ताड़ित कर लिया—यह ठीक बात नहीं है! और फौरन ढीले हो गए। बहू थाली में चाय के गिलास भर कर ले आई थी। पीछे से दूसरी थाली में हलवा वाले कागज..."खाओ बेटो, खाओ! चहा खाओ। गाँव से यहाँ तक आने में थक गए होगे।" अब भी उनसे गौंत गोबर की तीखी बास आ रही थी। बाबूजी ने दोबारा अपने को डपट लिया। तब तक वे खुद तमाखू गुड़गुड़ाते रहे। फिर फर्शी उन लोगों की तरफ बढ़ा कर आप खाँसने लग गए।

गपशप शुरु हो गई थी : गॉव के हाल समाचार, उनके बाल बच्चों की आसल-कुशल...खेती बाड़ी, दूध पानी के हालात। एक दो को तो पहले पहचान भी नहीं सके। फिर भावुक हो उठे। बोले, "आदमी जिन्दगी जाने कहाँ-कहाँ काटता-गुजारता है, पर अन्त में अपनी भूमि, अपने बिरादर ही अपने रह जाते हैं, बेटे! तुम सब लोगों की नराई लगती है अब। कभी-कभी तो मन करता है डोली में बैठकर एक चक्कर—"

"हाँ, हो चचा! चलो एक बार!" वे खुशी से खिल उठे : "डोली ले आएँगे, आपको घुमा फिराकर वापस पहुँचा जाएँगे।" "गाँव वाले बहुत ही खुश हो जाएँगे, चचा! जरूर चलो एक बार!" "पर बेटे, बदन में सकत बिल्कुल नहीं रह गई। ज्यादा देर तक बैठा नहीं जाता अब। हिम्मत नहीं पड़ती। देखो फिर, मइया का क्या हुकम होता है।"

"चचा, अगर उस बखत चाची ने जिदबाजी नहीं कर दी होती—परिवार को गाँव

से उठा नहीं लाई होती, तो आज हम बिरादरों को भी एक मौका मिला होता आपकी खिदमत करने का। खुशी होती सबको। चाची जिदबाजी कर गई।''

''अब क्या कहा जाए, बेटे...'' बाबूजी जैसे घिर गए, ''सब भाग्य की बात है, कोई क्या करे।...चलो, खाना खाओ।''

खाना शुरु हुआ—पत्तलें बिछ गईं...सब्जी, पूड़ी, खीर।

''आप भी तो आओ, बुबू! आप भी खाओ!''

''मैंने जितना खाना था उमर में खा लिया बेटे, अब मेरे खाने के दिन गए। शुगर ने मार रखा है।''

''अरे! शुगर साले में तो मीठा-फीठा सब बंद हो जाता है, चचा!''

''बंद बेटे, कतई बंद! फीकी चहा दे रहे हैं। मीठे का जताँश नहीं। भात नहीं, आलू का साग नहीं। पराठे-फराठे सब बंद!'' वे उठ उठकर उन लोगों तक परोसने पहुँच जाते।

''आप बैठे रहो, ठुल-बा! हम ले लेंगे। आप तकलीफ़ मत करो।''

''खाओ बेटो, खाओ। झेंपना मत, अच्छा? अपना ही घर हुआ यह भी। कोई बाहर के थोड़े ही हुए तुम लोग। मेरे अपने ही घर के लड़के बच्चे हुए। खाओ खाओ।''

खाना खा लिया। तमाखू आ गया। ''ओफ्फो! पहले कैसा-कैसा खाया पिया ठहरा आपने, अब शुगर हो गया!'' तमाखू की गुड़गुड़ के साथ दुख के, मलाल के बोझल मेघ भी बीच में लटक आए।

''अब पहले की बात क्या करते हो, बेटे? दुकान में अकेला होता था, तो बीच-बीच में मीट खाने का मन हो आता था—''

''अरे चचा! वो मीट मैं ही तो लाता था!'' ''अरे हाँ-हाँ, तू ही तो लाता था। दूध देने आता था तू, तो तेरे से ही मँगानेवाला हुआ मैं।''

''पूरा आध सेर, यार! बाप कसम! फिर मैं ही मसाले भी पीस जानेवाला ठहरा। सोचनेवाला ठहरा, चचा ने दो टुकड़े तो मेरे लिए भी जरूर ही रख छोड़ होंगे। पर कहाँ? वहाँ तो साला भड्डू ही चाटा हुआ मिलनेवाला ठहरा! हो-हो-हो! हा-हा-हा!''

''ऐसा हुआ मैं, बेटो! अकेला ही आध सेर मीट चट कर जानेवाला हुआ।''

''अब नहीं खाते क्या मीट, ठुल बौज्यू?'' ''अब कौन खिलाएगा, बेटे! कभी बनता भी है तो एक टुकड़े से ज्यादा नहीं देते।''

''एक तो बुढ़ापा, ऊपर से रोग और लग गया ठहरा।''

''कुकरगत हो गई, रे बेटे! अब तो मन करता है चुपचाप खिसक लिया जाए। फालतू नरक भोगना हो रहा।''

''नहीं हो चचा, ऐसा मत कहो। हम तो चाहते हैं आप अमर होकर जिएँ।''

"आप यहाँ सही सलामत हैं तो हम लोगों को भी आपके होने का भरोसा जैसा लगता है। सच कह रहा हूँ, बुबू!"

चलते समय एक-एक चाय और पिलाई गई। फिर बड़े स्नेह अपनेपन से उन्हें विदा किया गया। पाँव छू-छूकर वे लोग पैलागन करते चले गए।

"जाओ बबा, जाओ! तुम लोग आए, कितना अच्छा लगा। सबसे भेंट घाट हो गई।" उनकी आँखें भीग आई थीं।

"अपने शरीर का ध्यान रखना, ठुल-बा! दवाई खाते रहना।" "कोई काम हो तो हमें 'जबाब' भेज देना, चचा! हम भी राजू-मुन्ना जैसे ही हैं।"

उनसे बोला नहीं जा रहा था। सिर्फ सिर हिलाते, हाथ जोड़ते रहे। लग रहा था, अब उन्हें वे दोबारा नहीं देख पाएँगे। वे आएँगे उस रोज...सभी आएँगे। जरूर ही आएँगे। उन्हें लग रहा था। पर वे उन्हें देख नहीं पाएँगे।

धीरे-धीरे मनोवृत्ति में बदलाव दिखाई दे रहा था। उनका वह जिन्दगी भर का आत्म केन्द्रित कमाऊँ रूप गायब हो रहा था। आस-पड़ोस वाले, इष्ट मित्र या गाँव समाज के लोग उनका हाल समाचार लेने आते तो उनके सामने वे दान दक्षिणा, सेवा शुश्रूषा की चर्चा छेड़ देते। लाला नौलखिया की दानशीलता और धर्मभाव तो उनके लिए आदर्शों का आदर्श बन गई थी, जो हर महीने एक बोरा आटे की रोटियाँ कोढ़ी-कँगलों को बाँटता है। न जाने कितने मंदिरों में उसके नाम का चढ़ावा चढ़ता है, तेल जलता-घंटे बजते हैं। तभी न उसकी अमीरी में पिछले दस पन्द्रह साल में जाने कितना गुना वृद्धि हुई है। एक दुकान से अब कितनी दुकानें हो गई हैं—पहले दो बेटे थे, अब बेटों के भी जाने कितने बेटे हो गए हैं उन दुकानों में बैठने वाले! इसे कहते हैं जय-जय कार! दुकानें बढ़ीं तो बैठनेवाले भी बढ़ते गए—सब एक शक्कल सूरत के! परमात्मा की भी कैसी लीला है। अपना नौलखिया सुबह से ही शहर भर के मंदिरों की परिक्रमा शुरु कर देता है। छोटे से छोटे, गली-कूँचे के मंदिरों को भी नहीं छोड़ता। यह हुई सद्‌बुद्धि! वाह रे नौलखिया! तमीज दो कौड़ी की, करोड़पति सेठ बना बैठा है! सब दान-पुन्य की महिमा है, भाई! बड़े-बड़े दानी महादानी हुए दुनिया में, अपना नाम अमर कर गए! बाबूजी श्रद्धा की शतद्या में रोम-रोम बहे जा रहे हैं : एक वह शौक्याणी भी हुई...जाने किस भागवान बाप की बेटी रही होगी वह। सड़क के किनारे-किनारे सैकड़ों धर्मशालाएँ खड़ी कर गई। यात्री मुसाफिरों के टिकने के लिए...कहाँ तिब्बत से कहाँ बरेली तक! हर दो-दो, तीन-तीन मील के फासले पर। यह भी एक पुरुषार्थ—भारी पुरुषार्थ का काम ठहरा। आप तो बेचारी चली गई, पर अपना नाम अमर कर गई दुनिया में : अपना भी, अपने बाप का भी! बेटी हो

तो ऐसी! दो दिन की जिन्दगी में और क्या रखा है। सब कोरी माया, कोरा मोह! सच अगर है तो इतना ही है, जो चाहे जितना बटोर ले इस पुन्य को। अपने पेट में तो सभी डालते हैं, मल होकर निकल जाता है। खाई होगी तुमने हलवा पूड़ी, बाल मिटाई। उससे दूसरों का क्या? वो एक अंधे महात्मा जी जो कहते थे—'जंगल में मोर नाचा किसने देखा'...वही बात हुई! सच्ची सेवा तो भइया, वह है जो आदमी दूसरों के लिए करता है! बहुत देर तक बाबूजी के उद्‌गार फूटते रहते हैं। इसमें उन्हें परोपकार की तुष्टि का अनुभव होता है।

इस बीच उन्होंने एक काम किया : शहर के कुछ खास-खास मंदिरों में गुपचुप दान शुरु कर दिया। लाठी टेकते चले जाते थे और दान पेटी में अपने हाथ से दान राशि डाल आते थे। इससे अपूर्व सुख मिला। इसी तरह गाँव की धूनी, गोलू-गंगनाथज्यू के मंदिर और ऐड़ा देव के मन्दिर में—यह एक निश्चय उन्होंने बाँधा कि हर महीने धूप-तेल भेजा करेंगे। वहाँ पैसे भेजना ठीक नहीं, साले सुरा-शराब पी जाएँगे। सिर्फ धूप तेल! एक और मनोकामना कुछ समय से चैन नहीं लेने दे रही थी, इन नवरात्रियों में गोल्लज्यू ने वह भी पूरी कर दी : उनके मंदिर में लोहे का दरवाजा चढ़ाना था, चढ़ा दिया। और एक पट्टी लगवा दी कि 'यह दरवाजा राती गाँव के ठाकुर सब्बल सिंह राना बिष्ट पुत्र ठाकुर टीकम सिंह राना बिष्ट ने अपनी पत्नी स्व. श्री मती मोहनी देवी की याद में लगवाया। दिनाँक 13.10.1990 ई.।' एक ही शुभ कारज से सारी मनोकामनाएँ पूरी हो गईं। उनके साथ उनके बौज्यू का और बच्चों की माँ का नाम भी आ गया! लेकिन जितना हल्ला मुन्ना के साथ मंदिर के दरवाजे को लेकर नहीं मचा, उससे कहीं ज्यादा इस नाम पट्टी को लेकर मचा। झंझट यह था कि दोनों ही काम—दरवाजा तैयार करवाना और फिर पट्टी लिखवाना—मुन्ना को ही करने थे। पहले तो दरवाजे को लेकर ही शोर मचा कि गाँव का मंदिर है, न उसमें कोई कीमती मूर्ति है न कोई कीमती सामान। पत्थर के दो चार टुकड़े पड़े हैं (यह मुन्ना की भाषा थी!) —फिर वहाँ लोहे का दरवाजा लगाने की क्या जरूरत है? ऐसा है ही क्या जो चोरी हो जा रहा है? हाँ, दरवाजा लग गया तो वह दरवाजा जरूर चोरी हो जाएगा।

बाबूजी विस्फोट कर गए, "उन्हें तू पत्थर के टुकड़े कह रहा है दुष्ट! इष्ट देवता का ऐसा अपमान कर रहा है तू! तेरे को नहीं बनवाना है दरवाजा तो ऐसा बोल दे। मैं किसी और से बनवा लूँगा—जहाँ पैसा खर्च करूँगा वहाँ बन जाएगा।" खैर दरवाजा बन गया, लग भी गया। तो उसके साथ ही कुलबुलाहट की तरह बाबूजी के मन में नाम पट्टी का ख्याल पनपने लगा। उन्हें लगा, ख्याल बुरी नहीं है...बल्कि अच्छा है, उत्तम है। यह तो दरवाजे से भी जरूरी हो गया अब! यही नहीं लगा तो कल किसे क्या मालूम कि दरवाजा किसने लगवाया? यह तो जरूर ही लगनी है—यह नाम पट्टी, संगमर्मर की! सुना है हल्द्वानी से बनके आती है। तो उन्होंने अपनी यह मनसा भी

कुछ दिन बाद मुन्ना के सामने रख दी। भड़क गया मुन्ना, जैसे उसकी अपनी जेब कट रही हो : "आप पागल हो गए बाबूजी? उस गँवई मंदिर में आपकी नाम पट्टी पढ़ने कौन आ रहा है?" "देख रे मुन्ने, देख! तू बार-बार उस मंदिर की बेइज्जती मत कर! पहले तूने उन्हें पत्थर के टुकड़े बताया, अब उसे गँवई मंदिर कह रहा है!" "तो क्या कहूँ? दिल्ली का बिड़ला मंदिर कहूँ या कलकत्ता का काली का मंदिर?" "कुछ मत कह, सिर्फ मंदिर कह।" "चलो यही सही। तो उस मंदिर में लगी नाम पट्टी को पढ़नेवाला कौन है? कभी गाँव वाले धूपबत्ती करने जाते हैं तो उन्हें पता चल ही चुका है कि दरवाजा उनके सब्बल सिंह चचा ने लगाया है। अब और क्या चाहिए?" "तू समझता नहीं! बिना समझे अनाड़ियों की जैसी बक-बक करता रहता है। अरे, आज से दो चार सौ साल बाद भी तो लोग होंगे, या नहीं होंगे? उस वक्त उन्हें कौन बताएगा कि यह दरवाजा कौन बना गया?" बाबूजी जितने गम्भीर होकर बोले, उसकी प्रतिक्रिया मुन्ना के अन्दर उतनी ही मजाक के तौर पर हुई, "चार सौ साल बाद! उस वक्त तक आपका लगाया हुआ दरवाजा तो रह नहीं जाएगा बाबूजी, पर हाँ नाम पट्टी जरूर रह जाएगी। लोग पूजा करना भूल जाएँगे, मंदिर के आगे पीछे दरवाजे को खोजते रह जाएँगे—कौन सा दरवाजा? किसका दरवाजा?" मुन्ना के मारे हँसी के बुरे हाल हो रहे थे और बाबूजी मारे गुस्से के लाठी समेत काँपने लगे थे : "तू चला जा! चला जा तू! मुझे तेरे से कुछ नहीं बनवाना!" परिणाम यह हुआ कि मुन्ना ने चुपचाप उनकी यह मनसा भी पूरी कर दी, पट्टी लग गई।

कभी-कभी गाँव की तरफ से कुशल-क्षेम लेने कोई आ जाता...'बेटे, एक बात तो बता, गोल्लज्यू के मंदिर में वो दरवाजा और वो नामवाला साइन बोड वे तो वहीं हैं ना?" "हाँ हाँ, चचा बिल्कुल वहीं हैं।" "वो साइन बोड की लिखावट मिट तो नहीं गई, बेटे?" "अरे नहीं तो चचा, बिल्कुल वैसी ही उजली है लिखावट। नीचे रास्ते से ही नजर आ जाती है।" चचा उत्तेजना से भर उठते हैं : "नीचे रास्ते से ही पढ़ लेते हो तुम लोग मेरे उस साइन बोड को कि ठाकुर सब्बल सिंह राना बिष्ट पुत्र ठाकुर टीकम सिंह राना बिष्ट करके?" "नहीं, इतना साफ-साफ तो नहीं पढ़ पाते, पर गजबज-गजबज जैसा दिखाई जरूर दे जाता है कि कुछ लिखा हुआ है करके।"...चलो, बाबूजी इतने से भी सन्तुष्ट हो जाते हैं कि कुछ गजबज-गजबज जैसा लिखा हुआ दिखाई तो देता है।

घर के मंदिर में सुबह धूपबत्ती करने का उन्हें थोड़ा बहुत शौक था। धोती बदल, दो चार फूल लेकर वे मंदिर में जा बैठते और 'हरे राम हरे राम, हरे कृष्णा हरे कृष्णा' का जाप कर लेते। मुन्ना का लड़का नन्दू जब छोटा था तो उसे भी साथ ले लेते

थे। बीच-बीच में उसे डाँटते डपटते, रोकते बरजते रहते। बाहर आकर शिकायत करते, "बहुत बदमाशी करता है। जरा ढंग से पूजा नहीं करने देता!" वैसे उन्हें बच्चे की बदमाशियाँ प्रिय थीं, गुस्सा दिखावे का था। इसलिए इस गुस्से और उस बदमाशी में उन्हें एक अलग किस्म का रस लगता था, उसे पूजा में जरूर ले जाते। यह रस भी केवल पोते के साथ ही वे महसूस करते, पोतनियों के साथ नहीं : "तुम्हारा प्रसाद बाहर ही आएगा, वहीं रहो।" वे उन्हें बरज देते।

पोते का और दादा का मिलाकर एक अलग खट्टा-मीठा संसार बन चुका था। जब वह स्कूल जाने लगा, उसे लाने-पहुँचाने का काम बाबूजी ने स्वेच्छा से खुद ले लिया था। जल्दी-जल्दी तैयार होकर चल पड़ते, लाठी के सहारे-सहारे...उसका बस्ता-बोतल उठाए। दोपहर बाद बच्चे की स्कूल से वापसी होती..."अरे छुट्टी का टाइम हो गया क्या?" आराम के बीच से वे उठ लेते और फटाफट स्कूल जा पहुँचते। और फिर उसी तरह बस्ता-बोतल कंधे में डाल लौट पड़ते। अब के गुफ्तगू करते हुए : "तो आज तेरी मास्टरनी ने तेरे को क्या पढ़ाया, नन्दू?" "च-चुप रहो!" नन्दू डाँट देता, "बोलना तो आता नहीं! म-मिस साहब बोलते हैं!" "अच्छा तो खैर मिस साहब ही सही, क्या पढ़ाती है वह?" "स-सब पढ़ाती हैं!" वह ऐंठकर जवाब देता, "ब-बोलना तो आता नहीं!" और झपट कर दादा के कंधे से बोतल ले पानी पी डालता। "नन्दू! तू यह तुतलाकर क्यों बोलता है रे? पहले तो नहीं बोलता था। किसने सिखा दिया तुझे ऐसे बोलना?" "त-तुम्हें क्यों बताऊँ! मेरे गज्जू मामा भी तो ऐसे ही बोलते हैं, बच्चू!" "तू वहाँ मत जाया कर! ऐसी ही उल्टी सीधी बातें सीखेगा वहाँ से। वो गन्दी जगह है।" "चोप!" नन्दू जोर से डपट देता, "त-तुम हो गन्दे! चलना भी तो आता नहीं। मेरे नाना कोई तुम्हारी तरह लाठी से थोड़े ही चलते हैं।" "नाना हो रहा तेरा! वो भैंस की पूँछ मरोड़नेवाला खसिया!" "क्या बोला?" नन्दू उन पर चढ़ आया, "फ-फिर बोलो!" "अरे मैंने कहा तेरे नाना भैंसों वाले हुए। बहुत सारी भैंसें हुईं उनकी। खूब दूध पीते होंगे, है ना?" "त-तुम्हें क्यों बताऊँ?"

और जब वे कभी अपनी आल्मारी खोलते तो चूहे की तरह जाने कहाँ से घुस आता और प्यार से बोलने लगता, "द-दादा जी, आप वहाँ से क्या निकाल रहे हो?" "नहीं बताता, क्यों बताऊँ?" वे टाफी या बिस्कुट मुँह में डाले चिढ़ा देते, तो वह मचल उठता और उन्हें बाँहों से हिलाने लगता : "मुझे दिखाओ ना, क्या खा रहे हो—मुझे भी दो!" "तू तो मेरा कहना ही नहीं मानता।" "म-मानता तो हूँ। आपने उस दिन पानी मँगाया, मैं नहीं लाया?" "पर फिर मेरे पास आकर बैठा तो नहीं...मेरा सिर खुजलाया तो नहीं।" "आज खुजलाऊँगा।" "लगी शर्त?" वे बच्चों की भाषा में बोलते। "शर्त!" वह उनकी हथेली में हाथ दे मारता। वे उसको टाफी

दे देते, तो वह बदमाशी में उतर आता, "नहीं खुजलाऊँगा बुड्ढा सिर!" "अच्छा एक टाफी और दूँगा।" "पहले दो।" "नहीं, पहले खुजलाओ।" और अपना सिर उसके सामने कर देते। वह सिर पर अँगुली हिला भर देता..."लाओ अब दो!" "अभी नहीं हुआ, यार! जरा ढंग से खुजलाओ।" इस तरह उन दोनों की खींचतान चलती रहती। उनकी इस लीला को देखकर राह चलते बुढ़ऊ मुस्कराते : "इसे कहते हैं मूल से सूद प्यारा!"

कभी-कभी बाबूजी की स्त्री विरोधी वृत्ति उद्दीप्त हो उठती। वहाँ भी वे नन्दू का सहारा लेते : "नन्दू!" उसे बादाम दिखाकर वे पूछते, "तेरी मम्मी खुद भी दूध पीती है, है ना?" नन्दू सिर हिला देता कि हाँ। "सुबह शाम दोनों बार पीती है, है ना?" नन्दू फिर सिर हिला देता कि हाँ! "हूँ!" बाबूजी गम्भीर हो उठते। "और अपनी रोटी में घी भी चुपड़ती है?" नन्दू पूर्ववत सिर हिला देता। "और तेरे बाप की रोटियों में नहीं चुपड़ती?" "नहीं बताऊँगा। पहले बादाम दो। एक नहीं, तीन दो। तीन बार पूछा है।" "दो ही बार तो पूछा है यार!" "नहीं! तीन बार पूछा है!" दादा की बेइमानी पर चिढ़कर वह चिल्लाना शुरु कर देता : "तेरी मम्मी दूध पीती है—एक! सुबह शाम दोनों बार पीती है—दो! अपनी रोटी में—" बाबू जी ने वहीं उसका मुँह बंद कर डाला : "हो गया, हो गया। तीन ही बार पूछा।"

औरत...पराए घर से आई हुई औरत को लेकर वैमनस्य पाले रखना, यह हमेशा से बाबूजी का शगल रहा। मडुवे की भूसी की तरह मद्धम-मद्धम सुलगे रहना। जैसे यह घर की संस्कृति रही हो। इसी तरह रात जब घर के लोग खाना खाने बैठते तो उसी संस्कृति के तहत कायदा यह था कि बहू रोटी पानी का काम पूरा कर वहाँ से हट जाए—कहीं बाहर ओने-कोने में जा बैठे। खाना-खाने के बाद घर के लोग वहीं बैठे-बैठे गप्पों में जुड़ जाते। और जब थकथका कर सोने को उठते, तब बहू वहाँ आकर ठंडे बर्तनों में अपनी ठंडी रोटी सब्जी टटोलती। इस संस्कृति की शिकार कभी माँ भी रही थी जब वह इसी तरह नवेलन थी, वह बताती है। वह बताती है कि किस तरह उनकी सासू जी बहुओं के लिए नीचे गोठ के आले में गिनती की रोटियाँ छोड़ जाती थी। घास-पिरूल से लौटकर आने पर वे लोग पातीं कि उनकी रोटियों में खाद के कीड़े चिपके हुए हैं। किस तरह उन घिनौने कीड़ों को झाड़-झाड़कर वे रोटियों के कौर तोड़तीं और घिना घिनाकर खाती थीं।

हाथ पाँव, इंद्रियाँ शिथिल पड़ने लगे थे। डाइबिटीज ने शरीर को क्षीण बना दिया तो बाबूजी जैसे दुनिया से कटते चले गए। न उनका कहीं आना जाना रह गया, न किसी से मिलना जुलना। न किसी को साफ-साफ देख-सुन सकते। दाँत नहीं रहे

और साँस भी चढ़ आता तो ज्यादा देर तक और सही-सही बोला भी नहीं जाता। घर के ही बच्चों के नाम, शक्ल-सूरत भूलने लगे थे : "वो नहीं आई क्या इस बार—वो मास्टरनी? मेरे सिर को खूब मीठा-मीठा खुजला देती थी। नींद जैसी आने लगती थी।" जबकि इतनी देर से 'मास्टरनी' ही उनके पास बैठी उन्हें चाय-बिस्कुट खिला रही होती। बच्चे उनकी इस तरह की बातों पर हँसते, पर उन्हें वह हँसना भी समझ नहीं पड़ता।

वे अब अपने बाहर के विस्तृत संसार से कट रहे थे—चारों तरफ से सिकुड़ते हुए अपने अस्तित्त्व के टापू में कैद हो रहे थे। यह एक टीले की तरह का स्थान था जहाँ पर से बाबूजी को दूर क्षितिज के आसपास के दृश्य खुलते दिखाई देते। बीच का धुँधलका गायब होने लगता था। धुर बचपन तक का जीवन स्मृति में उकेरा खाने लगता :... उनके उस मटमैले रंग के थैले में मलेसिया का कुर्ता पजामा था। दोतन्नीवाली काले रंग की एक फतूही थी। एक ऊनी कनटोप भी था, गाढ़ा कत्थई। चार दाने अखरोट के थे, दो दाड़िम। और एक चकमक पत्थर भी था।...वे ऊँट पर चढ़े हुए थे तो लगता था अब गिर पडेंगे, गिर कर बचेंगे नहीं। ऊँट की उस काठी से वे बन्दरिया के बच्चे की तरह चिपक गए थे, आँख बन्द कर ली थीं, दाढ़ कस लिए थे—अब गया, अब गया! ऐसा घनघोर डर। वह पसीने से तरबतर थे। पेशाब भी निकल आई थी। कितने छोटे थे वे!... रेनू की शादी से पहले का दिन था वह : मौत के कितने करीब जा पहुँचे थे वे! शादी का सामान लेने बाजार को जा रहे थे धान के खेतों के रास्ते, ताकि खेतों में पानी भी लगाते चलें। ज्यों ही अगला मोड़ घूमे कि सामने चट्टान पर बैठा हुआ—बाघ! उगते सूरज को देखने में तल्लीन। हौले-हौले पूँछ हिला रहा था। इतने ऐन मुख के आगे कि पलटकर भागने की गुंजाइश भी नहीं थी...अरे यार! यह बुरी घड़ी आ गई। यह ऐसा क्या हुआ होगा—चू चू...आज ही होना था इसे? तभी खेतों में आज ही पानी डालने की मति भी आई। असल में होनी आ गई थी...राम-राम! रेनू की बरात लौट जाएगी। दुनिया कहेगी—'बेटी की शादी थी। ठीक पहले रोज बेचारे को बाघ खा गया।' आज रात भर लोग ढूँढ़ते फिरेंगे कि कहाँ गायब हुआ...बाजार भी नहीं पहुँचा, तो फिर गया कहाँ? आखिर में बिखरे चिथड़ाये जूते कपड़े मिलेंगे। फिर वहीं आसपास छितराई हुई हड्डियाँ। घर में कैसा चीत्कार मच जाएगा...हाय हाय! उनके अन्दर जिस तरह अपने आप ही आत्मालाप शुरु हो गया था, उसी तरह अपने आप ही वे उल्टे पाँव सरकने लगे थे। फिर, जाने कब वे पलटे और फूट चले। हालाँकि पाँव आगे नहीं बढ़ रहे थे, वहीं-वहीं पर पड़ रहे थे। तो भी वे भागे जा रहे थे...और पीछे से लपक लिए जाने का त्रास आहट की तरह साथ लगा था : अब लपका, अब झपटा! ऊपर वाले रास्ते से बाजार को जाते लोग दिखाई दे गए—उन्होंने हाथ हिला-हिलाकर चिल्लाना शुरु कर दिया,

"बाघ! बाघ!" मगर सिर्फ हाथ हिल रहे थे। आवाज नहीं फूट रही थी। हालाँकि हुआ वह अचम्भा ही। उन्होंने जब लोगों को बाघ के बारे में बताया तो लोगों ने उनकी बात पर यकीन करने से इन्कार कर दिया : "खाली तुम ही जाने क्या पागलपन का नाच जैसा कर रहे थे सबल-दा! बाकी किसी चट्टान पर बाघ-बाघ कुछ नहीं था वहाँ!" "अरे भइया, इतना समझो कि ये देवी के कल-छल हैं।" गाँव के बुजुर्ग हिम्मत सिंह ने इस घटना के रहस्य पर रोशनी डाली थी, "बेटी की कल बरात आ रही है और तुम न्योता देने मइया के दरवाजे अभी तक नहीं गए हो...या गए हो?" "हाँ यार दाज्यू, गलती तो हो गई! नहीं जा पाया।" "अब आज ही लौटते समय जाओ और भूल-चूक की माफी माँग लो।" हिम्मत सिंह ने ढाढस बँधाया था।

इन डरावनी स्मृतियों के ही आजू बाजू कुछ सुकून भरी स्मृतियाँ भी सुषुप्त होकर रहती हैं...गाँव से हटकर एक बेनामी बंजर इलाका था। उनके बौज्यू बेटों के हिस्से-बाँट के बाद इस बात से चिंतित रहते थे कि बेटों के पास खेती कम हो गई है—चार-चार खेत एक-एक के हिस्से! कैसे कल को उनके नाती-पोतों के पेट भरेंगे...क्या करेंगे उस वक्त उनके लड़के? वह इलाका उनके ख्याल में आया और धुन जगा उठी : सुबह मडुवे की चार रोटियाँ और लहसुन का नमक पोटली में लपेट, घन-सब्बल उठा वे घर से निकल पड़ते और दिन भर जमीन से एक-एक पत्थर खोद-खोद, तोड़-तोड़कर अहाता चिनते चले जाते। सर्दी गर्मी बरसात, होली दिवाली हरियाला...महीना, साल दर साल निकलते चले गए...बौज्यू की शेष जिन्दगी खपती चली गई—बंजर को चारों तरफ से घेरता हुआ अहाता उठता चला गया, बढ़ता चला गया। आखिरकार लम्बा चौड़ा बंजर घिर गया। फिर घिरी हुई जमीन वह खोदी गई, उसमें टोकरे के टोकरे खाद मिलाई गई, अनाज बोया गया। संयोग की बात है उस साल बारिश भी ठीक-ठाक हो गई। झमाझम पौधे उगे, बालियाँ लहराईं। वह एक देखने लायक नजारा था। यहाँ से वहाँ तक—हरा-भरा...लहराता हरा-भरापन! पूरा गाँव देखने पलट आया। टीकम सिंह बुबू की बहादुरी के पुल बँधने लगे। लेकिन यहीं पर 'बस' हो गया: बाकी का काम बन्दरों ने कर डाला! इस मानसिक आघात को बौज्यू झेल नहीं सके... "अब मैं बचूँगा नहीं, बेटे!" मृत्यु-शैय्या पर पड़े वे उसास ले रहे थे। "बौज्यू!" बाबू से चुप नहीं रह गया। वे अपने बौज्यू के सबसे लाड़ले बेटे, चुप कैसे रह सकते थे—"मैं तुम्हारी मेहनत को फालतू नहीं जाने दूँगा, बौज्यू! घास उगाऊँगा यहाँ। जंगल भी लगाऊँगा। खूब घास होगी बौज्यू! खूब घना जंगल होगा हमारा। मैं तुम्हारी मेहनत को ऐसे बर्बाद नहीं जाने दूँगा।" वे बोल रहे थे और बौज्यू उनके चेहरे को अपने खुरदरे हाथ से सहला रहे थे। इसके साथ ही बौज्यू स्याँक्क बोल गए। बौज्यू को मेहनत प्यारी थी, इसलिए बाकी बेटों की बनिस्बत अपने मँझले बेटे को अच्छा मानते थे वे और बुलाते, "मेरा सबुलवा!" जबकि उनकी

इजा जेठे बेटे से ज्यादा मोह रखती थी : "भाग्यहीन है मेरा गुसाई। भाग्य के लिए कोई क्या करे।" पर बौज्यू भाग्य-फाग्य को नहीं मानते थे, वे कर्म को मानते थे और मँझले के अलावा बाकी दोनों को निकम्मा कहते थे। इस मतभेद को लेकर बुढ़िया और बुढ़ऊ में आए दिन ठनकती रहती। बौज्यू कहते, "तुझ निकम्मी बुढ़िया ने अपने इन खग्गाड़ों को बिगाड़कर अपना जैसा ही बना दिया।" तो इजा कहती, "अरे तुम तो चटोरे हो! जिसके पास चाटने को मिल जाता है उसी की बड़ाई में लग जाते हो!"

स्मृतियाँ घेरे रहतीं : रात को दूकान से लौटते थे वे तो अक्सर बूढ़ी इजा के लिए—जो बौज्यू के बाद अकेली बच गयी थी और बड़े बेटे के पास रहती थी—एक पुड़िया में मलाई जलेबी ले आते थे या घर में कभी मीट बनता तो अपने हाथ से नरम-नरम बोटियाँ छाँटकर एक कटोरा इजा के पास पहुँचा देते। मगर इजा खुद न खाकर ये चीजें अपने बेटे को दे देती : "मेरा तो खाए के बराबर ही हुआ। इन अभागों को कौन है देनेवाला?" वह कहती और अफसोस से भर उठती थी। बुढ़िया की यह आदत बाबूजी को अच्छी नहीं लगती थी : "हम तो बच्चों का हिस्सा मारकर उसके लिए भेजते हैं, वह दूसरों को बाँट देती है। क्या कहा जाए!" पर अब लगता है इजा ठीक ही करती थी। दद्दा की दुर्दशा पर दर्द रखना उचित ही नहीं, बल्कि जरूरी था। बाबूजी को अब लगता है कैसे वे उस बदहाल भाई की तरफ आँखें तरेर कर देखते थे, जब वे कभी-कभार दूकान की बाहरवाली बेंच पर आ बैठते। बेहद कुढ़न लगती उन्हें देखकर बाबू को और उसी कुढ़न में देर बाद वे थोड़ी-सी चाय उनकी तरफ सरका देते। खच्चर से गिरकर लगी दिमागी चोट, मिरगी की शिकार पत्नी...दो-दो बेटों की मौत...दद्दा इन तमाम दुर्भाग्यों से टूटे हुए इन्सान थे। उनकी बदहाली के लिए बाबूजी को कभी दर्द या दया किस्म की चीज नहीं लगी, केवल हिकारत ही लगी, अपनी इज्जत पर बट्टा लगानेवाली बात ही लगी। उनका वह सूती कोट और पहाड़ की कड़ाके की ठण्ड... एक कम्प वहाँ कोट के अन्दर साफ-साफ प्रतीत होती थी। कितने दुबले हो गए थे दद्दा! उनकी वह पतली गरदन और ऊपर-नीचे पटकी खाता हुआ टेंटुआ, जब वे चाय की घूँट भरते या चने का दाना चबाते। कभी उन्हें यह ख्याल क्यों नहीं आया कि एक गिलास दूध उन्हें पिला दें...या चाय के साथ दो-एक जलेबियाँ भी दे दें? एक हूक उठती है। इजा—अब लगता है, उनकी इस भूल की भरपाई कर रही थी: अपने हिस्से की चीजें उन्हें देकर बड़ा जरूरी काम कर रही थी इजा। समझ में नहीं आता कि जब दद्दा की रगों में भी वही रक्त बहता था जो उनके अपने अन्दर था तो फिर वैसा निष्ठुर पराएपन का व्यवहार वे उनके साथ कैसे कर ले गए।... अब क्या हो सकता है? वे मोहनभोग छकाने को भी तैयार हों तो दद्दा अब लौटने से रहे।

दद्दा की स्मृति से लिपटी-उलझी छोटे चतुरिया की स्मृति भी खुल पड़ती थी कभी-कभी। उसकी नालायकी, मुँहफटपन...बेलिहाज व्यवहार। हरकतुआ घटवार ने उनके खिलाफ बाँध उठाने के कुचक्र में मजदूर बुलाए तो खुद भी दौड़ा चला गया.. इसे क्या कहोगे? भ्रष्ट बुद्धि का आदमी ही ऐसा करेगा। तो भी—उसकी इस तरह की हरकतों के बावजूद कोई बात अन्दर काटती है। लगता है न्याय चतुरिया के साथ भी पूरा नहीं हुआ। उन्हें उसका नहीं तो उसके बच्चों का ख्याल रखना चाहिए था। कहीं छोटी-मोटी दूकान खुलवा देते, दूध मिठाई की। मगर वे सोचते रहे गए कि वह दूकान नहीं कर सकता। दूकानदारी के लिए जो जिम्मेदारी का भाव चाहिए वह उसमें नहीं है। दिन ढलते घर को दौड़ पड़ने वाला आदमी...कैसे एकचित्त होकर वह दूकान कर सकेगा? फालतू पैसा गँवाना होगा उसमें। यहीं पर गलती हो गयी। एक बार एक छोटा-सा जुआ खेल जाते। जैसे मर्चेन्ट दद्दा ने कभी उनके लिए दूकान करा दी थी, सारा सामान उधार दिलवा दिया था... कौन जाने पैसा कमाने का लोभ उसे घर के अंध मोह से छुड़ा ही ले जाता... वह भी कमाऊ कर्मठ बन जाता। एक मौका था, लेकिन वे चूक गए। और वह उनकी बगल में दरिद्र जिन्दगी जीता हुआ मर-खप गया। वह उनका सगा छोटा भाई! किस तरह जब वे मारवाड़ की नौकरी से लौटे थे तो चतुरिया के लिए छिपाकर 'बाँस मिसरी' लाए थे, छिपाकर ही वह उन्होंने उसे दी थी।... आँखें तरल हो उठती हैं, आगे सोचा नहीं जाता।

चतुरिया के साथ हुए अन्याय का आखिरी छोर रमा के साथ बँधा है। रमा—उनकी भतीजी, चतुरिया की बेटी। अपनी माँ की मृत्यु के समय वह सातेक साल की थी। भले के ख्याल से ही वे उसे अपने साथ ले आए थे, मगर उसके साथ भी कहाँ न्याय कर पाए? जिस तरह दो रोटी के लिए वह दर-दर डोलती रही : कभी रेनू उसे उठा ले जाती, कभी तन्नी, कभी गप्पू। सबके छोटे बच्चे थे, इसलिए सबको रमा की जरूरत थी। फिर वहाँ, उससे बच्चों की सँभाल के अलावा दुनियाभर के काम करवाए जाते और मिलती दो रोटी, उतरन के कपड़े। इस अनर्थ से तिलमिलाकर बाबू ने उसके शीघ्र उद्धार की खातिर रिश्ता ढूँढ़ डाला : लड़के की चाय-नाश्ते की दुकान थी। सुशील और कमाऊ। मगर बीच में रमा की ताई आकर खड़ी हो गयी—"इतने अच्छे रिश्ते के लिए दहेज भी रख गए हैं क्या इसके माँ-बाप? मेरी ममता को नहीं मिल सकता था क्या कोई ऐसा ही सुशील रिश्ता?" वह सिर से पाँव तक ईर्ष्या से धधक रही थी और उसके पीछे से तन्नी और गप्पू भी वहाँ जैसे तत्पर खड़े थे। मिली मिलाई जन्मपत्री बाबूजी को वहाँ से वापस मँगा लेनी पड़ी। और फिर जो दोयम दर्जे का रिश्ता ढूँढ़ा, वहाँ धोखा हो गया—लड़का गँजेड़ी-नशेड़ी निकल आया। ममता का घरवाला तो गनीमत थी कि नौकरी पर था, मगर यह रमावाला तो खालिस था! ऊपर से दो-दो बच्चे हो गए। घरवालों ने तुरन्त उन्हें अलग कर दिया।

रमा बेसहारा हो गयी। चोरी से अब कभी-कभी उसे थोड़ा-बहुत नाज-पानी पहुँचा देते हैं वे। यह उनकी जिन्दगी का एक और दण्ड है जो वे भोग रहे हैं।

...सोर्याली! वह तो इतना भर भुगतने की गुंजाइश भी नहीं छोड़ गई! वह उनकी दूसरी पत्नी, जिसके लिए अब सिर्फ कलपना ही रह गया है। बेटे की गरज से ढाई सौ की थैली डालकर दूर सोर-पिठोरागढ़ से वे उसका 'डोला' लाए थे। और जब पहली औरत से बेटा हो गया तो उस दूसरी को लात मार दी। यह क्या बात हुई! माना कि उसे किसी ने घर से निकाला नहीं, पर सारे परिवार ने (खास बात कि उसमें उसका पति भी शामिल था) उसके साथ जिस उपेक्षा बेरुखी का बर्ताव शुरू कर दिया था, ऐसी हालत में वह उस घर में किसके सहारे रहती? न पति उसका अपना, न सास-ससुर अपने, न जेठानी-देवरानियाँ। न अपना कोई बाल-बच्चा। सो तीन चार साल पहले जिस घर में बहू या घरवाली बनकर आई, उस घर से अपना-सा मुँह लेकर वह खुद-ब-खुद चली गयी। आस पड़ौसवालों से बोलकर तो यही गई थी कि मायके लौट रही है, पर कहाँ गयी, क्या हुआ, कोई नहीं जानता। बाबू ने—यह एक हद की बेहयाई ही थी कि पीछे से कोई पता भी नहीं लगाया कि वह गयी तो कहाँ गयी। बहुत बाद में अफवा मिली कि मायके में तो उसका कोई रही नही गया था—फिर वह किसके पास गयी। आखिर उसका क्या हुआ? कई वर्ष बाद दूसरी अफवाह मिली कि वह तीर्थयात्रियों के साथ कहीं हरद्वार-बद्रीनाथ की तरफ चली गयी थी, फिर वहाँ से कभी नहीं लौटी। लोग अटकल लगाते हैं, वह उधर ही कहीं डूब-फिसलकर मर गयी होगी, नहाते समय उसे घड़ियाल खा गया होगा।... अटकलों-अफवाहों में बच गयी सोर्याली अब बाबूजी के असहाय वृद्ध मन को कलपाती है, बहुत कलपाती है। दूसरी ही सही—आखिर वह ब्याहता थी उनकी, उसके साथ उन्होंने अग्नि के फेरे लिये थे...उनके नाम का चरेऊ पहनती थी वह। बाद तक भी पहनती रही होगी...हे दीनानाथ...!

बड़े बेटे और बड़ी बेटी के अवसाद में तो बाबूजी गहरे और गहरे डूबते चले जाते हैं। ममता को उन्होंने केवल जन्म दिया...''यह तो मेरा सबुलवा है, मेरा सबुलवा!'' जब हुई थी, दादी उसे लाड़ से डोलाती रहती। बाबूजी की अनुहार लेकर हुई थी ममता। बाबूजी से वह ज्यादा लगाव रखती थी। उनकी ही थाली में खाना खाती, उनके तकिए पर सिर रखकर सोती और किसी को उसे छूने नहीं देतीः ''हत्त! मेले बाबू ता ततिया ऐ!'' मगर बाबूजी ने उसे स्कूल का चेहरा भी देखने नहीं दिया। माँ के साथ घर-वन के कामों में जोत दिया और फिर ऊँचे खानदान, ऊँचे ससुर के छद्म में कुएँ में धकेल दिया—देखा भी नहीं कि जिसके साथ उसकी जीवन-डोर बाँध रहे हैं वह दामाद कैसा है। और वह जैसा था वैसा ही निकला : शराब, कवाब, यारी-दोस्ती और मारपीट। यही उसका सच था। पत्नी-बच्चे उसने कभी नहीं

जाने... "खाना-खर्चा देता हूँ, अब और क्या मेरी जान ले लेगी?" वह चीखता था। ममता बच्चों को बाँहों में समेटे चुप लगा जाती और चुप ही आँसू पोंछ लेती। तीस-पैंतीस की उम्र में उनकी वह बेटी पचास-पचपन की बुढ़िया हो चली थी। उसका अत्याचारों से त्रस्त वह अकाल बुढ़ापा बाबूजी से जवाब माँगता है। बाबूजी का पिता ओने-कोनों में मुँह छिपाता फिरता है।

बड़े बेटे राजू ने जरूर उन्हें खूब तंग किया–खूब बदमाशियाँ कीं : दुकान पर बैठता था तो बोला हुआ था कि जब गद्दी में बैठे होते हो, पढ़ने का काम नहीं करोगे। पर मानता नहीं था। दुकानदारी के नियम-कायदे बिल्कुल नहीं सीखता था–दही देगा तो पानी वैसे ही छोड़ देगा। जलेबी बेचेगा तो टुकड़ों का ढेर लगा देगा। उधार देगा, लिखना भूल जाएगा। दिनभर दिमाग खराब किए रहता था। बी टी जबर्दस्ती करानी पड़ी। मास्टरी में लगाया तो सालभर में ही नौकरी छोड़ आया। इसी तरह तीन साल पुरानी मँगनी को तोड़ने को हो आया। फिर बाद में प्रोफेसरी क्या मिल गयी बीबी-बच्चों को भी उठा ले गया। गाँव-बिरादरी में मुँह दिखाने लायक नहीं छोड़ गया। ऐसी चोट जिसका कोई तोड़ नहीं। लेकिन तोड़ तो हर चीज का होता है। जल्द ही दण्ड मिलना शुरू हो गया : पति-पत्नी में खटर-पटर शुरू हो गयी, जो इतनी बढ़ी कि बच्चों को घर छोड़ आने की नौबत आ गयी। तब अपने दिल पर लगी चोट पर ठण्डक सी महसूस होती थी। पत्नी ने बीच-बचाव करना चाहा तो उन्होंने आँख दिखा दी : "तेरा क्या मतलब?" लेकिन सिलसिला इतना बढ़ निकला कि तलाक की नौबत आ गयी–और तलाक हो गया। इतना ज्यादा तो बाबूजी ने सोचा भी न था। बच्चे बेसँभाल होने को हो आए, जिन्हें उस आदमी ने अकेले पालने का फैसला ले लिया। तब कभी-कभी ख्याल आता–वहाँ उतनी दूर अकेला वह कैसे क्या करता होगा : नौकरी भी करता होगा? बच्चों को भी सँभालता होगा? गिरस्थी भी चलाता होगा...? क्या इसी आज के लिए उसने जिन्दगी के वे पापड़ बेले थे? बार-बार शूल की तरह लगता था–सजा जितनी मिलनी चाहिए थी, उससे कहीं ज्यादा हो गयी। अपराध इतना बड़ा तो नहीं था। अरे कुछ भी नहीं था! काहे का अपराध? बच्चों का क्या अपराध? अपराध की बात मत करो, पुलन्दे खुल जाएँगे! किस दीवानगी में आ गए थे वे उस फूल से बच्चे के खिलाफ? वह हाथ जोड़ता रहा, हा हा खाता रहा कि मुझे यहाँ मत बाँधो, बाबू! मैं मर जाऊँगा! उसे घेरने, हत्यारे की तरह उसे काबू में करने के लिए क्या-क्या छल-कपट नहीं किए! बेचारे मदन (उसके मामा) तक को उस 'वारदात' में गर्दन पकड़कर झोंक डाला। अपनी इज्जत (खोखली इज्जत!) की खातिर बेटे की जिन्दगी ले ली। एक उतने होनहार लड़के की आज यह गत हो गयी, सिर्फ उनकी अपनी हठधर्मिता की वजह से। और अब तो अकेले जिन्दगी की गाड़ी धकेलते उसे वर्षों हो गए। दूसरे-तीसरे साल कभी दो

रोज के लिए घर आता है—तो जैसे दुनियाभर का संकट उसके चेहरे पर बरस आया हो। दोबारा उस तरफ देखा नहीं जा पाता : "कभी दूध नहीं पीता तू?... शक्कल का ध्यान रखना चाहिए..." अब शक्कल का ध्यान रखने की क्या सुविधा रह गयी उसके पास? वहाँ लड़कियाँ शादी लायक हो रही हैं और वह आदमी रिश्तों के लिए दुनिया को एक करने में लगा हुआ है। लेकिन जहाँ भी बात चलती है, उसका तलाकशुदा होना जानकर बात वहीं रुक जाती है। तलाक लेने में जल्दी मचाई। हमने बहुत कहा—"यह बच्चों का खेल नहीं है, परिवार की इज्जत का सवाल है... हम लड़कियों वाले लोग हैं। उसके माँ-बाप को लाकर बैठाओ। जितना हो सके, मामला सुलटा लो। उसी में सबका भला है।" मगर उसे कहाँ मानना था हमारा कहा। कभी माना भी हो तो बोलो! अब उसी का हाल भुगत रहे हैं। गिरस्थी में बड़ी-बड़ी बातें हो जाती हैं पर ऐसा थोड़ा ही है कि धागे की तरह ठस्स से तोड़ दिया जाए। सुनते हैं हताशा में वह जाति-बाहर भी जाने को तैयार हो चुका है, मगर बात नहीं बन रही और लड़कियाँ ओवर (ओवर एज) होने को आ रही हैं।

मुन्ना बाबूजी का काफी ख्याल रखता था। डाक्टरी देखभाल की पूरी व्यवस्था उसने कर रखी थी। खिलाने-पिलाने, फल, टॉनिक, दूध, दवाओं का ध्यान रखने में पत्नी को भी अपने साथ जिम्मेदार बना रखा था। एक बार दाढ़ी बनाते 'कट' लग गया जो ठीक नहीं हो रहा था। मुन्ना ने डाक्टरों की लाइन लगा दी और दवाओं के ढ़ेर—कि कहीं सैप्टिक न बन जाए, टैटनस या कैंसर न हो जाए। इस बुढ़ापे में उन्हें कुछ नहीं होना चाहिए, जैसे माँ को हुआ था। दिन में बार-बार पत्नी को फोन करता रहता, "खाना खिला दिया? दवा दे दी? अब धूप में लिटा दो...अब धूप ढल गयी होगी, अन्दर सुला दो। चाय के साथ एक सैक्रीनवाला बिस्कुट दे देना, ज्यादा मत देना। उनकी जिद मत सुनना। और वो —बच्चों की छेड़ाछाड़ी का ध्यान रखना। खासकर नन्दू का। वह उन्हें तंग करने में ज्यादा रहता है..."

लेकिन तभी एक अघट घट गया : मुन्ना की बाबूजी से खटक गयी। हुआ यह कि एक रोज जाने किस तुनक में वे बोल गए, "मेरे रुपए मुझे वापस कर दे।"

"कौन से रुपए? वह समझा नहीं।"

"इतना बड़ा मकान बनाकर बैठा है जिन रुपयों से।"

खंजर सा खा गया मुन्ना : "वे रुपए देने हैं?"

"बिल्कुल देने हैं! न देने की बात क्या हैं?"

"अच्छा?" सनाका खा गया वह। हजार-दो हजार की बात नहीं थी, लाख से ऊपर का मामला था। कुछ क्षण सोचा और बोला, "रुपए लेने हों तो थोड़ी मोहलत

दा। इन्तजाम करना पड़ेगा।''

बाबूजी गुस्से में और अकड़ गए, ''मुझे तो अभी दो दिन के अन्दर चाहिए।'' ''अच्छा?'' एक आग्नेय दृष्टि बाबूजी पर डाली और बोल गया, ''मिल जायेंगे, दो दिन में मिल जाएँगे।'' चढ़ गयी तो चढ़ ही गयी! बच्चों के लिए कुछ एफ डी किए हुए थे, कुछ विकास पत्र। गया और औन-पौन में सब तुड़वा लाया और लाकर सारा पैसा उनके सामने पटक दिया—''गिन लो!''

''मेरे इतने रुपए नहीं होते, मेरे कम होते हैं। मैं ज्यादा क्यों लूँ?''

''सूद भी तो होगा।''

''नहीं चाहिए मुझे सूद।''

''लेकिन मैं तो दूँगा।''

दोनों तन गए। बाबूजी ने मूल राशि रख ली, बाकी वहीं छोड़ दी, जो दिनभर वहीं पड़ी रही। दोपहर बाद जब कमरे में कोई न था, नन्दू चला आया और रुपयों को उठाने लगा।

''खबरदार!'' मुन्ना जाने कहाँ से प्रकट हो गया था : ''ये रुपए हमारे नहीं हैं। हाथ लगाया तो हाथ तोड़ दूँगा।'' और कान पकड़ उसे वहाँ से खींच ले गया। आखिरकार झख मारकर बाबूजी को सूद भी लेना पड़ा : ''ले लिया रे... ले सूद भी ले लिया!'' उन्होंने आहत भाव से उसे दे बताया और नाममात्र के कुछ रुपए उसमें से उठा लिये। तब जाकर मुन्ना ने बाकी रुपए वहाँ से हटाए, और इसके साथ ही उसकी बाबूजी से बोलचाल बन्द हो गयी...कतई बन्द!

रात वह दूकान से लौटता, कपड़े बदलकर सीधे किचन में जा बैठता। वहाँ के वहीं कुल्ला पानी कर कमरे में आ जाता और टी.वी. खोल लेता। फिर थकथकाकर वहीं सो जाता। सुबह चाय पीकर वहीं से दुकान को निकल जाता। उसने बाबूजी के कमरे की तरफ झाँकना बन्द कर दिया था। कहाँ तो पहले दुकान से सीधे उनके कमरे में आता था और तबियत के हाल लेता था। बच्चे भी वहीं आ जाते और वहीं सब खाना खाते और गपशप करते। बाबूजी का भी हँसना-बहलाना हो जाता। सुबह वह खुद बाबूजी को टट्टी-पेशाब के लिए ले जाता, उनके गीले हाथ-पाँव तौलिए से पौंछता। उनके कमरे में हीटर लगा देता। यहाँ तक कि दिन में उनके धूप में लेटनेका इन्तजाम भी कर जाता। रात में उन्हें वह खुद ओढ़ाकर सुलाता और आप वहीं एक तरफ बैठा दिन का अखबार देखता...''मुन्ने, अब तू भी आराम कर, बेटे!'' बाबूजी की आवाज सुन पड़ती। ''आपको नींद आ जाए, फिर जाऊँगा।'' वह बोल देता। ''अरे तूने सुला दिया है, अब नींद भी आ जाएगी। तू भी अब आराम कर, दिनभर का थका है। उठ, उठ।'' वह अनचाहे भाव से उठता : ''रात में जरूरत पड़े तो घंटी दबा देना, बाबू!'' जाते-जाते वह बोल जाता।

एक झटके में सब कट गया!

यह एकाएक इतनी बड़ी ज्यादती हो गयी जिसे वृद्ध और बीमार बाबूजी बर्दाश्त न कर सके...चौथे-पाँचवें रोज दिन का खाना खाते बहू के सामने बच्चे की तरह फूट पड़े : "मैंने ऐसा क्या अनर्थ कर दिया बहू? अरे थोड़ा गुस्सा आ गया था... बुड्ढ़ा आदमी, जाने क्या बोल बैठा? रुपया तो सब वहीं रखा पड़ा है, रुपयों से मैं क्या करूँगा? थोड़ा उसे सोचना चाहिए..." बहू एकदम अपराधिन-सी हो गयी। बोली—"मैंने तो खुद ही उनसे कहा, पर वे सुनते ही नहीं हैं।"

"तू उसे समझा बहू! और समझा। वह मुझ बूढ़े के साथ इतनी निर्दयता क्यों कर रहा है? उसके अलावा मेरा कौन सहारा है? इतना अत्याचार वह मुझपर न करे। रुपया सब वैसे ही पड़ा है। रुपयों से मैं क्या करूँगा। रुपया वह वापस ले ले।"

अगले रोज खाने पर वे बहू के सामने रो गए : "मैं अपनी गलती के लिये उससे माफी माँगने को भी तैयार हूँ बहू! तू उससे बोल, उसे मनाकर मेरे पास ला। वह मुझसे ऐसा अबोला न करे। मैं इसे सहन नहीं कर पाऊँगा। मेरे अब कितने दिन बचे हैं...तू उसे समझा।"

मगर मुन्ना ने कुछ भी सुनने से इन्कार कर दिया। उनके पास नहीं आया तो नहीं आया। वे अकेली बहू के सहारे रह गए या छोटे बच्चों के सहारे। वे लोग उनकी सारी तीमारदारी नहीं कर सकते थे। वहाँ तक उन्हें मुन्ना ही सँभाल सकता था।

बहुत तेजी सो उनकी हालत गिर रही थी। उनकी आँखों की रोशनी धुँध में बदल गयी थी। शुगर बहुत बढ़ गया था। बिस्तर से उठने की उन्हें ताकत नहीं रह गई थी। बिना सहारे के वे लैट्रिन में उठते-बैठते...आधे अधूरे कपड़े लपेटकर बाहर आ जाते। वे होश खोते जा रहे थे—खाने का होश भी...मल-मूत्र का होश भी। रात क्या, दिन में भी अधहोश हालत में पड़े-पड़े वे जाने क्या-क्या अलाय-बलाय देखते रहते थे :

कि इज-बौज्यू आटा पिसाकर ला रहे हैं। रास्ते में इजा रोटी पकाने बैठ गयी। दो रोटियाँ पकाते उसने आसमान की तरफ उछाल दीं—"मेरा गुसाईं भूखा होगा।" इस पर बौज्यू इजा को मारने दौड़ पड़े।

कि दद्दा हैं, दूकान के बाहर बैंच पर बैठे चने उछाल-उछालकर खा रहे हैं..."चने छोड़ो, ये दूध पी लो।" बाबूजी ने उनकी तरफ दूध का गिलास बढ़ा दिया है। वे खिलखिलाकर हँस पड़े हैं : "अच्छा मैं अभी लौटकर आता हूँ, फिर दोनों साथ-साथ पीएँगे।" और उठ जाते हैं।

कि गाँव का दूधवाला मोहनिया जेल से छूट गया है। उन्हें पखौलिए से अन्दर को देखता हुआ आवाज दे रहा है, "मेरे हिस्से की रोटी दो, मैं दो साल से भूखा हूँ।" वे डर के मारे बाहर नहीं निकल रहे।

कि चट्टानवाला वह बाघ वहाँ से कूद कर उनके पीछे पड़ा है। वे दौड़ नहीं सक रहे –पाँव आगे बढ़ते ही नहीं! बाघ हँस रहा है। वे एक बीहड़ जंगल में घुस जाते हैं, जहाँ अचानक देवी माँ प्रकट हो जाती हैं...खड्ग त्रिशूल धारिणी! वे बाघ को लौटा देती हैं। उतनी दूर से ही वे मइया को जमीन पर लोटकर प्रणाम कर रहे हैं–यह क्या? यह तो सोर्याली है, उनकी अपनी ब्याहता! वे चकित उसे देखते रह जाते हैं। उनके हाथ जुड़े रह गए हैं...सोर्याली 'माता' बनी हुई है–गरुवे वस्त्रों में, गले में रुद्राक्ष की माला, माथे पर चन्दन। सबको भभूत बाँट रही है, बाबूजी को मना कर देती है। कहती है, "तुम अशुद्ध हो, तुम तो गंगा नहाए ही नहीं–तुम्हारी शुद्धि नहीं हो सकती, मैं क्या करूँ?"

...अन्तिम दिनों में उन्हें ऊँट दिखाई देने लगा था, धुर बचपन का वह ऊँट! सत्तर-अस्सी साल बाद अचानक वह कहाँ से प्रकट हो गया? अब वह लाल सुर्ख आँखोंवाला हो गया था। इतने अचानक कैसे आ गया वह? जिन्दगी भर कहाँ गायब रहा?..."कौन गायब रहा, बन्धु? मैं तो तुम्हारे साथ ही था। मैं तुम्हारा वाहन, तुम्हें लाने-लेजानेवाला। तुम्हें जिन्दगी के बीहड़ों की यात्राएँ करानेवाला...अब भी तुम्हें ले जाने ही आया हूँ। तुम तैयार हो न? भूल-चूक लेनी-देनी सब देख ली? रोकड़ मिला लिया? मुझे पता है तुम तैयार हो चुके हो, जिन्दगी के सारे कर्म तुमने कर लिये हैं...जितना उल्टा-सीधा जोड़ना-तोड़ना था, जितनी नामवरी बदनामी बटोरनी थी, अपने लोगों के साथ जितना झूठ सच, कर्त्तव्य-अकर्त्तव्य करना था, जितनों को दबाना –जितनों से दबना था, जितनों के सिर फोड़ने–जितनों से फुड़वाने थे... सब तुमने कर लिया। तुम्हारे यहाँ रहने क़े सारे मकसद पूरे हो चुके। अब तुम्हारा यहाँ क्या काम? चलो अब चलते हैं।" उसकी वह पूरी सज्जा... वे रंग-बिरंगी मालाएँ, फुँदने झालर, कसा हुआ मुखौटा, मनके, घण्टियों के रणकार, नूपुरों की झँकृतियाँ... संगीत भरी गति, लयपूर्ण दुहरी चाल... वे घिन और डर पैदा करनेवाली गलगलाहटें, वे खतरनाक हचकोले... और वे खून भरी आँखें जो पहले ऐसी कहाँ थीं? एक साथ इतने आकर्षण और आतंक में बाँधता यह अद्‌भुत बानक! मन्त्राभिषिक्त जीव की तरह बाबूजी कब ऊँट पर चढ़ गए–और देखते न देखते ऊँट हवा हो चुका। फुँकारे छोड़ता, खूनी आँखों से चिनगारियाँ झाड़ता, विकट हचकोलों से उन्हें आकाश-पाताल एक करा रहा है। रोशनी गायब हो चुकी है। उफनते मेघों की तरह कालरात्रि का अँधेरा घिर आया है...धुप्प, अनन्त और डरावना। अन्दर से कोई होनहार बोल रही है : आज बचना नहीं है, इस ऊँट के हाथों आज बचना नहीं है! काठी को कसकर पकड़े हुए हैं वे। उतने ही कसकर आँखें मीचे और दाढ़ भीचे हुए हैं। सेठ की आवाज सुन पड़ती है, "डर लागता है भाया?" पसीने से तरबतर उनके मुँह से निकलता है, "बहुत डर लगता है साला!" इन विकट हचकोलों से

अब--पक्के तौर पर लगता है, अब वे बच नहीं सकते। आत्मा जान चुकी है। जान चुकी है, काठी से हाथ छूटा नहीं कि... "काठी मत छोड़ना! कुछ भी हो जाए, काठी मत छोड़ना!" दूर से कोई सावधान कर रहा है। शायद वे बौज्यू हैं। मगर काठी तो यह छूटने लगी है, बौज्यू! पकड़ तो खुल रही है! तभी ऊँट ने जबरदस्त एक हचकोला मारा...पकड़ छिटक गयी... "बब्बो!" एक चीत्कार! वे गिरने लगे हैं—वहाँ नीचे कोई गर्त है, अनन्त अतल... नीचे... नीचे... तभी बीच में अन्धगुफा उन्हें निगल गयी—

सुबह चाय लेकर बहू कमरे में पहुँची... जैसे ऊँचाई से फेंक दिया गया हो, उनका शरीर वहाँ तिरछा पड़ा था।

❑❑